PAUL ROBERT SMITH

Und am Ende wird alles gut

Weitere Titel des Autors:

Gespräch mit Igel

Titel in der Regel auch als E-Book erhältlich

Paul Robert Smith

UND AM ENDE WIRD ALLES GUT

Roman

Übersetzung aus dem australischen Englisch
von Veronika Dünninger

Lübbe

Dieser Titel ist auch als E-Book erschienen

Lübbe Paperback in der Bastei Lübbe GmbH & Co. KG

Titel der australischen Originalausgabe:
»Sunday Daffodil and Other Happy Endings«

Textredaktion: Cathrin Witz, New York
Umschlaggestaltung & Illustrationen:
Geviert – Büro für Kommunikationsdesign, München

Satz: Dörlemann Satz, Lemförde
Gesetzt aus der Janson text
Druck und Einband: GGP Media GmbH, Pößneck

Printed in Germany
ISBN 978-3-7857-6059-8

5 4 3 2 1

Sie finden uns im Internet unter: www.luebbe.de
Bitte beachten Sie auch: www.lesejury.de

Für Victor, Liebestrottel

1

Es wird auf jeden Fall immer ein Happy End haben. Mein Leben, meine ich. Aber ich schätze, das müssen die meisten Leute denken, sonst würden ja alle ständig mit einer verdammten Leichenbittermiene durch die Gegend laufen und daran denken, wie sie irgendwann vielleicht in irgendeinem ekelhaften Krankenhaus mit irgendeiner ekelhaften Krankheit im Sterben liegen werden, wo sie die ganze Nacht hören, wie irgendwelche ekelhaften Kakerlaken über den Boden flitzen, und das könnte einem die Lebenseinstellung an sich doch insgesamt ziemlich vermiesen. Ich schätze, die Leute stehen einfach auf ein Happy End. Ich schätze, das liegt einfach in der Natur des Menschen, und man kann es ihnen deswegen wohl auch nicht vorwerfen. Ob sie natürlich eins bekommen oder nicht, das steht auf einem ganz anderen Blatt.

Aber verstehen Sie mich nicht falsch. Ich will Ihnen keinen falschen Eindruck vermitteln oder so. Wenn ich etwas hasse, dann sind es Zyniker. Im Ernst. Die kann ich echt nicht ausstehen. Wenn ich jemanden treffe, der immer nur auf alles Schlechte im Leben zeigt, wissen Sie, nur weil er glaubt, dass es irgendwie Eindruck macht, diese düstere Lebenseinstellung zu haben, bin ich immer der Erste, der sagt: »Mann, du bist doch nichts als ein großer, aufgeblasener Wichtigtuer.« Ehrlich gesagt würde ich es vielleicht nicht *sagen*, aber ich bin mit Sicherheit der Erste, der es *denkt*. Und wenn er sich dann umdrehen und tatsächlich sagen würde: »Hey, Montanna, was meinst *du* denn dazu?«, würde ich vermutlich irgendetwas richtig Positives sagen, nur so aus Spaß, selbst wenn ich persönlich in dem Moment echt schlecht drauf sein sollte.

2

Noch etwas, worauf ich, neben Zynikern, nicht so besonders stehe, ist, wenn man irgendetwas lesen will, ein Buch oder auch nur irgendeinen Artikel in einer Zeitschrift, und man sich durch so viele Details kämpfen muss, nur um zum Punkt zu kommen, dass man irgendwann die Lust verliert und die Sache einfach hinschmeißt. Also, was mich betrifft, wenn jemand eine Geschichte oder auch nur einen Witz erzählt, dann können zu viele Details ein echter Killer sein. Im Ernst. Ich persönlich schalte nach ungefähr zwölf Sekunden auf Durchzug, wenn derjenige bis dahin noch nicht zum Punkt gekommen ist. Wenn er es dann noch nicht geschafft hat, verliere ich einfach die Lust. Und deshalb werde ich jetzt auch, anstatt Sie mit einem Haufen sowieso unwichtigem Zeug zu langweilen – zum Beispiel, welche Farbe meine Augen haben (grün) oder ob ich gern Süßes esse oder nicht (tue ich) –, sozusagen gleich ins kalte Wasser springen. Das heißt, ich werde damit anfangen, wie ich von der Bordsteinkante diesem gottverdammten Raser vors Auto laufe.

WUMM!

Also, das ist mit Sicherheit etwas, das ich niemandem empfehlen würde, der nicht zufällig absolut scharf auf

Nervenkitzel ist. Springen Sie meinetwegen von hohen Gebäuden, fahren Sie mit dem Skateboard irgendwelche Berghänge hinunter, experimentieren Sie vielleicht sogar ein bisschen mit total angesagter Selbstamputation, aber lassen Sie sich auf keinen Fall von einem Raser mit seinem Automobil anfahren, wenn Sie es irgendwie vermeiden können.

Ich war auf dem Nachhauseweg vom Moriarty's, wo Louie Louie und ich unsere kostbare Jugend verplempern. Eigentlich verbringe ich so ungefähr mein halbes Leben dort, wenn Sie's genau wissen wollen. Ich gehöre dort praktisch zum Inventar, kann man sagen. Das tun wir beide. Ach, stimmt ja, Sie haben Louie Louie noch gar nicht kennengelernt, aber keine Sorge, das werden Sie schon noch. Er wird leicht zu erkennen sein. Er ist der Scheißkerl, der mir mein Frühstück wegfuttert.

Louie Louie ist eigentlich mein bester Freund, auch wenn Sie das vielleicht nicht annehmen würden, so wie ich über ihn rede. Ich sage alles Mögliche über ihn, hauptsächlich ziemlich beleidigendes Zeug, gelinde gesagt. Wenn Sie mich über ihn reden hören würden, würden Sie vermutlich sogar denken, er sei mein größter Feind oder so etwas. Ich verliere eigentlich nie ein gutes Wort über ihn, aber das ist noch gar nichts verglichen mit dem, was er über mich sagt. Wir kennen uns seit einer Ewigkeit, und Sie können mir glauben, er ist eine echte Nervensäge. Im Ernst. Schon immer gewesen.

Ich hatte es zwar nicht vor, aber ich könnte Ihnen eigentlich auch gleich erzählen, wie wir uns kennengelernt haben. Es war an unserem ersten Schultag, und er kam auf dem Spielplatz genau auf mich zu und schlug mir einfach mit der Faust auf die Nase.

Peng!

Einfach so.

Natürlich habe ich sofort zurückgehauen, und ziemlich bald hat uns die ganze Schule angefeuert.

»Schlagt euch! Schlagt euch! Schlagt euch! Schlagt euch!«

Kinder lieben Schlägereien. Eine Schlägerei bringt wirklich etwas ganz Besonderes in ihnen zum Vorschein, selbst in richtig stillen, schüchternen Kindern. Vor *allem* in richtig stillen, schüchternen Kindern. Vielleicht liegt es an der Anonymität der Masse. Sie können ein Teil des größeren Ganzen sein, ohne selbst den Kopf hinhalten zu müssen. Richtig stille, schüchterne Kinder sind vermutlich genau die Art Kinder, die sich später, wenn sie älter sind, irgendwelchen Mobs anschließen. Man sieht es doch ständig in irgendwelchen Filmen. Wenn zum Beispiel irgendwo einer gelyncht werden soll, sind es immer die stillen, schüchternen, braven Bürger, die sofort dafür sind. »Lyncht den Scheißkerl!«, brüllen sie immer. »Knüpft ihn auf!« Hinterher tut es ihnen natürlich höllisch leid, aber in dem Moment bringt es ihr Blut so richtig in Wallung. Ich schätze, es durchbricht diese Monotonie, die daher kommt, dass man die ganze restliche Arbeitswoche damit verbringt, ein unglaublich anständiger Bürger zu sein. Und noch etwas haben Schlägereien an sich: Niemand schert sich je einen Dreck darum, worum es überhaupt geht, aber immer ergreifen alle Partei.

»Ich bin für *den* Typen da.«

»Nie im Leben, der Typ ist *grottenschlecht*. Ich bin für den anderen Typen.«

Miss Cuthbert, frisch vom Bildungsfließband und rundum glänzend und neu wie Plastik, ist schließlich dazwischengegangen, zur allgemeinen Enttäuschung, außer vielleicht zu Louie Louies und meiner. Es kam uns vor, als hätten wir uns ungefähr zwei Stunden geprügelt, obwohl es vermutlich höchstens eine Minute war, und ehrlich gesagt, kamen wir beide überhaupt nicht weiter. Das heißt, von der Lehrerin in die Ecke gestellt zu werden – was so ziemlich überall als ehrenhaftes Unentschieden gilt, egal wer es am schlimmsten zu spüren bekommt, vor allem wenn man fünf ist und seinen ersten Schultag hat – war gar kein so schlechtes Ergebnis. Sie hat uns sogar gezwungen, wieder nett zueinander zu sein und uns die Hand zu geben. Und auch wenn Louie Louie mir dabei eine Fratze schnitt, die fast so hässlich war wie sein normaler Gesichtsausdruck, sind wir seitdem die besten Freunde.

Kurioserweise war das auch der Augenblick, als ich mich zum ersten Mal verliebte. Es war nichts Geringeres als Liebe auf den ersten Blick, genau wie im Film.

Ich hegte diese heimliche Liebe – natürlich für die glänzende, brandneue, irgendwie künstliche Miss Cuthbert – ganze sechs Monate lang. Um genau zu sein, bis zu ihrem plötzlichen – und im Übrigen nie zufriedenstellend aufgeklärten – und geheimnisvollen Verschwinden mitten im Schuljahr, mitten in der Woche, mitten am Vormittag während der Kaffeepause. Es geht das Gerücht, sie hätte eine halb geleerte Tasse Kaffee und einen glasierten Donut auf ihrem Schreibtisch zurückgelassen.

Nur ein einziger winziger Happen war von dem Donut abgebissen worden.

Aber wie ich bereits sagte, ich war auf dem Nachhauseweg vom Moriarty's. Ich war auch schon fast da. Nur noch ein paar Blocks. Ich habe mal gehört, dass das der häufigste Zeitpunkt für Verkehrsunfälle ist – ich schätze, weil die Leute dann schon anfangen, darüber nachzudenken, was sie tun werden, wenn sie erst mal zu Hause sind. Zum Beispiel, wie gut es ihnen tun wird, die Schuhe von sich zu schleudern oder sich ein paar Frozen Daiquiris oder was weiß ich hinter die Binde zu kippen, anstatt sich aufs Autofahren zu konzentrieren. Oder darauf, nicht irgendwelchen Rasern vors Auto zu laufen. Ich weiß noch, dass ich eine alte Showmelodie vor mich hin gesummt habe, eine Ballade von Irving Berlin. *I've Got My Love to Keep Me Warm*. Ich weiß, die meisten Leute in meinem Alter haben noch nie von Irving Berlin oder Cole Porter oder den Gershwins gehört, aber ich liebe dieses Zeug einfach. Ich finde, es ist einfach verdammt elegant. Ehrlich gesagt, habe ich meine Eltern früher fast in den Wahnsinn getrieben, weil ich es ständig gespielt habe. Ich habe es Tag und Nacht gespielt. *Night and Day* sozusagen. Ich konnte gar nicht genug davon kriegen. Gott, ich bin fast gestorben dabei, so elegant fand ich es. Ich habe mir dann immer vorgestellt, ich würde es im Ritz oder im Waldorf oder einem von diesen Schuppen so richtig krachen lassen. Von Champagner und auf Pump leben. Ich habe es mir sogar auf diesem wahnsinnig alten Grammophon angehört, das meine Eltern als *Zier*gegenstand bei uns im Haus stehen hatten. Sie haben es in ihrem ganzen Leben auch nicht ein einziges Mal *benutzt*. Sie *besaßen* nicht mal irgendwas, das sie darauf hätten abspielen *können*. Und dann haben sie eines Tages meine ganze Sammlung alter 78er in den Müll geworfen, weil ich ständig diese Musik gespielt habe, oder vielleicht auch, weil sie ihren kostbaren Ziergegenstand zurückhaben wollten. Einfach so. Und dabei hatte ich sie nicht mal einfach auf irgendeinem lausigen alten Speicher gefunden. Ich hatte sie gesammelt. Ich muss ungefähr ein halbes Pfund Staub geschluckt haben, während ich ein paar der widerlichsten Secondhandläden durchstöbert habe, die die Welt je gesehen hat, nur um sie zu finden. Die Leute dachten, ich hätte einen Raucherhusten bekommen, während es sich tatsächlich um einen *Staub*husten handelte. Und deshalb war ich, wie Sie sich vorstellen können, ziemlich sauer, dass meine Eltern die Platten einfach so in den Müll warfen. Um genau zu sein, war ich so sauer, dass ich einen Monat lang kein Wort mit ihnen gewechselt habe. Aber wissen Sie was? Sie haben es nicht einmal bemerkt.

Und jetzt lag ich da, nur noch ein paar Blocks trennten mich von Heim und Herd, nachdem ich gerade eben von der Bordsteinkante diesem lausigen Raser vors Auto gelaufen war, mitten auf der Straße ausgestreckt wie eine aufgefaltete Zeitung, volle *Bauch*landung. Und das Komische dabei war, diese knisternde alte Showmelodie wollte mir noch immer nicht aus dem Kopf gehen.

3

Ich spürte keinen Schmerz. Hätte ich welchen gespürt, dann hätte ich mir wohl die Seele aus dem Leib gebrüllt, schätze ich. Ich habe nämlich offenbar eine sehr niedrige Schmerzgrenze. Ich bin darauf getestet worden und alles. Ich brülle mir bei so ziemlich allem die Seele aus dem Leib, wenn es mit Schmerz zu tun hat. Wenn ich als kleines Kind zum Zahnarzt musste, habe ich so laut geschrien, dass wir ständig den Zahnarzt wechseln mussten. Nicht dass wir das entschieden hätten – sie haben darauf bestanden. Ich schätze, das Letzte, was man als Zahnarzt haben will, ist ein Wartezimmer voller sowieso schon nervöser Patienten und im Behandlungszimmer irgendein Kind, das sich jedes Mal die Lunge aus dem Leib schreit, wenn man ihm auch nur eine Nadel in sein weiches, empfindliches Zahnfleisch sticht oder versucht, ihm einen Zahn zu ziehen. Das will niemand hören. Als ich dann also dort auf dem Boden lag und keinen Schmerz spürte, begann ich entsprechend zu glauben, ich müsste gelähmt sein oder so, und das machte mich extrem nervös. Der Grund, weshalb es mich extrem nervös machte – oder zumindest *einer* der Gründe –, war, dass mir ganz plötzlich der Gedanke durch den Kopf schoss, wie ich für den Rest meines Lebens mit einem Schwamm gewaschen werden müsste, und vor allem, wie peinlich das wäre und ob es schlimmer sein würde, von einer altmodischen, mittelalten, matronenhaften Frau gewaschen zu werden oder von einer jungen und attraktiven, vielleicht sogar mit einem kitschigen französischen Akzent. Aber dann spürte ich den heißen Asphalt durch meine Kleidung hindurch auf der Haut brennen, und ich begriff, dass ich das, wäre ich gelähmt, vermutlich nicht hätte spüren können. Das war eine Riesenerleichterung, auch wenn es andererseits ziemlich unangenehm war. Es war ein heißer Tag – na ja, natürlich war es ein heißer Tag –, und während ich dort einfach so mitten auf der Straße lag, hatte ich dieses seltsame Gefühl, als würde ich sonnenbaden. Nicht dass überhaupt noch irgendjemand sonnenbadete, es sei denn, er hatte einen Todeswunsch. Nur dass die Hitze natürlich von unter mir nach oben kam anstatt von oben herunter. Tatsächlich war es vermutlich eher so, als würde ich gegrillt werden, oder es entsprach zumindest meiner Vorstellung davon, wie es sein könnte, gegrillt zu werden. Der Wagen hatte mich getroffen wie ein zwei Tonnen schwerer Metallfleischklopfer, und jetzt lag ich da, auf die Gusseisenplatte geklatscht, und wurde, brutzel brutzel, schön zart durchgebraten. Jeden Augenblick würde es so weit sein.

»Sag mal, Junge«, beugte sich auf einmal jemand über mich, »wie geht es dir?«

Ich fand, das war eine echt irre Frage an jemanden,

der gerade von einem Raser angefahren worden war, und hätte fast laut gelacht. Ich tat es *nicht*, aber ich tat es *fast*. Vermutlich hätte ich es getan, nur dass ich dachte, dass das in Anbetracht der Umstände vielleicht keine so tolle Idee wäre. Ich dachte, dann würde ich vielleicht eine Lunge heraushusten oder so etwas in der Richtung.

»Einfach verdammt blendend«, entgegnete ich so ironisch, wie es mir in meiner Lage, so ausgestreckt mitten auf der Straße, möglich war. Ich trug richtig dick auf. »Danke der Nachfrage.«

»Na ja«, sagte er, »du siehst aber ziemlich beschissen aus.«

Falls es Ihnen noch nie aufgefallen ist, es gibt Leute, die sind einfach bis oben hin voll mit Menschenliebe. Im Ernst. Sie strömt aus ihnen heraus wie Wasser aus einem Hahn. Sie reicht aus, um deinen Glauben an die gesamte erbärmliche Menschheit zu erneuern. Obwohl, ich schätze mal, fairerweise sollte ich sagen, dass ich die Frage dieses Typen vielleicht einfach falsch aufgefasst hatte, und dann, nachdem ich ihm so eine patzige, klugscheißerische Antwort gegeben hatte, war es dann vielleicht auch kein Wunder, dass er gleich noch einen draufsetzte. Ich schätze, ich stand wohl unter Schock oder so, und das könnte eine Entschuldigung für meine Manieren gewesen sein, die nämlich im Allgemeinen sonst ziemlich gut sind. Ich meine, wohin man sieht, werden die Leute heutzutage deswegen behandelt – wegen eines Schocks, meine ich, nicht wegen guter Manieren. Manchmal scheint es doch so, als könnte man nicht mal im Supermarkt gegen einen anderen Einkaufswagen rempeln, ohne dass man es mit so einem Fall zu tun bekommt. Ich weiß nicht, eventuell ist es heutzutage einfach leichter, die Leute zu schockieren. Was vor zwanzig Jahren vielleicht nur milde verblüffend war, scheint heutzutage jemanden ins Krankenhaus befördern zu können. Daher war es vielleicht nur das: Vielleicht stand ich nur unter Schock wie alle anderen auch. Aber eigentlich glaube ich das nicht.

Kennen Sie das, wenn man irgendetwas in die Hand nehmen will und man könnte schwören, man hat es erst vor einer Sekunde irgendwohin gelegt, und es ist nicht mehr da? Und selbst wenn es später anderswo wiederauftaucht, sind Sie noch immer nicht davon überzeugt, dass es sich nicht einfach wie durch Zauber dorthin bewegt hat, nur um Sie zu verwirren? Na ja, ungefähr so habe ich mich irgendwie gefühlt. Außerdem war mir das alles, ehrlich gesagt, auch ein bisschen peinlich. Ich meine, es wäre doch wohl jedem peinlich, ausgestreckt mitten auf der Straße zu liegen, einen Haufen fremder Leute um sich herum, die einen ganz ungeniert anglotzen, während man sich denkt: »O Mann, was, wenn jetzt zufällig jemand vorbeikommt, den ich kenne?«, und hofft, dass man sich nicht in die Hose gepisst hat.

Dazu kommt, dass *ich* wusste – und dass ich wusste, dass alle *anderen* es auch wussten –, dass ich ein dämlicher Schwachkopf war, der eben von der Bordsteinkante einem lausigen Raser vors Auto gelaufen war.

Und dann bemerkte ich so ein hübsches junges Ding, das ich schon ein-, zweimal hier in der Gegend gesehen hatte, ohne je den Mumm zu haben, es auch nur anzulächeln, und dann wünschte ich mir, es würde noch so ein Auto vorbeikommen und mir endgültig den Rest geben.

4

Er ist mir einfach von der Bordsteinkante vors Auto gelaufen! Er muss voll zugedröhnt sein mit Drogen oder irgendwas! Es sollte ein Gesetz gegen Delinquenten wie ihn geben!«

Die Besorgnis des Fahrers um mein Wohlergehen war herzerwärmend, wirklich. Sein Verhalten war echt ritterlich. Nicht dass ich ihm irgendwelche Vorwürfe machte oder so. Ich gab ihm sogar recht. Es sollte ein Gesetz gegen Leute wie mich geben. Im Ernst. Ich hatte am Vorderteil seines Wagens wirklich richtig gute Arbeit geleistet, und es war dazu auch noch ein ziemlich hübsches Modell. Ich könnte Ihnen zwar nicht sagen, was für ein Typ es war, von Autos habe ich nämlich keinen blassen Schimmer, aber ich kann mich erinnern, dass es weiß war. Daran kann ich mich erinnern, weil ich mich erinnern kann, wie ich auf dem Boden lag und zum Kühler dieses Autos hochgeschaut habe, das überall total verbeult war, und wie ich dachte, es müsste doch überall mit Blut bespritzt sein. Mit meinem Blut. Aber das war nicht der Fall. Nicht ein einziger Spritzer war darauf zu sehen. Und das war der Moment, als ich begriff, dass ich weit davon entfernt war, eine Lunge herauszuhusten, ja, dass es mir nicht einmal gelungen war, auch nur ein bisschen Blut zu husten. Was ich nicht nur einmal, sondern mindestens tausendmal in irgendwelchen widerlichen Filmen gesehen haben muss. Die Leute in Filmen husten ständig Blut. Sie können nicht erstochen oder erschossen oder in die verdammte Luft gesprengt oder auch nur, wie in meinem Fall, einfach von einem verdammten Raser mit dem Auto überfahren werden, ohne Blut zu husten. Es blubbert langsam in ihnen hoch wie eine Quelle oder wie ein Brunnen, der gerade angezapft worden ist, und das ist immer der Moment, in dem man weiß, dass derjenige gleich ins Gras beißen wird. Natürlich ist es im Allgemeinen der beste Freund der Hauptfigur. Das ist im Film ohnehin immer ein eindeutiges Todesurteil, und im Allgemeinen haben sie kurz davor noch irgendwas unglaublich Heldenhaftes getan oder vielleicht auch nur irgendetwas unglaublich Idiotisches. So oder so – beste Freunde müssen fast immer dran glauben. Das ist eine Art Tradition. Ich schätze, wenn das Leben so wäre wie im Film und man selbst wäre der beste Freund von jemandem, dann sollte man auf jeden Fall klarstellen, wessen Geschichte eigentlich erzählt wird, bevor man sich entscheidet, ob man dabei bleibt oder nicht. Aber andererseits müsste man schon ein echter Schwachkopf sein, um das zu glauben, was in Filmen abgeht.

Aber trotzdem, es ist ja nicht nur auf der Leinwand passiert. Dass Leute alles mit ihrem Blut bekleckern, meine ich. Ich hab mal gesehen, wie so ein trotteliger Typ so richtig eins auf die Schnauze bekam (auch wenn ich

Ihnen nicht sagen könnte, ob er irgendjemands bester Freund war oder nicht). Gerade eben schlurfte er noch einfach vor sich hin und grinste sich einen ab, quer über seine hässliche Visage, in irgendwelche Gedanken vertieft, weiß der Geier, in was für welche, und im nächsten Augenblick –

platsch –

war er Brei.

5

Habt ihr das gesehen? Ich hab die ganze Sache gesehen. *Peng!*«

»Wer läuft denn auch einfach so von der Bordsteinkante? Was zum Teufel ist denn mit den jungen Leuten heutzutage bloß los?«

»Ist er zurückgeblieben? Ich hab gehört, geistig Zurückgebliebene machen so was ständig.«

»Seht euch mal den Kühler meines Wagens an, Herrgott nochmal! Er hat es überall total verbeult!«

»Die Armee würde dem kleinen Scheißer schon zeigen, wo's langgeht! Die würden ihn schon zurechtstutzen!«

»Führt die Wehrpflicht wieder ein, sage ich!«

»Hey, kenne ich dich nicht ...?«, fragte das hübsche junge Ding, das ich schon ein-, zweimal hier in der Gegend gesehen hatte, ohne je den Nerv zu haben, sie auch nur anzulächeln.

»*O* mein *Goott*! Er hat sich in die Hose gepisst!«

6

Um es kurz zu machen, es war die Hölle los.

Erst kreuzten die Bullen auf, dann ein Rettungswagen. Immer mehr Leute blieben stehen, um sich die Sache anzusehen. Ziemlich bald entwickelte es sich zu einer regelrechten Straßen-Freakshow. Vermutlich hätte ich einen Hut hinhalten sollen, dann hätte ich vielleicht noch ein paar Dollar dabei machen können. Aber stattdessen lag ich irgendwie einfach nur da, zwischen den ganzen Leuten, den Bullen und den Rettungstypen und dem Fahrer und den ganzen anderen Leuten, die nur stehen geblieben waren, um sich die Show anzusehen. Ich sah ein bisschen benommen aus, schätze ich, aber ich hab trotzdem alles mitbekommen. Und das war der Augenblick, als mir allmählich auffiel, dass sich die Leute so richtig in Rage redeten.

»Leute wie ihn sollte man überhaupt nicht auf die Straße lassen! Seht euch mal an, was er mit dem Verkehrsfluss angestellt hat!«

»Scheiß auf den Verkehrsfluss! Das ist ein Missbrauch wertvoller öffentlicher Ressourcen, das ist es! Polizei – Rettungswagen – und was kommt als Nächstes? Die *Feuer*wehr?«

»Und wer wird das alles bezahlen? Ich sag euch, wer das alles bezahlen wird. *Wir!* Der Steuerzahler!«

Das ist das Problem mit den Leuten. Sie nehmen alles so persönlich. Also, den Fahrer, den konnte ich ja noch verstehen. Er war eine betroffene Partei und mit gutem Grund sauer. Ich meine, es war nicht nur so, dass der Kühler seines Wagens überall total verbeult war, er musste vermutlich auch ganz dringend irgendwohin. Vermutlich war er auf dem Weg zur Oper oder so. Er war zwar nicht für die Oper *angezogen*, aber wer zum Teufel ist das heutzutage schon noch? Er ließ noch immer seine Wut an einem der Bullen aus, der, ich schwöre es, nicht größer als einen Meter zwanzig sein konnte. Er war kein Zwerg oder so, nur richtig, richtig klein, so ein Knirps eben, und ich weiß noch, dass ich dachte, wie gut seine Uniform saß. In der Zwischenzeit drohte die allgemeine Stimmung in der Menge allmählich unangenehm zu werden. Und sie teilte sich rasch in zwei unterschiedliche Lager – diejenigen, die dachten, ich würde nur so zum Spaß von der Bordsteinkante irgendwelchen Rasern vors Auto laufen, und diejenigen, die dachten, ich wüsste es einfach nicht besser.

»Es ist mir egal, ob er zurückgeblieben *ist*, man sollte trotzdem auf jeden Fall mal seinen Kopf untersuchen!«

Während ich in den Rettungswagen gehievt wurde, sah ich eine Faust aufblitzen und hörte ein leises Knurren. Als wir losfuhren, war ein Überwachungshubschrauber am Ort des Geschehens eingetroffen, wie gerufen zur Stelle, und hat sie alle hochgenommen.

7

Ich war noch nie hinten in einem Rettungswagen mitgefahren, also war das schon ein echt tolles Erlebnis. Natürlich wäre ich lieber vorn mitgefahren, neben dem Fahrer, schließlich hat man da die bessere Sicht, aber es war trotzdem ziemlich interessant. Es gab auch da eine Menge ziemlich interessanter Sachen zu sehen, auch wenn ich bei den meisten nicht wirklich wusste, wofür sie benutzt wurden. Ich versuchte mir *vorzustellen*, wofür sie gedacht waren, aber vermutlich lag ich damit bei den meisten Sachen daneben. Man kann fast nie sagen, wofür irgendwelche medizinischen Geräte gut sind, es sei denn, man hat schon mal gesehen, wie jemand sie benutzt, zum Beispiel in irgendeinem dämlichen Medizindrama im Fernsehen. Und selbst dann weiß man nicht, ob sie *wirklich* so benutzt werden. Ich meine, wenn man irgendeinen Schauspieler einen Arzt oder Anwalt oder auch nur einen Busfahrer spielen sieht, geht man im Allgemeinen einfach davon aus, dass sie wissen, was sie tun, aber ehrlich gesagt: Ich bezweifle es. Vermutlich ist es für sie genauso verwirrend, wie es für Sie oder mich wäre, außerdem müssen sie dabei ja auch noch diese ganzen grässlichen Dialoge im Kopf haben. Ich meine, wenn man sich so eine Schale mit chirurgischen Instrumenten ansieht, alle hübsch ordentlich aufgereiht und bereit zum Einsatz, lässt sich schwer sagen, wofür jedes einzelne davon genau gedacht sein könnte. Genau wie früher, wenn man als kleines Kind in ein schickes Restaurant oder zu einem Empfang oder etwas in der Art mitgenommen wurde und der erste Gang kommt, vermutlich eine kalte Suppe, und man blickt auf den Tisch, und da liegen fünfzig verschiedene Messer und Gabeln und Löffel, aus denen man auswählen soll. Na ja, natürlich weiß man zumindest, dass man einen Löffel benutzen soll, aber das Problem ist, welchen? Wenn man darüber nachdenkt, ist es eigentlich gar nicht so kompliziert. Man arbeitet sich einfach von außen nach innen vor. Vielleicht machen es Ärzte genauso. Arbeiten sich einfach von außen nach innen vor.

Jedenfalls, während ich so angeschnallt dalag, sah ich mich gründlich um, reckte den Hals in diese und jene Richtung, nahm alles genau unter die Lupe und stellte mir vor, wofür es benutzt werden könnte und wie die Chancen standen, dass sie es bei mir benutzen würden. Anfangs war es ein bisschen seltsam, so angeschnallt dazuliegen, aber ich schätze mal, es war zu meinem eigenen Besten. Ich denke, sie wollten nicht, dass ich von der Bahre und auf den Boden rollte. Vermutlich verbrachten sie sowieso schon ihr halbes Leben damit, Leute vom Boden aufzusammeln, und sie konnten gut auf die zusätzliche Mühe verzichten, Leute aufzusammeln, die sie eben bereits schon einmal aufgesammelt hatten.

Ich weiß nicht, warum, aber ich war eher neugierig als

besorgt, was diese ganze Geschichte anging. Meine Gesundheit, meine ich. Vermutlich hätte ich besorgt sein sollen, ich weiß, aber das war ich nicht. Bis zu einem gewissen Alter sind die Leute das einfach nicht, schätze ich. Und dann, ab einem gewissen Alter, ist es dann so ungefähr alles, weswegen sie besorgt *sind*. Aber obwohl ich es nicht war, dachte ich, ich sollte mich einfach darauf einlassen, nur so zum Spaß, und mir vorstellen, ich wäre es. Die Gelegenheit war zu dramatisch, um sie sich entgehen zu lassen. Ich fing also an, mir vorzustellen, ich würde in aller Eile zu einer dringenden, lebensrettenden, hochriskanten Operation ins Krankenhaus gebracht werden. So riskant sogar, dass sie noch nicht mal versucht worden war, und so dringend, dass ich vermutlich sowieso bereits tot sein würde, bevor sie mich auf dem OP-Tisch hatten. Bis ich damit fertig war, hatte ich sogar eine mir nahestehende Person heraufbeschworen, die sich über mich beugte und meine Hand umklammert hielt und mir sagte, dass alles gut werden würde, ich würde schon sehen, und ich ließ mich auf das Spiel ein und sagte, ja, na klar, obwohl wir beide wussten, dass ich mehr tot als lebendig war. Aber dann schnürte sich mir allein schon bei dem Gedanken allmählich die Kehle zu, daher verscheuchte ich ihn. Das Letzte, was ich brauchte, war, dass ich wegen meiner bescheuerten Fantasie losflennte.

Dann, um mich davon abzulenken, dass ich auf gar keinen Fall losflennen wollte, dachte ich, ich könnte versuchen, ein bisschen Smalltalk zu machen.

»Sagt mal, das sieht ja nach einem ziemlich interessanten Job aus«, sagte ich zu den Rettungstypen, während sie an mir herumpusselten, meine Vitalfunktionen prüften und so weiter. Sie machten ihren Job wirklich eins a. Sehr professionell. »Wie wird man denn eigentlich so ein Rettungstyp? Ihr wisst schon, wenn man das als Laufbahn in Betracht zieht oder so.«

Ich persönlich zog es natürlich nicht wirklich in Betracht. Ich machte nur Smalltalk. Ich meine, das war doch nur höflich, wo sie sich schon die ganze Mühe machten. Es ist auch nicht so, dass ich nur versuchte, mich davon abzulenken loszuflennen – ich bin manchmal tatsächlich einfach ein regelrechter Smalltalk-Fanatiker. Ich kann nichts dafür. Manchmal bin ich einfach nicht zum Schweigen zu bringen. Zum Beispiel an Bushaltestellen. Leute haben sogar schon den falschen Bus genommen, nur um von mir wegzukommen. Ich meine, er hätte sogar in die entgegengesetzte Richtung und alles fahren können. Er hätte vielleicht sogar nicht mal *anhalten* müssen. Sobald ich loslege, bin ich manchmal einfach nicht mehr zu bremsen. Aber dann wiederum gibt es auch Momente, da ist mir überhaupt nicht danach. Wenn dann jemand versucht, ein Gespräch mit mir anzuknüpfen, könnte ich genauso gut nassen Zement in den Ohren haben, so viel Interesse werde ich dafür zeigen. Zum Beispiel, wenn ich mir die Haare schneiden lasse. Ich hasse es einfach, wenn Friseure mit mir reden, und dabei habe ich grundsätzlich eigentlich gar nichts gegen Friseure. Ich meine, wenn ich meinen Friseur vor dem oder im Moriarty's oder irgendwo treffen würde, könnte ich den ganzen Tag mit ihm reden. Sehr gern sogar.

Aber dann fiel mir etwas ein, das tatsächlich eine ziemlich interessante Beobachtung war und umso interessanter, als ich vorher noch nie darauf gekommen war. »Sagt mal«, sagte ich noch einmal, ich weiß auch nicht, warum, es war nur so eine Angewohnheit, die ich mir offenbar zugelegt hatte, während ich mit diesen verdammt redseligen Rettungstypen redete, »findet ihr es nicht irgendwie witzig, dass kleine Jungen immer Busfahrer oder Feuerwehrmann werden wollen, man aber nie von einem Jungen hört, der Rettungswagenfahrer werden will? Findet ihr das nicht irgendwie witzig? Was meint ihr denn, warum das so ist? Ich meine, habt ihr irgendeine Meinung zu dem Thema?«

Es war eine ziemlich gute Frage, auch wenn sie zufällig von mir stammte. Vielleicht nicht unbedingt tiefgründig, aber doch interessant. Ich persönlich wollte ja keines von beidem je werden, aber ich habe auf jeden Fall Kinder gekannt, die es werden wollten. Gewisse Kinder, die ich kannte, wollten nie irgendetwas *außer* Busfahrer oder Feuerwehrmann werden, als wären das die beiden glamourösesten Berufe der Welt oder so. Aber die beiden Rettungstypen sahen mich irgendwie einfach nur an, als würden sie sich vielleicht denken: »Gehirnerschütterung«, oder vielleicht sogar: »Gehirnschaden«. Sie waren wirklich zwei verdammt redselige Scheißkerle, so viel steht fest, aber ich dachte mir, jetzt, wo ich schon mal damit angefangen hatte, könnte ich auch dabei bleiben, also machte ich einfach weiter. »Ich meine, es muss doch aufregender sein, als einen Bus zu fahren, oder? Erstens habt ihr eine Sirene. Das ist doch, als hätte man die Lizenz, anderen Leuten eine Höllenangst einzujagen. Und noch was, ihr könnt einfach so ziemlich überall fahren, wo zum Teufel ihr wollt – auf dem Gehsteig, Einbahnstraßen gegen die Fahrtrichtung, über rote Ampeln. Wo zum Teufel ihr wollt.«

Das stimmte. Rettungswagenfahrer waren die Herren der Straße. Selbst Polizeiautos ließen ihnen manchmal die Vorfahrt. Ich schätze, das Einzige, dem ein Rettungswagen die Vorfahrt lassen musste, war ein anderer Rettungswagen, auch wenn ich nicht weiß, wie sie in dem jeweiligen Fall entschieden, wer Vorfahrt hatte. Jedenfalls, wir schossen vermutlich über etliche rote Ampeln oder Einbahnstraßen gegen die Fahrtrichtung, während ich redete, nach den plötzlich aufkreischenden Bremsen und dem ohrenbetäubenden WUMM zu urteilen, das wir hinter uns zurückließen. Ich glaubte sogar eine Radkappe über die Straße scheppern zu hören.

Ich pfiff durch die Zähne. »Mann«, sagte ich, »das hat sich ja ziemlich übel angehört. Sagt mal, sollten wir nicht anhalten oder so? Ihr wisst schon, um zu helfen. Ich meine, ich hätte jedenfalls nichts dagegen. Ehrlich gesagt, ich würde mich über Gesellschaft freuen.«

Aber die Rettungstypen hatten offensichtlich kein Interesse daran, Smalltalk zu machen. Oder anzuhalten. Ich schätze mal, sie hatten das alles schon mal erlebt.

Ich beschloss, es mit einem anderen Ansatz zu versuchen.

»Und«, fragte ich sie auf einmal ganz nüchtern, als sei

ich die Art Typ, der eine offene und ehrliche Antwort bevorzugt, ohne Schönfärberei, egal, wie die Prognose aussah, »werde ich durchkommen?«

8

Ihre Gesichter hätte ich gern gesehen. Die meiner Eltern, meine ich, als sie den Anruf aus dem Krankenhaus bekamen, dass ihr zurückgebliebener Nachwuchs offenbar von der Bordsteinkante einem Raser vors Auto gelaufen war, ohne sich auch nur eine blutige Nase zu holen, und zur Beobachtung dabehalten wurde. Sie müssen so sauer gewesen sein wie gegorene Milch. So machen sie das übrigens in Krankenhäusern, wenn sie sich nicht entscheiden können, was dir fehlt. Dich zur Beobachtung dabehalten. Manche Leute werden seit Jahren zur Beobachtung dabehalten. Sie sitzen einfach in ihren Krankenhausbetten und werden beobachtet, manchmal rund um die Uhr. Natürlich werden sie manchmal verrückt, und dann müssen sie nicht mehr beobachtet werden, denn dann wissen die Ärzte, was ihnen fehlt. Und manchmal werden auch die Ärzte verrückt.

Natürlich wollte ich am liebsten schleunigst wieder von dort verduften, aber die Ärzte sahen das offenbar anders. Ich weiß nicht, ob sie einfach gewissenhaft waren oder ob sie mich nur lange genug dabehalten wollten, um die Gelegenheit zu bekommen, vor meinen Eltern mordsmäßig anzugeben. Vermutlich Letzteres, denn mir fiel auf, dass sie ständig mit einem Auge zur Tür schielten, falls sie aufkreuzen sollten. Der Grund, weshalb sie vielleicht oder vielleicht auch nicht angeben wollten, war, dass mein Vater, ehrlich gesagt, ein ziemlich hohes Tier ist. Eine echt große Nummer. Ich werde Ihnen aber nicht sagen, was er genau macht, falls Sie es nicht ohnehin schon wissen. Aber ich bin sicher, sollten Sie ihn je kennenlernen, wird er es Ihnen nur allzu gern selbst sagen. Und meine Mutter war früher wohl mal irgendeine berühmte Schönheit oder so. Offenbar hätte sie ein Vermögen als Model oder im Filmgeschäft und so weiter machen können, nur dass sie sich nicht dazu aufraffen konnte. Jedenfalls, im Krankenhaus haben sie meine gesamten Klamotten konfisziert und mich in so einen Kittel gesteckt; vermutlich dachten sie, dass es mir zu peinlich sein würde zu versuchen, darin abzuhauen. Und da hatten sie recht. Und die nächsten zwei Stunden konnte ich mich noch nicht mal auf die andere Seite drehen, ohne wegen irgendetwas gepikst oder gestochen oder getestet zu werden, und das kann die Geduld eines Patienten wirklich auf die Probe stellen.

»Hey, lass den Quatsch«, sagte ich schließlich zu einem von ihnen, nachdem er sich von hinten an mich herangeschlichen und mich voll in die Rippen gestochen hatte. Ich schätze, er wollte nur doppelt sichergehen, dass sie nicht hinüber waren oder so. Jedenfalls verblüffte er mich, indem er in so ein dreckiges lautes Lachen ausbrach, als hätte ich gerade einen Wahnsinnswitz gerissen.

»Hey, das war ’n guter, Kleiner«, sagte er. »Hey, habt

ihr das gehört, was der Kleine da eben gesagt hat? Er hat mir gesagt, ich soll den Quatsch lassen!« Die ganzen anderen Ärzte, und auch die Schwestern, fanden das zum Schreien und brachen ebenfalls in so ein dreckiges lautes Lachen aus. Dann begriff ich, was er meinte. Ich hatte ihm eben zu einem Witz verholfen, den er vermutlich noch in fünfzig Jahren bringen würde, und das nahm ich ihm wirklich übel, denn ich kann Ärzte einfach überhaupt nicht leiden, vor allem nicht diese Witzbolde, die sich mein Material aneignen. Ich meine, es ist ein ehrenwerter Beruf und alles, aber ich kann sie eben einfach nicht ausstehen. Zum Teil, weil sie im Allgemeinen wahnsinnig selbstgefällig sind, was, wie ich finde, ein sehr hässlicher Charakterzug ist, und zum Teil ist es diese Vorstellung, dass sie mich einfach aufschneiden können, ohne sich auch nur an die gepunkteten Linien halten zu müssen.

Als meine Eltern schließlich eintrudelten, nach ungefähr fünf Stunden, wuselten die ganzen Ärzte und Schwestern auf einmal um mich herum, und jeder versuchte, professioneller als die anderen auszusehen, während sie gleichzeitig versuchten, sich die beiden genau anzusehen. Es hätte mich nicht gewundert, wenn ein oder zwei von ihnen ein Autogrammheft gezückt hätten. Das hätte mich überhaupt nicht gewundert. Und es hätte mich auch nicht gewundert, wenn meine Mutter oder mein Vater es tatsächlich signiert hätten. Ich war es gewohnt. Ich hatte es schon tausende Male erlebt. Ich tat einfach so, als wäre ich gar nicht da. Ich hätte vielleicht versucht, aus einem Fenster zu springen, nur dass wir ein paar Stockwerke weit oben waren und ich dazu auch noch diesen verdammten Kittel anhatte.

»Ich fürchte, Ihr Sohn hat noch mal großes Glück gehabt«, sagte ein besonders selbstgefällig blickender Arzt, der es geschafft hatte, sich an die Spitze des Gedränges vorzukämpfen, zu meinen Eltern, die mit zusammengekniffenen Lippen dastanden.

O Mann, das war wirklich köstlich. Er *fürchtete*, ich hätte noch mal großes Glück gehabt. Ich fand, das war wirklich einmalig, und ich lachte laut auf. Es war zum Schießen. Der Typ sollte Komiker werden – entweder das, oder man hätte ihm eine schallende Ohrfeige verpassen sollen. Aber meine Eltern schienen den Witz gar nicht zu kapieren. Als ich so laut auflachte, sahen die beiden mich nur an, als sei ich übergeschnappt. Als sei ich vielleicht aus einer Nervenheilanstalt genau vor ihre Füße gefallen. Vermutlich dachten sie, ich sei mit dem Kopf aufgeschlagen. Vielleicht war ich das ja auch wirklich.

»Der junge Mann kann sich wirklich sehr glücklich schätzen.«

Jetzt kam er schon wieder mit der Tour. *»Glücklich?«*, dachte ich. »Du selbstgefälliger Scheißkerl.« O Mann, wie ich es hasse, wenn Leute so etwas sagen. Das ist genau dieses selbstgefällige Getue, von dem ich vorhin geredet habe. Ich hätte ihm am liebsten ein Skalpell in den Nacken gerammt und gesehen, wie glücklich *er* sich dann schätzte. »Was *mich* betrifft«, wollte ich am liebsten zu ihm sagen, nachdem ich mit seinem eigenen Skalpell auf ihn eingestochen hätte, »ich würde mich glücklich schätzen, wenn ich *nicht* von einem Auto angefahren worden wäre. *Glücklich* würde ich mich schätzen, wenn ich, anstatt von einem Auto angefahren zu werden, fünfzig Dollar auf dem Gehsteig gefunden hätte. *Dann* würde ich mich glücklich schätzen.«

Das *hätte* ich am liebsten zu ihm gesagt. Aber ich tat es nicht. Ich konnte mich nicht dazu aufraffen. Aber falls er darauf aus war, dass ihm jetzt irgendjemand auf die Schulter klopfte, muss er ziemlich enttäuscht gewesen sein. Ich weiß, die meisten Eltern schlabbern so etwas vermutlich gern auf, dass ihre Kinder knapp dem Tod entronnen sind oder so, aber nicht meine. Sie sahen beide immer noch aus, als würden sie an Zitronen saugen. Ungefähr so, wie sie aussahen, wenn sie nicht genug Gin in ihrem Gin hatten. Eigentlich hätte man doch erwartet, diese ganze Situation, mit oder ohne selbstgefällige Kommentare, würde zumindest ein Zucken elterlicher Emotion auslösen. Nichts allzu Übertriebenes oder Dramatisches, das meine ich nicht. Kein theatralisches Getue oder etwas ähnlich Würdeloses. Ich meine nur, irgendein Anzeichen von Erleichterung vielleicht, oder Dankbarkeit oder sogar Wut. Aber da würde man sich täuschen. Obwohl man fairerweise sagen muss, dass Emotionen noch nie wirklich ihr Ding waren, daher nahm ich es nicht persönlich. Manche Leute lernen ja auch nie Fahrrad fahren oder mit geschlossenem Mund zu kauen. Sie kriegen den Dreh dafür einfach nie raus. Außerdem konnte meine Mutter gelegentlich schon ganz mütterlich drauf sein, aber nur, wenn sie in der richtigen Stimmung dafür war. Aber heute brachte sie nicht mehr als ein ziemlich lahmes »Ach ja?« zustande, während mein lüsterner Vater endlich lange genug aufhörte, an seiner imaginären Zitrone zu saugen, um eine niedliche Krankenschwester mit den Augen zu verschlingen, der es gelang, erstaunlich heftig mit der Kehrseite ihrer Uniform zu wackeln.

Wenigstens hatte er einen ziemlich guten Geschmack, das muss ich ihm lassen. Und wenigstens ließen sie mich nicht als irgendeine Art erbärmliches Versuchskaninchen dort liegen, mit heraushängendem Arsch, auch wenn es verlockend gewesen sein muss.

9

Die Fahrt nach Hause im Auto lief ungefähr so ab:

Mein Vater: Ich hasse diese Stadt. Sie ist voller Freaks! Kein Wunder, dass die Leute scharenweise abwandern.

Meine Mutter (starrt geistesabwesend aus dem Fenster): Ach ja? Das war mir noch gar nicht aufgefallen.

Mein Vater: Natürlich tun sie das! Sind dir diese ganzen leeren Gebäude denn noch nie aufgefallen? Die Stadt ist voll davon!

Meine Mutter: Voll davon? Sagtest du nicht eben, sie sei leer?

Mein Vater: Voll von leeren Gebäuden! Die Stadt ist voll von leeren Gebäuden. Und Freaks.

Meine Mutter: Freaks?

Mein Vater: Die ziehen in die ganzen leeren Gebäude.

Meine Mutter: Ach ja? Das war mir noch gar nicht aufgefallen.

Mein Vater: Ach, das ist wirklich genial von ihnen! Sie haben gelernt, sich unter die Leute zu

	mischen. Inzwischen ist es fast unmöglich, die Freaks von den Nicht-Freaks zu unterscheiden.
Meine Mutter:	Woher weißt du denn dann, wer einzieht und wer auszieht?
Mein Vater:	Es ist nicht leicht.

So liefen die Gespräche im Allgemeinen ab, und das nicht nur im Auto – das wäre vielleicht noch okay gewesen –, sondern ständig. Die Sache ist die, meine Eltern sind mit ziemlicher Sicherheit nicht ganz richtig im Kopf. Früher, als ich klein war, habe ich mich immer gefragt: »Wovon zum Teufel reden die bloß?« Ich meine, ich hatte wirklich keinen blassen Schimmer. Einmal habe ich sie sogar gefragt. Ich bin einfach damit herausgeplatzt: »Wovon zum Teufel redet ihr? Ich habe nicht ein einziges gottverdammtes Wort verstanden.« Sie starrten mich beide nur an, als wäre ich eine Art sprechender Stein. Sie wussten nicht, wovon zum Teufel *ich* redete. Sie hatten keinen blassen Schimmer.

Mein Vater hatte es irgendwie mit Freaks. Ich schätze, man könnte es wohl einen Tick nennen. Aber ich war mir nie ganz sicher, wer die Voraussetzungen dafür erfüllte. Ich meine, wer ein Freak war und wer nicht. Ehrlich gesagt hat er mir nie auf der Straße einen gezeigt oder so (»Sieh mal, mein Sohn – da drüben. Ein Freak!«), daher wusste ich auch eigentlich nie, wonach ich Ausschau halten sollte. Aber ich verstand es so, dass im Grunde jeder einer sein konnte, überall, mitten unter uns, ohne dass wir es überhaupt wussten, Leute, die sich als gewöhnliche, brave Bürger ausgaben, die mit der U-Bahn fuhren und ihre Wäsche abholten, wie etwas aus irgendeinem alten Propagandafilm. Wie diese alten Kommunisten, über die sich früher alle immer so aufgeregt haben. Aber ich zerbrach mir nicht zu sehr den Kopf darüber. Irgendwann entschied ich, dass ich es vermutlich einfach wissen würde, wenn ich einen sah.

Ich weiß nicht, ob das besonders ungewöhnlich ist, aber ich weiß nicht einmal, wie meine Eltern sich kennengelernt haben. Ich weiß natürlich, dass meine Mutter diese berühmte Schönheit war und alles und mein Vater irgendwie eine große Nummer. Aber nach allem, was ich weiß, hätten sie sich auch in einem Minenschacht kennenlernen oder zusammen auf einer einsamen Insel gestrandet sein können. Wenn man sie sich jetzt so anschaut, würde man meinen, so viele Zufälle kann es auf der Welt gar nicht geben, um die beiden zusammenzubringen – aber ich schätze, irgendwie ist es offenbar doch passiert. Ich schätze, irgendwie sind sie sich begegnet und haben sich verliebt und beschlossen zu heiraten, genau wie alle anderen auch, wie es die Leute jeden Tag tun. Wie es die Leute seit Jahrtausenden (das muss man sich mal vorstellen!) jeden Tag getan haben. Aber irgendwie konnte ich es mir einfach nicht vorstellen. Ich habe es versucht, aber es hat nichts genützt. Außerdem habe ich mich oft gefragt, wie sie wohl waren, als sie so alt waren wie ich, bevor sie sich überhaupt kennenlernten, aber auch das habe ich irgendwann aufgegeben. Ich habe irgendwann Kopfschmerzen davon bekommen. Das passiert einfach, schätze ich, wenn man über gewisse Dinge nachdenkt.

Ich schätze, was ich sagen will, ist, dass wir uns eigentlich nicht so besonders nahestanden. Wir waren nicht die Art Familie, die zusammensitzt und von ihrem Tag schwafelt und so. Sie wissen schon, wie so eine kitschige Familie in so einer kitschigen alten Fernsehserie, wo alle um den Tisch sitzen und wahnsinnig geistreichen Smalltalk machen, selbst die ganz kleinen Kinder, und jeder interessiert sich über die Maßen für jeden kleinen Scheiß, den jeder andere getan oder gesagt hat, seit sie das letzte Mal um diesen Tisch saßen, was vermutlich beim Frühstück mit Pfannkuchen oder vielleicht sogar Waffeln der Fall war. Ich weiß nicht, ob es solche Familien je in Wirklichkeit gegeben hat, aber ich denke mal, wenn dem so war, dann gibt es sie vielleicht noch immer, irgendwo. Wer weiß. Ich weiß allerdings, dass ich mich, hätten wir es je versucht, kein bisschen gewundert hätte, wenn wir uns gegenseitig zu Tode gelangweilt hätten. Wirklich nicht.

»Wie war dein Tag, mein Sohn?«

»Toll, Dad! Ich wurde von einem Raser mit dem Auto angefahren und habe mir in die Hose gepisst.«

Rums! (Macht sein Kopf.)

»Oh, so ein Pech! Warte, bis ich dir von meinem Tag erzähle.«

Rums! (Macht meiner.)

Tatsächlich war es eher so, sobald wir zur Tür hereinkamen, hatte meine Mutter plötzlich wieder einmal einen »schlimmen Kopf« und zog sich zurück – wahrscheinlich um ihn auszuwechseln. Sie hatte ein paar Schraubenbolzen im Hals und einen ganzen Schrank voller Ersatzköpfe.

Mein Vater verschwand prompt in seine Höhle.

O Mann, mein Vater und seine Höhle. Diese Höhle und was er darin tat, das war ein einziges Riesengeheimnis. Ich habe in meinem ganzen Leben nie auch nur einen Blick hineingeworfen, aber das Komische dabei war, ich war nie auch nur ein bisschen neugierig. Man würde vielleicht meinen, ich sei es gewesen, aber ich war es nicht. Nach allem, was ich wusste, hätte er dort drinnen einen dressierten Albino-Elefanten haben können, und es hätte mich kein bisschen gekratzt. Eine meiner frühesten Erinnerungen ist allerdings auch, wie mein Vater sich mit mir hinsetzt, so von Mann zu Mann, und zu mir sagt: »Was immer du sonst noch tust, mein Sohn, halt dich zum Teufel fern von meiner Höhle.« Ich schätze, so etwas kann die Neugier eines Kindes entweder anstacheln oder ein für alle Mal abtöten.

Anstatt in diesem alten Mausoleum herumzuhängen, was höllisch deprimierend sein konnte, ging ich sofort hoch in mein Zimmer. Aber zuerst musste ich an Wänden über Wänden mit den ekelhaftesten Bildern vorbeilaufen, die die Welt je gesehen hat. Im Ernst. Die meisten davon waren so ekelhaft, dass ich es nicht einmal annähernd beschreiben kann. Meine Eltern müssen den lausigsten Kunstgeschmack von so ziemlich allen Leuten auf der ganzen Welt gehabt haben, aber sie selbst waren da natürlich anderer Meinung. Sie dachten, sie wären echte Kenner. Leute mit einem richtig lausigen Geschmack denken das oft. Und was es noch schlimmer machte: Ein paar davon waren so groß wie die Wand, an der sie hingen! Sie waren riesig! O Mann, allein schon ihr Anblick deprimierte mich. Und es war nicht einmal so, dass sie thematisch einheitlich deprimierend waren. Ganz im Gegenteil sogar. Manche waren so gottverdammt fröhlich, dass ich am liebsten den Kopf gegen eine Wand schlagen wollte.

10

Mein Zimmer war natürlich das reinste Chaos. Ich hatte mit dem Gedanken gespielt, ein bisschen aufzuräumen, aber letztendlich sah ich keinen Sinn darin. Es fällt mir ziemlich leicht, solche Dinge philosophisch zu sehen. Die Tür fiel hinter mir zu, und ich warf mich aufs Bett, das noch immer mit allem möglichen Krempel übersät war, mit dem ich vorher gespielt hatte: ein paar Bücher, ein Baseballhandschuh, eine Lupe und dieses wunderschöne Kaleidoskop, das ich hatte, seit ich ein kleiner Junge war. Jetzt, wo ich so darüber nachdachte, war es ein verdammt langer Tag gewesen. Manche Tage sind so. Sie kommen einem vor, als wären sie ungefähr ein Jahr lang. An solchen Tagen starrte ich einfach an die Decke. Das kann ich normalerweise stundenlang tun, und oft mache ich das auch. Das ist so eine Art Talent, das ich habe. Ich weiß, für ein Talent ist das natürlich nicht besonders eindrucksvoll oder so, aber ich kann Ihnen gar nicht sagen, wie viel Spaß es mir macht, einfach nur dazuliegen und an die Decke zu starren, den Kopf im Leerlauf. Ehrlich gesagt, glaube ich, dass es für jeden ein Riesengewinn wäre, zumindest einen Teil jedes Tages genau das zu tun. Ich meine nicht, dass sich die Leute wirklich hinlegen und stundenlang an eine

Decke starren müssten. Sie könnten an eine Decke, eine Wand oder einen Baum starren, irgendetwas, und so lange sie eben wollten. Ich finde das wirklich sehr tröstlich, und ich bin sicher, vielen anderen Leuten würde es genauso gehen. Aber aus irgendeinem Grund wurde mir nach nur ungefähr zwei Minuten langweilig, was sehr ungewöhnlich für mich ist, da mir so gut wie nie langweilig wird. Ich glaube, ich habe bereits erwähnt, dass ich eine sehr niedrige Schmerzgrenze habe. Na ja, ich habe auch, was man, schätze ich mal, vielleicht eine sehr hohe Langeweilegrenze nennen könnte. Daher habe ich stattdessen dann einfach den Fernseher eingeschaltet. Ich kann Fernsehen nicht ausstehen. Es gibt ein paar Dinge, die ich nicht ausstehen kann und bei denen ich manchmal, wenn ich dabei bin, gar nicht mehr genau weiß, warum ich sie nicht ausstehen konnte. Aber beim Fernsehen ist das nicht der Fall. Jedes Mal, wenn ich fernsehe, weiß ich immer genau, warum ich es nicht ausstehen kann. Aber ich sehe trotzdem manchmal fern. Ich weiß auch nicht, warum.

Die Kriege liefen nicht gut, wie üblich. Nicht dass das noch irgendwem auffiel. Oder irgendwen kümmerte. Es war jetzt schon ein paar Jahre her, dass irgendein Genie auf die Idee gekommen war, sie in eine Rund-um-die-Uhr-Unterhaltung zu verwandeln, und seitdem spielte es eigentlich kaum noch eine Rolle, wer dabei war, zu gewinnen oder zu verlieren, solange die Quote durch die Decke schoss. Und das tat sie. Inzwischen waren die Sponsoren angerückt und die Produktionswerte alle nach Hollywood gegangen. Es zog allmählich sogar ein paar ziemlich große Namen an. Filmstars standen Schlange, um in den Krieg zu gehen, weil niemand mehr ins Kino ging.

Jedenfalls, ich muss ein paar Hundert Sender durchgezappt haben, bevor ich auf etwas Interessantes stieß, einen alten Horrorfilm mit Boris Karloff und ein paar knarrenden alten Sets. Er musste ungefähr hundert Jahre alt sein, aber ich liebe dieses Zeug einfach, und deshalb dämpfte ich das Licht, um für ein bisschen Atmosphäre zu sorgen, kuschelte mich in meine Kissen und lag dann einfach da und starrte hoch zu diesem flimmernden alten Film. Aber dann, ich weiß auch nicht, warum, fing ich an, über ein paar Dinge nachzudenken, vor allem über dieses Mädchen am Straßenrand – die, die ich schon ein-, zweimal hier in der Gegend gesehen hatte, ohne je den Nerv zu haben, sie auch nur anzulächeln. Ich weiß nicht, was es war, aber sie hatte irgendetwas an sich, das ich sehr faszinierend fand. Sie sah nach einer sehr interessanten Person aus. Ich dachte, ich hätte wirklich nichts dagegen, sie besser kennenzulernen. Aber dann schoss mir auf einmal ein entsetzlicher Gedanke durch den Kopf. Ich weiß nicht, warum er mir nicht schon längst eingefallen war. »O Mann«, dachte ich, »ich hoffe wirklich, sie ist nicht mit all den anderen hochgenommen worden.« Das wäre wirklich schrecklich gewesen. Ich hatte schlimme Dinge darüber gehört, was mit Leuten passierte, die bei einer solchen Gelegenheit geschnappt wurden. Ich hatte gehört, sie wurden einfach in den Hudson geworfen. Aber das glaubte ich eigentlich nicht.

11

Ich träume fast nie. Das heißt, ich weiß schon, dass ich träumen muss, denn ich habe mal irgendwo gelesen, dass jeder träumt, und das offenbar ständig. Es ist wohl so etwas wie eine Art Mitternachts-Filmmarathon, der in unseren Köpfen abläuft, während wir schlafen, nur dass sich manche Leute – wie zum Beispiel ich – offenbar an keine der Handlungen oder Charaktere erinnern können. Und ohne auch nur eine abgerissene Kinokarte zu haben, an die sie sich klammern könnten, wachen sie am nächsten Morgen auf und denken, sie haben gar nicht geträumt, während sie es in Wirklichkeit doch getan haben. Ich schätze mal, eines Tages wird es einen Apparat geben, der unsere Träume aufzeichnen kann, und dann kann man sie sich einfach noch mal ansehen, wie ein Heimkino. Ich schätze, Leute wie ich werden ganz vorne in der Schlange stehen, um so ein Ding zu ergattern.

Aber egal, ob ich normalerweise träume oder nicht, in dieser Nacht tat ich es auf jeden Fall. Ich habe ausgerechnet von einem Clown geträumt, von genauso einem wie dem, den ich als Kind mal gesehen habe. Ich weiß, Leute, die von ihren Träumen erzählen, sind stinklangweilig.

Schon klar. Ehrlich gesagt, wenn irgendjemand anfängt, mit mir über irgendeinen Traum zu reden, den er hatte, würde ich am liebsten sagen: »Lass es einfach. Ich weiß, du glaubst wahrscheinlich, es ist wahnsinnig interessant und alles, und vielleicht ist es das ja auch. Aber die Sache ist die, es interessiert mich einfach nicht.« Das sage ich natürlich nicht laut, aber ich würde es auf jeden Fall am liebsten laut sagen. Und selbst wenn derjenige mir seinen Traum erzählt hat – weil ich zu feige war, von Anfang an zu sagen, dass es mich nicht interessiert –, und selbst wenn der Traum *tatsächlich* wahnsinnig interessant war, garantiere ich Ihnen, dass es in neun von zehn Fällen trotzdem langweilig war. Was an und für sich irgendwie interessant ist, denn wenn es ein Buch oder ein Film wäre, wovon derjenige einem erzählt, oder etwas, das ihm wirklich passiert ist, dann wäre es vermutlich schon interessant. Jedenfalls, ich muss erst fünf oder sechs gewesen sein, als ich sie dieses eine Mal sah. Aber schon damals stand ich nicht so besonders auf Clowns. Ehrlich gesagt hielt ich es für eine sehr fragwürdige Art, seinen Lebensunterhalt zu verdienen, schon damals. Außerdem waren mir alle anderen im Publikum, einschließlich meiner Eltern, ziemlich peinlich. So, wie sich alle halb totlachten, hätte man glauben können, es sei das Witzigste, was sie je im Leben gesehen hatten. Ich weiß noch, dass ich dachte, ein paar Leuten würde gleich schlecht werden. *Richtig* schlecht. Ich weiß nicht, warum, aber ich fand das alles überhaupt nicht witzig. Zuerst fand ich es einfach nur peinlich, aber dann wurde es allmählich beunruhigend.

Nicht die Clowns selbst – von denen weiß ich, dass sie manchen Leuten sowieso irgendwie unheimlich sind –, sondern wie sich alle derart über sie kaputtlachten. Als ich mich umsah, hatte ich auf einmal diese Vorstellung, dass die ganze Welt verrückt geworden sein musste – alle bis auf mich. Ich dachte wirklich, alle anderen wären übergeschnappt. Aber das wirklich Beunruhigende, das wirklich Beängstigende war, dass ich selbst nicht auch übergeschnappt war. Das hat mir höllisch Angst gemacht. Ich wollte es sein, aber ich war es einfach nicht. Und jetzt, nach all den Jahren, träumte ich auf einmal von einem dieser Clowns. Und ich fand ihn jetzt kein bisschen witziger. Er trug ein Paar riesige, ausgelatschte alte Clownsschuhe, die jedes Mal so ein lautes, nasses, platschendes Geräusch erzeugten, wenn er einen Schritt machte, als würde man einen Fisch auf den Gehsteig klatschen, und er hielt einen riesigen Luftballon an einer Schnur in der Hand, der genau über seinem Kopf schwebte. Aber das Seltsame war, ich hatte nicht den Eindruck, dass er leichter als Luft war, obwohl er so über seinem Kopf schwebte. Tatsächlich hatte ich genau den gegenteiligen Eindruck. Er sah grau und massiv und bleischwer aus und hing dort wie eine Art Affront gegen die Schwerkraft.

Und was alles noch schlimmer machte: Der Clown sagte kein Wort, er stand einfach nur da und grinste von einem Ohr zum anderen. Aber natürlich grinste er eigentlich gar nicht, nicht wirklich. Er machte nur den Eindruck, als würde er grinsen, da ein Grinsen, so breit wie der Grand Canyon, mit Fettschminke quer über sein irres, hässliches Clownsgesicht gemalt war.

Und hinter diesem Grinsen war sein Gesicht wie eine Wand.

12

Als ich am nächsten Morgen aufwachte, fühlte ich mich, ehrlich gesagt, nicht unbedingt hundertprozentig rosig. Ich fühlte mich eher, als hätte man mich durch eine Mangel gedreht, oder einen Fleischwolf, und mich dann aus einem Klumpen rohen, zerschredderten Hackfleischs neu geformt. Alles tat weh wie ein einziger dicker, dunkelblauer Fleck. Ich fühlte mich fürchterlich. Aber ich schleppte mich trotzdem aus dem Bett. Ich dachte, ich sollte besser einen Blick in den Spiegel werfen.

Ich betrachtete mich eigentlich generell nicht besonders gern im Spiegel, aber ich tat es trotzdem. Ich kenne Typen, die können sich den ganzen Tag im Spiegel anstarren, ohne dass ihnen vom Anblick ihres eigenen Hinterns je schlecht wird. Und die Sache ist die, es ist ihnen auch nicht ein bisschen peinlich, nicht einmal, wenn andere Leute in der Nähe sind. Wenn man ihnen dabei zusieht, könnte man meinen, sie seien Rudolph Valentino oder so. Oder Errol Flynn. Sobald sie einen Spiegel sehen, können sie es einfach nicht lassen. Wenn ich solche Typen auf Toiletten oder in Aufzügen sehe, will ich am liebsten zu ihnen sagen: »Du bist so schön, dass ich es echt nicht ertragen kann.« Im Ernst. Das sind natürlich genau dieselben Typen, die jederzeit jedes einzelne Kleidungsstück genau benennen können, das sie anhaben, bis hin zur Unterwäsche. Fragen Sie sie mal, welche Farbe die Unterhose hat, die sie in dem Moment tragen, und ich schwöre, sie könnten es Ihnen sagen. Ich persönlich hege großes Misstrauen gegenüber solchen Leuten.

Nicht dass ich ein totaler Gammler bin oder so. Das meine ich nicht. Ich gelte vermutlich sogar als gut gekleidet. Das heißt, ich trage gute Klamotten, aber ich ziehe sie eben einfach irgendwie über. Und ich bin auch nicht so abstoßend, dass ich auf keinen Fall in einen Spiegel blicken will, um nicht daran erinnert zu werden. Es ist nur so, dass ich nicht völlig überzeugt davon bin, dass das, was ich sehe, wenn ich in einen Spiegel schaue, wirklich ich bin. Natürlich weiß ich, dass es wie ich *aussieht*. Das will ich nicht sagen. Ich weiß, dass ich so aussehe und alles. Aber es ist trotzdem eher so, als würde ich irgendeinen Fremden anstarren oder jemanden, der zufällig genauso aussieht wie ich, und dann rechne ich immer halb damit, dass er gleich irgendeine obszöne Geste macht, ungefähr so, als würde ich dabei ertappt werden, wie ich jemanden im Bus oder irgendwo anstarre.

Aber wie ich schon sagte, ich musterte mich trotzdem kurz im Spiegel, im Adamskostüm und alles. Ich dachte, so, wie ich mich fühlte, müsste ich mit Sicherheit mindestens halb grün und blau sein. Ich machte mich aufs Schlimmste gefasst. Aber ich war es nicht. Ich hatte nicht einmal eine Beule oder einen blauen Fleck. Nicht einen Kratzer. Ganz im Gegenteil, mein Spiegelbild sah schlank und gesund und auffällig unauffällig aus, und während meiner Selbstbetrachtung kam ich nicht umhin zu sehen und sogar zu bewundern, welche Richtung mein noch immer knabenhafter Körper nahm.

Er war eindeutig dabei, sich zu entfalten, noch glatt, aber auf einmal auch fest.

Und dann, ein bisschen verlegen, schlüpfte ich in ein paar Klamotten und ging nach unten, wo ich Louie Louie antraf, der gerade mein Frühstück aß.

13

Ich begrüßte ihn mit einem freundlichen »Louie Louie, du gottverdammtes Schwein!«, was ihn so mordsmäßig überrumpelte, dass er sich fast an dem Riesenhappen Eier mit Speck verschluckte, den er sich eben in sein fettes Gesicht geschaufelt hatte. Ich musste ihm sogar ein paarmal auf den Rücken klopfen, bevor er wieder herauskam, ein ekelhafter, halb gekauter Klumpen, der dann einfach am Rand seines Tellers liegen blieb. Oder vielmehr meines Tellers. Ehrlich gesagt hätte ich ihn wirklich nicht so ablenken sollen, während er aß, da verstopfte Luftröhren bei ihm schon lange in der Familie lagen. Seine Leute erstickten immer an irgendwelchem Scheiß. Es war so etwas wie ein Familienfluch.

»Deinetwegen wäre ich fast erstickt!«, keuchte er, während er mit wässrigen roten Augen zu mir hochsah, sobald die Gefahr gebannt war.

Ich setzte mich ihm gegenüber an den Tisch. Ich legte die Füße auf einen Stuhl und entspannte mich.

»Du solltest lernen, dein Essen zu kauen, Louie Louie, das ist dein Problem«, sagte ich zu ihm, während ich mir eine Tasse Kaffee einschenkte. Allmählich ging es mir schon viel besser. »Aber ich schätze, das kommt davon, wenn man sich mit diesen ganzen anderen kleinen Ferkeln einen Trog teilen muss.«

Das war nicht ein bisschen persönlich gemeint, wissen Sie, es war einfach die Art, wie wir miteinander redeten. Außerdem könnte man dem alten Louie Louie mit einem Baseballschläger auf den Kopf hauen, und er würde es nicht persönlich nehmen. Er grinste sogar wie ein echter Scheißkerl. Er war so ungefähr der grinsendste Scheißkerl, den es je gegeben hat.

»Und«, sagte er noch immer grinsend, während er sich gleichzeitig weiter Essen in seinen ohnehin schon vollen Mund schaufelte, als würde er, sobald er damit aufhörte, augenblicklich an Hunger sterben. Er hatte wirklich einen ziemlich großen Appetit. Vermutlich hatte er bei sich zu Hause schon eine Portion verdrückt, mindestens. Es war nicht so, dass seine Eltern ihn hungern ließen oder so. »Was habe ich da gehört, du bist von der Bordsteinkante einem gottverdammten Raser vors Auto gelaufen? Bist du irgendwie zurückgeblieben oder was?«

Gute Neuigkeiten sprachen sich auf jeden Fall schnell herum. Und ich hatte von dieser Anspielung, ich sei irgendwie zurückgeblieben, schon jetzt die Schnauze gründlich voll. Ich dachte, ich sollte die Sache besser im Keim ersticken.

»Dieser Wagen war außer Kontrolle!«, protestierte ich schrill. Ich versuchte, genau den richtigen Ton selbstgerechter Empörung zu treffen, aber ich schätze, das gelang mir nicht. Ich bin ein erbärmlicher Schauspieler, ganz im Gegensatz zu Louie Louie. »Als Fußgänger ist man in dieser widerlichen Stadt nicht mehr sicher. Der Fahrer muss total zugedröhnt mit Drogen oder irgendwas gewesen sein. Oder er war spät dran für die beschissene Oper.« Ich hatte schon ein paar Löffel Zucker in meinen Kaffee getan, aber ich gab trotzdem noch ein paar dazu. Ich hatte das Gefühl, es zu brauchen.

Aber Louie Louie saß einfach nur da und blickte selbstgefällig vor sich hin, während er mit dem ekelhaften, halb gekauten Frühstücksklumpen spielte, den er wieder hochgewürgt hatte. Er hatte den Teller fast schon leer geleckt, und ich wusste einfach, dass er auch den jetzt noch essen würde. Ich wusste, dass er ihn essen würde, denn wenn man jemanden richtig gut kennt, dann weiß man einfach, wenn derjenige irgendetwas richtig Ekelhaftes tun wird, zum Beispiel irgendein halb gekautes Frühstück essen, das er gerade eben wieder hochgewürgt hatte. Eigentlich ist es schon ziemlich witzig, was für ekelhafte Dinge die Leute tun, ohne dass es ihnen überhaupt bewusst ist. Sie müssen sich nur umsehen. Da draußen gibt es Leute, die ziemlich ekelhafte Dinge tun, und ich möchte wetten, wenn man auf sie zugeht und ihnen ganz beiläufig auf die Schulter klopft und sie darauf aufmerksam macht, wie ekelhaft es ist, könnte es gut sein, dass sie sich umdrehen und sich bedanken. Entweder das, oder sie würden einem die Fresse einschlagen.

»Na ja«, sagte er, nachdem er sich den ekelhaften Klops schließlich in den Mund gesteckt hatte, genau wie ich es mir schon gedacht hatte, »da habe ich etwas anderes gehört.«

Ich zermarterte mir das Gehirn. Ich konnte mir schon vorstellen, *was* er gehört hatte, aber ich konnte mir nicht vorstellen, von *wem* er es gehört haben könnte. Aber zuzutrauen war es Louie Louie. Er hatte überall Kontakte, ich schätze, weil er so ein liebenswürdiger Mensch war. Er quatschte einfach mit jedem. Mit alten Damen, mit Pennern, einfach mit jedem. Er war nicht launisch, so wie ich. Ich kann manchmal wahnsinnig launisch sein. Jedenfalls, ich hatte keine andere Wahl, als ihn zu fragen.

»Und was genau *hast* du gehört und von *wem*, wenn die Frage gestattet ist?«, sagte ich so affektiert wie möglich, nur so zum Jux, und mit diesem sehr vornehmen englischen Akzent, obwohl meine Akzente grottenschlecht sind. Außerdem tat ich es, um die ganze Peinlichkeit zu überspielen, schätze ich, denn der ganze Vorfall war mir noch immer ziemlich peinlich.

»Ich habe gehört, du bist von der Bordsteinkante einem gottverdammten Raser vors Auto gelaufen«, sagte Louie Louie, während sich sein feistes, fettes Grinsen über sein feistes, fettes, frühstücksverschmiertes Gesicht ausbreitete, »und ich glaube, ich wurde zuverlässig informiert.«

Ich schlug mit der Faust auf den Tisch, sodass mein Kaffee überschwappte. »Von *wem?*«, wollte ich wissen. Ich plusterte mich mordsmäßig auf, als würde ich in irgendeinem grauenhaften Theaterstück mitspielen oder so was. »Ich will einen Namen hören, du Frühstück fressender Schuft!«

Das gefiel Louie Louie. Er grinste sich einen verdammten Ast. Dann sagte er es mir. Vermutlich hätte ich es mir denken müssen, aber das tat ich nicht. Ich kann manchmal sehr langsam sein. Ich gebe es zu.

»Von so einer süßen kleinen Biene, die wie gerufen zur Stelle war«, sagte er. »Und die ganze gottverdammte Sache gesehen hat.«

PENG!

14

Es musste dasselbe Mädchen sein, da war ich mir sicher. Und es war eine Riesenerleichterung zu wissen, dass sie letztendlich doch nicht in den Fluss geworfen worden war. Deswegen hatte ich schon ein ziemlich schlechtes Gewissen gehabt. Ich schätze, für die ganzen anderen widerlichen Schaulustigen musste es ja so kommen, mit ihren schlauen Kommentaren und allem, aber ich war froh, dass es ihr gelungen war zu entkommen. Außerdem wollte ich auf einmal gern ein, zwei Dinge in Erfahrung bringen, jetzt, wo ich wusste, wer Louie Louie alles darüber erzählt hatte. Es gab eindeutig eine ganze Menge Dinge, die ich ziemlich gern herausfinden wollte.

Am meisten interessierte mich, ob sie entwischt war, bevor dieses lausige Großmaul damit herausgeplatzt ist, dass ich mir in die Hose gepisst hatte. Das war mein Hauptanliegen. Aber natürlich konnte ich nicht einfach offen danach fragen. Das wäre ein Riesenfehler gewesen. So etwas ist genau das, was man besser unter Verschluss hält, aus offensichtlichen Gründen. Außerdem war Louie Louie vermutlich ein noch größeres Großmaul als dieser Dreckskerl. Er könnte ein Geheimnis nicht mal für sich behalten, wenn sein Leben davon abhinge. Daher beschloss ich, ihn stattdessen über ein, zwei andere Dinge auszuquetschen, aber auf so eine täuschend coole, beiläufige Art, als würde ich nur fragen, um mir die Zeit zu vertreiben. Als wäre mir langweilig oder so. Das Letzte, was man tun sollte, wenn man Louie Louie irgendwelche Informationen entlocken will, ist, ihm den Eindruck zu vermitteln, man sei interessiert. Wenn man das tut, hat man schon verloren.

»Und«, sagte ich, als würde ich nur so zum Spaß an der Freude Smalltalk machen – Sie wissen schon, als wäre mir so langweilig, dass ich gleich vom Stuhl kippen würde. Aber wie ich schon sagte, ich bin ein erbärmlicher Schauspieler. »Woher kennst'n du die überhaupt?«

Louie Louie stieß einen grauenhaften Rülpser aus.

»Kenne ich wen?«, fragte er.

»Die, von der du das weißt.«

»Ach«, sagte er. »Die.«

»Ja«, sagte ich. »Die.«

Das war der Augenblick, als er anfing, mit einem Fingernagel zwischen seinen Zähnen zu stochern. Und zwar sehr gründlich. Er war entschlossen, gute Arbeit zu leisten. Und dann, wenn er schließlich irgendetwas herausgestochert hatte, würde er es essen. Auch da ging er sehr gründlich und methodisch vor. Klar, ich schätze mal, ich hätte ihm einfach auf die Schulter klopfen können, wie ich eben schon sagte, und ihn darauf aufmerksam machen, wie ekelhaft das war, aber das hätte nichts genützt. Wirklich nicht.

Schließlich, nach ungefähr einer Stunde, sah es aus,

als wäre er fertig. Natürlich war es nicht wirklich eine Stunde, aber jemandem dabei zuzusehen, wie er zwei Minuten an seinen Zähnen herumstochert, kommt einem *vor* wie eine Stunde. Aber er war noch gar nicht fertig. Er fing noch einmal von vorn an. Dann sagte er: »Wieso willst'n das wissen?«, und zwar noch während er weiter in seinem Mund herumfuhrwerkte. Er hatte wirklich entzückende Manieren. Man hätte überall mit ihm hingehen können.

»Nur so«, sagte ich zu ihm. O Mann, war ich lässig.

Jetzt hing irgendetwas in einem Backenzahn, und er musste sich wirklich konzentrieren. Es musste wirklich sehr fest klemmen, denn er musste seine halbe Hand in den Mund stopfen, um es herauszubekommen. Ich überlegte, ob ich ihm vielleicht eine Zange oder so etwas anbieten sollte. Als er es irgendwann doch geschafft hatte, hielt er es hoch, um es zu inspizieren. Es sah aus wie ein Stück Speckschwarte, aber er inspizierte es, als wäre es ein seltener und exotischer Kunstgegenstand, den er soeben ausgegraben hatte. Ich weiß nicht, was er sonst noch zu finden erwartet hatte.

»Von hier so«, sagte er, als er schließlich dazu kam, meine ursprüngliche Frage zu beantworten.

O Mann, wie ich solche Antworten hasse. Wenn ich höre, wie mir jemand eine solche Antwort gibt, würde ich ihm am liebsten den Kopf auf die nächstbeste harte Oberfläche knallen. Ich würde ihm am liebsten sein bescheuertes Gehirn herausschlagen.

»Und«, sagte ich, anstatt zu tun, was ich eigentlich tun wollte, nämlich seinen Kopf auf die Tischplatte zu knallen, »wie bist'n überhaupt dazu gekommen, mit der zu reden?«

Jetzt gähnte er so breit, dass ich schon dachte, sein Kopf würde gleich in zwei Hälften zersplittern. Es war so ungefähr das scheinheiligste Gähnen, das ich je in meinem Leben gesehen hatte. Er hielt sich auch noch nicht mal die Hand vor den Mund. »Ich schätze, wir sind uns einfach irgendwie übern Weg gelaufen«, sagte er gedehnt, nachdem er damit fertig war, so zu tun, als würde er sich einen abgähnen. »Du weißt schon.«

Ich wusste es natürlich nicht, aber an der Stelle tat ich einfach, als würde ich das Interesse verlieren. Ich ging sehr taktisch vor. Ich nahm einen Schluck Kaffee, und dann begann ich einfach, ein paar Takte dieser einen Melodie vor mich hin zu summen, die mir in letzter Zeit ständig durch den Kopf ging – *I've Got My Love to Keep Me Warm* –, die nicht einmal ein gottverdammter Raser hatte verscheuchen können. Da drin lief immer die eine oder andere Melodie ab. Manchmal konnte ich sie nur loswerden, indem ich eine andere Melodie fand. Und dann, nach etwa einer Minute, versuchte ich es noch einmal. Ein taktischer Vorstoß.

»Und«, sagte ich, diesmal noch lässiger, als sei es so ziemlich das Letzte, was mich wirklich interessierte, »wie ist sie so?«

Aber das war ein Fehler. Er hatte den Braten sofort gerochen.

»Magst'e sie?«

Verdammt!

Zeit, den Rückzug anzutreten. Sieh zu, dass du da wieder rauskommst. »Ich meine …« – was für eine idiotische, bescheuerte Frage war das denn gewesen? Was hatte ich mir bloß dabei gedacht? O Mann, was für ein Volltrottel – »Ich meine«, brabbelte ich, während ich verzweifelt überlegte, wie ich zurücknehmen könnte, was ich soeben gesagt hatte, »was hat sie denn so für eine Meinung, zum Beispiel zu dieser Anspielung, ich sei irgendwie zurückgeblieben und so? Ich meine – hat sie überhaupt eine?«

Aber Louie Louie blickte mich einfach nur über den Tisch hinweg an. Mir gefiel dieser Blick absolut nicht, mir gefiel nicht, wie dieser Blick blickte. Mir wurde sehr unbehaglich, als würde ich so tun, als wären es nicht meine Füße, die stanken, auch wenn sie es tatsächlich waren. Aber er sagte nichts. Das musste er nicht. Nach einer Weile hielt ich es nicht mehr aus und brach einfach zusammen. Ich bin auch ein erbärmlicher Pokerspieler, und unter Folter wäre ich ein Versager. Ich würde jeden binnen zwei Sekunden verpfeifen.

»Was?«, wollte ich wissen, aber Louie Louie schüttelte nur den Kopf, als wäre ich die ganze menschliche Idiotie in einer Person oder so und er auf einmal Louie Louie der Weise. Ich wünschte fast, ich hätte ihn ersticken lassen, als ich die Chance dazu hatte.

»Entweder bist du mit dem Kopf aufgeschlagen, Montanna«, sagte er schließlich, als würde er irgendeine wahnsinnig tiefgründige Erklärung abgeben, »oder es hat dich ziemlich schlimm erwischt.«

Da hatte er schon wieder recht. So oder so.

»Was zum Teufel meinst'n damit?«, wollte ich wissen, obwohl ich natürlich längst genau wusste, was er meinte. Ich war höllisch empfindlich. Ich geb's zu.

»Ich *meine*«, wiederholte er schön langsam, als würde er wirklich mit jemandem reden, der geistig zurückgeblieben war, »entweder – bist – du – mit – deinem – gottverdammten – *Kopf* – aufgeschlagen – oder – es – hat – dich – ziemlich – *schlimm* – erwischt.«

Die Sache ist die, da hatte er recht. Was nicht nur selten war, sondern auch extrem ärgerlich. Es hatte mich tatsächlich ziemlich schlimm erwischt. Es stimmt. Was hätten denn sonst diese ganzen Fragen gesollt? Schließlich kannte ich das Mädchen ja nicht einmal. Sicher, ich hatte sie ein-, zweimal hier in der Gegend gesehen und fand, sie war niedlich und sah irgendwie interessant aus, aber das war auch schon alles. Die Stadt war voll von niedlichen Mädchen, und *zumindest* ein *paar* von ihnen mussten auch irgendwie interessant sein. Und trotzdem benahm ich mich wie so ein liebeskranker Volltrottel wegen dieses einen Mädchens. Und dabei war ich gar nicht mal der Typ dafür. Sie wissen schon, für Pralinen und Blumen und diesen ganzen scheinheiligen Scheiß. Bei so was machte ich mir normalerweise vor Lachen in die Hose. Bei so was würde ich mich am liebsten auf der Stelle übergeben. Nicht dass ich nicht so gefühlsduselig sein konnte wie jeder andere auch, wissen Sie. Das konnte ich durchaus. Es ist nur so, ich wusste, wo ich eine würdevolle Linie ziehen musste. Ich hatte meinen Stolz. Meine Selbstachtung.

»Okay, du lausiger, nichtsnutziger, sadistischer Scheißkerl«, sagte ich zu ihm. »Du hast recht. Ich geb's zu. Vielleicht hat's mich schlimm erwischt. Vielleicht bin ich sogar mit meinem gottverdammten Kopf aufgeschlagen. Zufrieden? Und jetzt spuck's schon aus, okay? Wie heißt sie?«

O Mann, der alte Louie Louie war begeistert. Er hatte kampflos gewonnen. Ich war eingeknickt wie ein Ei. Sein Tag hätte selbst dann nicht besser laufen können, wenn er ihn geplant hätte. Was er vermutlich getan hatte.

»Sunday Daffodil«, sagte er mit diesem Grinsen quer über seine verdammt breite Visage. »Sie heißt Sunday Daffodil, Herrgott noch mal.«

15

Sie müssen zugeben, das war schon ein irrer Name. Ehrlich gesagt widerstrebt es mir zu sagen, was mir auf der Zunge liegt, denn ich weiß, dass es kitschig klingen wird, und wenn Sie es hören, werden Sie wissen, was ich meine. Aber die Sache ist die, manchmal muss man mit so etwas einfach herausplatzen, ohne wirklich darüber nachzudenken, denn wenn man erst anfängt, sich zu fragen, wie kitschig es für andere Leute klingen wird, wird man es nie sagen. Jedenfalls, was ich sagen wollte, ist Folgendes.

Er klang wie Musik.

Ihr Name, meine ich. Natürlich habe ich das nicht laut gesagt oder so. Das ist eins dieser Dinge, die man nicht laut in die Gegend posaunt. So etwas herauszuposaunen hat dem eigenen Ruf noch nie gutgetan, so viel steht fest. Es zu denken war schon beunruhigend genug. Aber selbst ohne dass ich es laut sagte, saß Louie Louie einfach nur da und sah verdammt amüsiert und überlegen aus, was diese ganze Geschichte anging. Ich schätze, das ist auch nicht schwer, wenn bei deinem besten Freund auf einmal eine Schraube locker ist wegen irgendeines Mädchens, das er nicht einmal kennt, du aber schon. Bei so was kannst du's dir erlauben, total überlegen zu tun.

»Montanna«, sagte er, »du solltest dich mal im Spiegel anschauen. Ohne Witz. Du siehst aus, als hättest du eben Engel singen gehört oder so.«

Es ist witzig, aber es war schon ziemlich scharfsinnig, so etwas zu sagen, vor allem für Louie Louie. Auf eine kitschige Weise hatte ich *tatsächlich* eben etwas Himmlisches gehört.

16

Abgesehen davon, dass er wie bereits erwähnt eine echte Nervensäge war und äußerst selten auch mal eine wirklich scharfsinnige Bemerkung machte, war Louie Louie auch die Art Typ, der die Mutter seines besten Freundes genau vor seiner Nase angaffen würde, ohne sich irgendetwas dabei zu denken. Und genau das tat er jetzt, genau vor meiner Nase, während Sunday Daffodils Name noch immer süß in der Luft nachklang. Ich schätze, über so was hätte ich mich ziemlich aufregen sollen, aber fairerweise muss ich sagen, dass meine Mutter der Fantasie nicht unbedingt viel Raum ließ. Ich meine, manchmal zog sie sich schon sehr provozierend an, vor allem für eine ältere Frau. Es hing ganz von ihrer Stimmung ab.

Sie war ein seltsames Exemplar, so viel steht fest. An einem Tag hätte sie ein Loch in die *Titanic* reißen können, so eisig war sie, und am nächsten war sie dann wieder ganz mädchenhaft und zum Flirten aufgelegt. Außerdem stand sie unter starkem Medikamenteneinfluss (aber das galt natürlich auch für das halbe gottverdammte Land). Und sie liebte es, Publikum zu haben, wenn sie in der richtigen Stimmung dafür war. Jede Art Publikum. Vielleicht bereute sie es, doch nicht im Filmgeschäft zu sein, und war entschlossen, jede Aufmerksamkeit an sich zu reißen, die es noch an sich zu reißen gab, selbst wenn es nur die des alten Louie Louie oder sonst irgendjemands war. Ich meine, sie kam oft halb nackt hereingeschwebt, ihr bevorzugtes Blubbergetränk in einem Kristallkelch schwenkend, im vollen Bewusstsein, dass ich Gesellschaft hatte, und unternahm dann irgendeinen lahmen Versuch, sich zu bedecken, während Louie Louie oder wer auch immer einfach dasaß und sie wie ein Irrer angaffte. Es war wirklich armselig.

Ich weiß ja, dass sie vor langer Zeit einmal irgendeine berühmte Schönheit war und alles, aber das ist eben auch ungefähr hundert Jahre her, und so etwas kann schon ein bisschen peinlich werden, vor allem wenn irgendwelche Leute deswegen die ganzen Möbel vollsabbern. Aber so peinlich es auch war, aus irgendeinem Grund brachte ich es nie übers Herz, Louie Louie oder wem auch immer zu sagen, er solle es sein lassen. Oder genauer gesagt, ich schätze mal, ich wusste, dass meine Mutter sich irgendeinen komischen Kick dabei holte, und wer war ich, ihr einen kleinen Spaß zu verderben? Mit meinem Vater verheiratet zu sein kann nicht so wahnsinnig unterhaltsam gewesen sein.

Heute musste sie jedenfalls ganz mädchenhaft und zum Flirten aufgelegt aufgewacht sein, schätze ich, denn als sie ins Zimmer geschwebt kam, war sie halb bekleidet mit irgendeinem durchscheinenden Hauch von einem Satinnachthemd und einem Paar flauschiger Pumps. *Pumps*, mein Gott. Ich war mir ihrer Anwesenheit schon bewusst, noch bevor ich sie gesehen hatte, denn ich bemerkte, wie Louie Louie fast die Augen aus dem Kopf quollen. Als sie uns beide dort am Küchentisch entdeckte, tat sie mordsmäßig verblüfft.

»Du liebe *Gü*te!«, rief sie. Sie trug dick auf, mit demselben Spachtel, den sie für ihr Make-up verwendete. »Ich wusste gar nicht, dass wir Ge*sell*schaft haben!«

Mannomann, sie war wirklich ein Ausbund an doppelter Scheinheiligkeit. Ich sage »doppelte Scheinheiligkeit«, weil ihr nicht nur durchaus bewusst war, dass wir Gesellschaft hatten, sondern weil sie im Allgemeinen auch nie Wörter wie »Güte« verwendete, wenn sie stattdessen ein »gottverdammt« verwenden konnte.

»*Fiel*ding, du *schreck*licher Junge! Du hättest es mir *sagen* sollen, meine Güte!«

(*Die* Tour schon wieder. Was für eine Schauspielerin.)

Dann wandte sie ihre Aufmerksamkeit Louie Louie zu. Aber er gaffte sie einfach weiter an, nur ein kleines bisschen diskreter. Er konnte den Blick nicht von ihr abwenden. Es war echt peinlich.

»Aber hallo, Louie Louie«, fuhr sie fort, jetzt richtig in Fahrt, »sieh mal einer an. Ich könnte schwören, jedes Mal, wenn ich dich sehe, siehst du noch besser und erwachsener aus. Ich muss schon sagen, demnächst wirst du noch anfangen, dich zu *rasieren!*« Man hätte meinen können, sie sei Scarlett O'Hara oder irgendwer, so, wie sie redete, aber tatsächlich kam sie bloß aus Buffalo.

»Mach ich jetzt schon, Mrs. Montanna. Hab mich erst letzte Woche zweimal rasiert.«

Dieser gottverdammte Lügner. »Du Lügner«, sagte ich zu ihm.

»Hab ich doch. Dichter Bartwuchs liegt bei uns in der Familie.«

»Nur mütterlicherseits.«

»Na, na, na, Fielding, mein Lieber. Sei mal nett. Es ist doch nicht Louie Louies Schuld, dass er so reif ist für sein Alter. Ich bin sicher, du wirst ihn noch früh genug einholen.«

Normalerweise hätte ich so etwas gar nicht an mich herangelassen. Ich war es gewohnt. Und ich wusste, schon bevor ich getan hatte, was ich gleich tun würde, dass ich es nicht tun sollte, aber ich konnte einfach nicht anders. Ich schätze, es könnte an Louie Louie gelegen haben, der vor meinen Augen hinter ihrem Rücken imaginäre Brüste knetete, aber das glaube ich gar nicht mal. Ich glaube, es war einfach so, dass ich auf einmal auf die ganze Welt im Allgemeinen sauer war. Das kommt vor. Jedenfalls fing ich an, irgendetwas vor mich hin zu murmeln, als würde ich wirklich etwas sagen. Ich machte es so, dass es ganz natürlich klang, ohne zu übertreiben, bis sich meine Mutter mit einer Hand hinten ans Ohr klopfte und sagte: »Was war das eben, Schatz? Ich habe dich nicht ganz verstanden.«

»Ich sagte, vielleicht musst du dein Hörgerät lauter stellen.«

Das war alles, was ich sagte, aber es war schon lausig von mir. Ich weiß. Vor allem da sie tatsächlich ein echtes Hörgerät trug. Nur dass es nicht wirklich ein Hörgerät war, eher eine Art bionisches Ohr, noch von damals, als die Ehefrau irgendeines Botschafters ihr in einem Wutanfall das echte Ohr abgebissen hatte. Das andere war Jahre zuvor bei einem Jagdunfall draufgegangen. Wie auch immer, sie war ein bisschen empfindlich deswegen, und ich hätte wirklich nicht so krass sein sollen, es in Gesellschaft zu erwähnen. Sobald ich es gesagt hatte, wünschte ich jedenfalls, ich hätte es nicht getan.

Dann schlug die Stimmung auf einmal irgendwie um, und niemand sagte etwas. Ich hätte mich entschuldigen können, schätze ich, aber ich tat es nicht. Ich kann da ziemlich kindisch sein. Stattdessen saßen Louie Louie und ich einfach nur da, während meine Mutter – noch immer halb nackt in ihrem Negligee und ihren Pumps – aussah, als hätte man ihr auf einmal allen Wind aus den Segeln genommen. Sie sah aus, als hätte man ihr mit der Faust in den Magen geschlagen. Manchmal braucht es nicht viel, um bei jemandem dieses Gefühl auszulösen. Und das Schlimmste dabei ist, ich wusste genau, was es war. Verdammt, es war ein mieser, erbärmlicher Trick gewesen, und es tat mir leid, wirklich, aber dann machte Louie Louie seine große laute Klappe auf und sagte: »Hörgerät hin oder her, ich finde, Sie sind eine gottverdammte Wucht, Mrs. Montanna!«

O Mann, als er das sagte, ich schwöre, da hätte ich ihn mit einem Löffel ausnehmen können.

17

Danach zerrte ich Louie Louie mehr oder weniger aus dem Haus. Ich dachte nicht mal daran, mich vorher zu kämmen oder irgendwas. Als wir sicher draußen waren, versuchte ich, mein Haar nach hinten glatt zu streichen, aber es wollte nicht. Es weigerte sich einfach. Aber das war mir egal. Ehrlich gesagt war ich einfach nur froh, draußen zu sein, so beschissen fühlte ich mich auf einmal. Auf einmal fühlte ich mich so beschissen, dass ich mich vor einen Bus hätte werfen können. Natürlich fühlte ich mich nur schlecht wegen dem, was ich eben gesagt hatte, und ich war sauer auf Louie Louie wegen dem, was *er* gesagt hatte, auch wenn er es nur gesagt hatte, um das wiedergutzumachen, was ich vorher gesagt hatte, aber ich hätte mich trotzdem am liebsten vor einen Bus geworfen. Genau das kann schon ein kurzes Gespräch mit meiner Mutter anrichten. Wenn man zwei Minuten mit ihr geredet hat, würde man sich manchmal am liebsten umbringen.

Eigentlich war ich schon gar nicht mehr sauer auf Louie Louie, zum Teil, weil er die Art Typ war, der nicht nur deine eigene Mutter genau vor deiner Nase angaffen würde, sondern der dich dann auch, wenn du sauer auf ihn warst, mit einem so witzigen Gesichtsausdruck ansehen würde – wie ein Hund, der sich eben in seinen eigenen Fressnapf gesetzt hat oder so, sodass du ihm auf einmal lieber auf den Rücken klopfen und ihm sagen würdest, was für ein toller Typ er ist, anstatt ihm mit der Faust ins Gesicht zu schlagen. Und zum Teil auch, weil das, was er gesagt hatte, in Anbetracht der Umstände vermutlich genau das Richtige war, und anstatt sauer auf ihn zu sein, hätte ich ihm dankbar sein sollen. Ich hätte ihm dafür danken sollen, dass er so gottverdammt galant war.

»Weißt du was«, sagte er, sobald wir draußen auf der Straße waren, und auch wenn ich mich noch immer beschissen fühlte, fühlte ich mich allmählich doch schon nicht mehr ganz so beschissen. »Du solltest wirklich nicht so gemein zu deiner Mutter sein.«

Da hatte er natürlich recht. Ich war ein schrecklicher Sohn. Ich wusste es.

»Warum kümmerst du dich nicht einfach um deine eigenen gottverdammten Angelegenheiten«, sagte ich zu ihm. Auf einmal war ich wieder auf hundertachtzig. »Nur weil du scharf auf sie bist. Mein Gott, Louie Louie, warum musstest du ihr überhaupt sagen, dass sie eine Wucht ist?«

Louie Louie sah mich mit einer sehr ernsten, aufrichtigen Miene an. Er sah aus, als würde er mir gleich einen Vortrag über persönliche Hygiene oder so etwas halten. »Weil sie«, sagte er, »eine verdammt attraktive Frau ist, darum. Und außerdem«, fügte er hinzu, während sich seine ernste, aufrichtige Miene zu einem anzüglichen Grinsen verzog, »bin ich scharf auf sie.«

»Louie Louie, du kannst von Glück reden, dass ich dir nicht deine fette Fresse einschlage.«

»Ach ja?«, fing er jetzt an herumzublödeln. Er begann ein bisschen herumzutänzeln wie in einem Boxring, kurz bevor die Glocke ertönt. Als würde er sich vor einem großen Boxkampf ein bisschen aufwärmen. Er vollführte sogar ein paar kleine Stepptanzschritte. »Na, dann komm doch, Montanna. Gib dein Bestes! Ich bin bereit für dich. Ich mach dich kalt. Einen Faustschlag. Einen Faustschlag. Mehr wird's nicht brauchen.« Wir alberten eine Weile herum, wichen aus und duckten uns und taten, als würden wir mit der Faust zuschlagen, bis Louie Louies Gesicht die Farbe von gekochtem Rhabarber annahm, wie immer, wenn er sich überanstrengte, was im Allgemeinen nach ungefähr dreißig Sekunden Herumblödeln der Fall war, und dann hörten wir auf. Aber danach ging es mir schon verdammt viel besser, allein von diesem Herumblödeln mit dem alten Louie Louie. Ich hatte schon fast vergessen, wie beschissen ich mich noch vor zwei Minuten gefühlt hatte und was für ein schrecklicher Sohn ich war. Ich hatte es nicht ganz vergessen, aber fast.

Als wir aufgehört hatten, so herumzualbern, wischte sich Louie Louie mit einer Hand über die Stirn. Sie war richtiggehend schweißüberströmt. »O mein *Gooott*!«, sagte er. »Ist das *heiß*! Hier könnte man ja auf dem Gehsteig ein Spiegelei braten.«

»Auf deiner Stirn könnte man ein Spiegelei braten«, sagte ich zu ihm. Das hätte man wirklich gekonnt, aber er hatte auch recht. Es *war* heiß, und dabei war es noch früh.

Die Zeitungen redeten bereits vom heißesten Sommer aller Zeiten, genau wie im Jahr davor und im Jahr *davor*. Aber Louie Louie konnte bisweilen bereits auf dem Weg zur Toilette in Schweiß ausbrechen. Er war deswegen sogar schon bei Ärzten gewesen. Offenbar hatte er hyperaktive Schweißdrüsen oder so.

Er fing wieder an herumzualbern. »Ich *schmel*ze! Ich *schmel*ze!«, sagte er, als wäre er eine riesige Eistüte oder diese Hexe vom Zauberer von Oz.

»Louie Louie«, sagte ich zu ihm, »bei den Mengen, die du ausschwitzt, ist es ein Wunder, dass du noch keine gottverdammte Pfütze bist. Du bist eine wandelnde Sprinkleranlage.« Er machte den Mund auf, um zu protestieren, aber ich war schneller. »Ich weiß, ich weiß«, sagte ich. »Du hast hyperaktive Schweißdrüsen.«

Er grinste und wischte sich noch mehr Schweiß von der Stirn. »Na ja, die habe ich allerdings«, sagte er und streckte mir die Hand hin. »Schau mal. Echter Schweiß.«

Ich stehe eigentlich nicht so besonders auf Schweiß. Ich weiß, das ist nichts Besonderes oder so, aber ich glaube, ich habe sogar so etwas wie eine kleine Phobie davor. Vor allem vor dem anderer Leute. Mit Louie Louies ist es schon okay, weil ich es bei ihm gewohnt bin. Aber mit dem Schweiß anderer Leute habe ich echt ein Problem. Abgesehen davon, dass ich so faul bin, ist das vermutlich der Hauptgrund, weshalb ich auch nicht so besonders auf Sport stehe. Es ist nicht leicht, Sport zu treiben, ohne dabei ins Schwitzen zu kommen, es sei denn, es ist so etwas wie Bogenschießen oder vielleicht

Krocket. Wenn man noch ein Kind ist, ist es nicht so schlimm, denn da kann man den ganzen Tag herumrennen, ohne ins Schwitzen zu kommen. Es ist auch nicht so schlimm, wenn man draußen spielt und wenn man niemandem allzu nahe kommt. Aber wenn es drinnen ist, dann kann ich es wirklich nicht ertragen. Vor allem hasse ich Orte, die ständig nach Schweiß riechen, wie Schulturnhallen und Umkleideräume. Solche Orte triefen einfach von altem, schalem, widerlichem Schweiß. An so einem Ort kann man so ungefähr jeden Typen riechen, der je darin geschwitzt hat, und das ist schon ziemlich unangenehm. Ich persönlich weiß ja nicht, wie Leute viel Zeit an solchen Orten verbringen können. Ich vermeide es tunlichst, aber wenn es doch mal vorkommt, dann halte ich im Allgemeinen die Luft an oder, wenn es länger dauert, stopfe ich mir Taschentücher in die Nase. Manchmal geben die Leute dazu schlaue Kommentare ab – wie zu erwarten ist –, aber das kratzt mich kein bisschen.

Und dann, während Louie Louie noch immer nach Luft schnappte und den ganzen Gehsteig vollschwitzte, geschah etwas sehr Ungewöhnliches. Auf einmal machte irgendeine Person ihre große Klappe auf und fing an, aus vollem Hals zu singen. Einfach so. Und sie hat auch nicht nur zu irgendetwas mitgesungen. Sie hat einfach gesungen. Sie hatte wirklich eine Wahnsinnsstimme, wenn man so etwas mag. Ich persönlich war ja kein großer Opernfan. Aber als diese Person, die da sang, ein paar besonders hohe Töne traf, lief es mir wirklich eiskalt den Rücken herunter.

Wir sahen uns um, um herauszufinden, woher es kam. Umrahmt von einem Fenster im dritten Stock genau gegenüber auf der anderen Straßenseite sahen wir eine Frau, die ungefähr so groß wie ein Schlachtschiff war. Sie erinnerte mich auch irgendwie an ein Schlachtschiff, nicht nur, weil sie wie eines gebaut war, sondern auch wegen der Art, wie sie angezogen war. Sie trug eine Rüstung und einen gehörnten Helm, und sie schwenkte etwas, das wie ein Dreizack oder vielleicht auch nur eine Mistgabel aussah. Und sie schmetterte richtig drauflos. Ich rechnete halb damit, dass gleich Blitzschläge vom Himmel krachen würden.

»Das ist eine gottverdammte Wikingerin!«, sagte Louie Louie.

Ich wusste nicht, worüber sie sang (ich glaube, es war vielleicht auf Deutsch), aber es war offensichtlich, dass sie stinksauer war wegen irgendetwas. So viel konnte jeder sehen. Sie machte mehr Krach, als ich eigentlich dachte, wozu ein Mensch allein mit seinen Stimmbändern fähig wäre. Sie übertönte sogar die Musikberieselung und das ständige Promi- und Kriegsgequassel, das den ganzen Tag von den Straßenbildschirmen sprudelte, was, nehme ich an, vielleicht genau ihre Absicht war. So etwas kann den Leuten wirklich auf die Nerven gehen. Zum Beispiel diesem einen Typen, der einmal neben mir im Bus saß und mir erzählte, Musikberieselung sei die langsamste Foltermethode, die die Menschheit kenne. Er hat das Thema auch nicht allmählich angeschnitten. Sie wissen schon, indem man erst mal übers Wetter oder so etwas redet, nur um sich ein bisschen miteinander bekannt zu machen. Er platzte einfach damit heraus, was ich, ehrlich gesagt, durchaus bewundere. Ich meine, wenn man über irgendetwas diskutieren oder es sich von der Seele reden will, dann sollte man es einfach tun. Ich denke, das wäre eine gute Idee. Ich wüsste nicht, wieso man erst stundenlang Smalltalk machen sollte, um irgendwann auf das zu sprechen zu kommen, worüber man eigentlich reden will, oder, was noch schlimmer ist, versuchen sollte, etwas zu finden, worüber auch *beide* reden möchten. Ich glaube, wenn Leute ein Gespräch führen wollen, dann sollten sie einfach damit herausplatzen und sagen, ich würde gern über das oder das oder das reden. Gib dem anderen eine klare Auswahl an Themen, aber sorg von Anfang an dafür, dass es etwas ist, worüber ihr beide diskutieren wollt. Ich denke, damit würde man sich viel Zeit und sinnlosen Smalltalk sparen. Aber die Sache ist die, in dem Fall hatte ich eigentlich nicht viel zu dem Thema zu sagen, und außerdem hatte er mir sowieso kaum Zeit gegeben, etwas zu sagen. Sobald er mir fertig erzählt hatte, es sei die langsamste Foltermethode, die die Menschheit kenne, fing er auf einmal einfach an, sich einen Ast zu lachen, und hörte gar nicht mehr auf. Er lachte noch immer, als er ein paar Blocks weiter schließlich ausstieg.

Aber dann, als sie schon fast übertönt wurden, wurden die ganzen Straßenbildschirme in der Nähe auf einmal automatisch lauter. Vielleicht waren sie so programmiert, um gegen verstärkte Hintergrundgeräusche wie Straßenverkehr und Krawalle anzukämpfen. Aber dann, mit fast übermenschlicher Anstrengung, wurde die Wikingerin ebenfalls lauter. Sie hätten sie hören sollen. Sie holte wirklich alles aus ihrem Kehlkopf heraus, und dabei war sie auch nur aus Fleisch und Blut. Sie konnte ja nicht ewig so weitermachen, und es dauerte nicht lange, bis sich erste Anzeichen der Anstrengung bei ihr zeigten. Zuerst nahm ihr Gesicht einen beunruhigenden violetten Ton an, noch dunkler sogar, als Louie Louies manchmal anläuft, und wir konnten von der anderen Straßenseite aus ihre Adern deutlich hervortreten sehen. Dann zischte auf einmal Dampf aus ihren Ohren. In der ganzen Straße zersplitterten die Fenster.

»O mein Gott!«, brüllte Louie Louie über den irrsinnigen, ohrenbetäubenden Lärm hinweg. »Ich glaube, sie explodiert gleich!«

Auf einmal hielt ich es nicht mehr aus. Mein Kopf dröhnte, mein Gehirn hämmerte von ganz allein einen irren, beharrlich dröhnenden Puls wie eine riesige Trommel, den Takt zweimal, dreimal so lange haltend. Ich spürte, wie mein Schädel der Länge nach aufzuplatzen drohte und mein Gehirn ungeschützt der wild vibrierenden Luft ausgesetzt sein würde. Als ich ein Tröpfeln an meinem Ohr spürte und mit der Hand danach tastete, war es nass.

Ich sah meine Fingerspitzen an und runzelte die Stirn. »Sieh mal«, sagte ich zu Louie Louie. »Echtes Blut.«

Aber er konnte mich nicht hören, denn er hielt sich die Ohren mit beiden Händen fest zu. Auf der anderen Straßenseite explodierte die Wikingerin auf einmal, bespritzte ihr Zimmer und die Straße darunter mit riesigen Brocken fetten rohen Fleischs.

Ich glaubte sie zischeln zu hören, als sie auf den Boden aufschlugen.

18

Um es mit einem ziemlich abgedroschenen Spruch zu sagen: Jeder kam ins Moriarty's. Das heißt, nicht wirklich jeder, aber so ungefähr jeder, den ich je gekannt habe. Es war ja auch ein ziemlich netter Laden. Ein bisschen heruntergekommen vielleicht, aber er hatte eindeutig Charakter. Die Art Laden, wo man sich auf Anhieb zu Hause fühlen konnte. Der alte Moriarty, der Besitzer (und ein persönlicher Freund von mir), war auch ein guter Typ, selbst wenn man ihn leicht auf dem falschen Fuß erwischen konnte. Manchmal konnte er so sauer sein wie ein Bär mit einem Zehn-Martini-Kater. Aber das war völlig verständlich, da er im wirklichen Leben unheilbar an Schlaflosigkeit litt. Hatte in dreiundzwanzig Jahren kein Auge zugetan. Das muss man sich mal vorstellen. Das hat er mir eines Tages selbst erzählt, aus heiterem Himmel, und man musste ihm dabei nur ins Gesicht sehen, um zu wissen, dass es stimmte. Ich weiß nicht, warum er es mir erzählt hat. Ich schätze, er hatte einfach das Bedürfnis, es *irgend*wem zu erzählen, und dann hat er es eben mir erzählt. Er hat nichts davon gesagt, dass es ein Riesengeheimnis wäre oder so, aber ich habe es trotzdem niemandem weitererzählt. Außer Louie Louie natürlich. Und dann, was musste *er* tun – er musste es natürlich sofort vor allen anderen weit und breit ausposaunen. Ich erwähnte ja bereits, dass er ein Großmaul war. Und jetzt wussten es alle. Aber Moriarty hatte kein Problem damit. Er hatte nichts dagegen.

Bei einer anderen Gelegenheit sagte er: »Weißt du, was ich am Schlafen am meisten vermisse?« Ich wusste es nicht. »Das Aufwachen«, sagte er.

Ich fand, das war eine sehr interessante Beobachtung. Ich meine, jeden Morgen, wenn man aufwacht, ist doch, theoretisch zumindest, so ziemlich alles möglich. Im Ernst. Ich meine, es ist nicht *wirklich* möglich, aber irgendwie denkt man doch, dass es möglich ist. Egal wie beschissen der Tag davor vielleicht war, oder sogar, dass der neue Tag vermutlich genauso beschissen oder vielleicht sogar noch beschissener werden wird. Es besteht immerhin die *Möglich*keit, dass es nicht so beschissen laufen wird, und das ändert die ganze Sache doch vollkommen.

Und noch etwas ist irgendwie interessant, wenn man mal darüber nachdenkt, nämlich wie viele ganz alltägliche Ausdrücke für jemanden, der an Schlaflosigkeit leidet, gar nicht erst zutreffen. *Geschlafen wie ein Stein. Mit dem falschen Fuß aufgestanden. Lass uns darüber schlafen. Am nächsten Morgen sieht alles gleich anders aus* zum Beispiel. Es muss hart gewesen sein für den alten Moriarty, wenn die Leute ständig mit solchem Zeug ankamen. Das ist eins dieser Dinge, die einem echt auf die Nerven gehen könnten.

»Wie sind'n eure Shakes, Jungs?«

Wir saßen am Tresen, wie fast immer, außer wenn wir es uns in einer der Sitznischen bequem gemacht hatten. Wir saßen auf ein paar Barhockern, auf denen man sich im Kreis herumdrehen konnte, wenn man Lust dazu hatte, auch wenn Moriarty nicht so besonders darauf stand, dass die Leute sich nur so zum Jux ständig im Kreis darauf herumdrehten, wie auf einem Karussell oder so. Aber er hatte nichts dagegen, dass Louie Louie und ich es machten – nicht dass es in letzter Zeit noch sehr oft vorkam. Er fragte uns immer, wie unsere Shakes waren, und das nicht nur der Form halber, wie man eben so fragt, sondern weil es ihn aufrichtig interessierte. Er wollte es wissen, falls sie mal nicht den Ansprüchen genügen sollten. Das taten sie immer, aber selbst wenn dem nicht so gewesen wäre und man hätte es ihm gesagt, hätte es ihm nichts ausgemacht. Er hätte sich dafür bedankt. Es *hätte* ihm allerdings etwas ausgemacht, wenn jemand sie hinter seinem Rücken kritisiert hätte. Jedenfalls, ich gab ihm, wie üblich, eine meiner Lieblingsantworten, über die er sich immer zu freuen schien und die er mit einem leisen Kichern oder an einem schlechten Tag vielleicht mit einem matten Lächeln zur Kenntnis nahm.

Ich sagte: »Wenn sie noch besser wären, Mr. Moriarty, würde ich es nicht aushalten.«

Natürlich erwartete es der alte Moriarty nie, Mister genannt zu werden, aber wir holten uns beide einen Kick dabei, und ehrlich gesagt, hatte er den Respekt auch verdient. Viele Leute haben das nicht, und trotzdem werden sie von allen immer nur so genannt. Aber der alte Moriarty servierte nicht nur so ziemlich die besten Milchshakes in der Geschichte der Milchshakes und bot seinen Stammgästen eine sehr einladende Umgebung, er war auch ein echter Gentleman, trotz seiner gelegentlichen Neigung, mit einem Baseballschläger auf seine Gäste loszugehen. Nicht dass es oft vorkam oder so, das meine ich nicht, nur ab und zu mal.

Er wischte kurz mit einem Lappen über den Tresen vor uns, wie er es vermutlich tausendmal am Tag tat. Das war noch so etwas, das typisch war für das Moriarty's. Es war ein bisschen heruntergekommen, aber es war sauber. Es war so ziemlich der sauberste Laden in der Stadt. Ich schätze, er hatte viel Zeit totzuschlagen.

»Und«, sagte er, und dabei beugte er sich verschwörerisch zu uns herüber, »was führt ihr zwei heute im Schilde – *na?*« Er fragte uns immer auf diese Art, als hätte er den Verdacht – oder zumindest die Hoffnung –, dass wir *tatsächlich* irgendetwas im Schilde führten. Den Sturz der Regierung vielleicht. Einen gottverdammten *Staatsstreich* oder so. Louie Louie nahm an, dass er vermutlich ein Terrorist im Ruhestand oder vielleicht ein Revolutionär war, und er könnte damit recht gehabt haben. Das hätte mich kein bisschen gewundert. Er sah auf jeden Fall aus wie irgendein Anarchist. Aber das war nicht das einzige wilde Gerücht, das über ihn im Umlauf war. Tatsächlich gab es so viele, dass es mitunter schwer war, auf dem Laufenden zu bleiben. Manche sagten, er würde den Satan anbeten und Menschenopfer darbringen, mein Gott.

Andere sagten, er besäße Zauberkräfte und könne die Zeit anhalten. Und so ziemlich jeder, nehme ich an, hatte von der riesigen, labyrinthartigen Bibliothek (oder vielleicht auch einem Kerker, in dem er das Skelett seiner toten Frau noch immer an eine Wand gekettet aufbewahrte) unter den Räumlichkeiten gehört. Ein Mensch könnte sich dort unten tagelang verirren, sagten die Leute. Ich hatte außerdem gehört, der alte Moriarty hätte jedes Buch dort unten gelesen, die meisten davon sogar zweimal. Selbst die Ratten waren offenbar sehr belesen. Ich persönlich habe ihn nie auch nur einen Comic lesen sehen, auch wenn er für jemanden, der einen Diner führte, auf jeden Fall ein paar sehr ungewöhnliche Dinge wusste. Tatsächlich behaupteten die Leute, er sei so ziemlich gottverdammt alles, von extrem gelenkig bis hin zu untot, auch wenn das vielleicht Seltsamste, was ich je hörte, war, dass er nicht nur eine dritte Brustwarze hätte, sondern auch noch ein drittes, lidloses Auge genau in der Mitte davon.

Aber bevor wir seine Frage beantworten konnten – die danach, was wir im Schilde führten – sah sich Louie Louie ganz verstohlen um wie jemand aus so einem urkomischen alten Spionfilm, wo selbst die Wände Ohren hatten. Dann beugte er sich vor und sagte: »Nicht einen einzigen klitzekleinen Scheiß«, und zwinkerte dem alten Moriarty zu. »Und das ist die Wahrheit.«

Moriarty klopfte sich mit einem Finger seitlich an die Nase, bevor er mit seinem Lappen über einen unsichtbaren Schmutzfleck in der Nähe rieb. Er wusste natürlich alles über die Gerüchte, selbst das mit seiner toten, in Ketten gelegten Frau.

»Ich sag euch was, Jungs«, sagte er mit einem seltsamen, verträumten Blick, »das hier sind die besten Tage eures Lebens.«

19

Zum Thema Schlafen sollte ich an dieser Stelle vielleicht kurz erwähnen, dass es die eine Sache ist, die ich verdammt gut kann. Ich konnte es immer schon gut, seit ich ein kleiner Junge war. Solange ich mich erinnern kann. Ich war noch nie einer von diesen Typen, denen einfach alles gelingt, was sie anpacken, wissen Sie, und das offenbar, ohne dass sie es erst großartig versuchen müssen. Sie wissen, was für Typen ich meine. Wenn sie sich dazu aufraffen können, irgendwo aufzukreuzen, dann weiß man einfach, dass sie es darin zum Weltmeister bringen werden, egal, ob es darum geht, das Atom zu spalten oder Kaugummi zu kauen. Ich habe ein, zwei solche Typen selbst gekannt. Sie waren auch ganz nett, sehr freundlich und umgänglich, aber trotzdem hat sie jeder bis aufs Blut gehasst. Man kann einfach nicht anders, als solche Typen bis aufs Blut zu hassen. Es ist unmöglich. Selbst die Freunde solcher Typen hassen sie bis aufs Blut. Sie verbergen es nur besser als alle anderen.

Nein, bedauerlicherweise war ich nie einer dieser Typen. Ich sage »bedauerlicherweise«, denn, seien wir ehrlich, wer zum Teufel will denn kein Genie sein? Der Einzige, der aufrichtig behaupten könnte, dass er kein

Genie sein will, wäre selbst ein Genie. Und dann wäre es gelogen.

Aber verstehen Sie mich nicht falsch. Ich will Ihnen keinen falschen Eindruck vermitteln. Ich hätte vielleicht nie zu einer der Denkfabriken gehören oder Kapitän des Lacrosse-Teams werden können, aber ich war kein völlig hoffnungsloser Fall. Ich war kein Schwachkopf oder so, und immerhin haben die Leute nicht laut gestöhnt, wenn ich in ihr Team gewählt wurde, wie sie es bei manchen anderen Kids tun. So etwas muss sehr entmutigend sein. Es kann dem Selbstbewusstsein eines Heranwachsenden nicht sehr guttun. Ich versuche es selbst nicht zu machen, auch wenn ich es manchmal doch tue. Nicht weil es mir wichtig ist, wer in meinem Team ist oder so, sondern einfach aus Gewohnheit. Bei manchen Kids ist das, wenn sie in ein Team gewählt werden, eine Art konditionierte Reaktion. Es läuft fast automatisch ab. Ich selbst war eher durchschnittlich. Ich weiß es. Ich war verdammt durchschnittlich, was gar nicht so schlecht ist. Das heißt, nur beim Schlafen nicht. Ich weiß, damit werde ich keine Medaillen gewinnen oder so, aber ich kann so ziemlich überall und jederzeit schlafen. Im Ernst. Und ich muss dafür nicht mal müde sein. Wenn ich in der richtigen Stimmung bin, kann ich zwei, drei Tage am Stück schlafen, nur so aus Jux. Ich würde sogar zu den Mahlzeiten aufwachen und danach gleich wieder einschlafen. Irgendwann haben die Leute sogar angefangen, mich Koma-Junge zu nennen, weil ich augenblicklich in Tiefschlaf fallen konnte, in der Schule oder im Bus oder sonst wo, und dann schlagartig wieder aufwachen konnte, sobald die Glocke ertönte oder wir ankamen, wo immer wir hinwollten. Aber dann fiel ein anderer Junge von der Schule *wirklich* ins Koma, und es wurde ein bisschen verwirrend. Dem Jungen, der wirklich ins Koma fiel, war ein Apfel auf den Kopf gefallen. Das war alles. Genau wie dem alten Isaac Newton, nur dass dieser Apfel nicht von einem Baum fiel, unter dem er in dem Augenblick saß – denn das hätte ihn wohl auch kaum in ein Koma versetzt –, sondern einfach aus heiterem Himmel. In einem Augenblick trottete er offenbar einfach vor sich hin und quatschte mit irgendwelchen anderen Leuten, und im nächsten – *peng!* – war er einfach k. o. Ist er noch immer. Und dann, nicht lange danach – und ich meine, nur ein paar *Tage* danach –, hätte man annehmen können, er sei sein Leben lang Koma-Junge genannt worden. Denn so wurde er von dem Tag an von allen nur noch genannt. Es hätte mich nicht gewundert, wenn selbst seine eigenen Eltern ihn so genannt hätten.

Zuerst gingen die Leute einfach davon aus, jemand müsse den Apfel geworfen haben oder dass er aus einem Flugzeug gefallen war, aber das war nicht der Fall. Ich meine, es war kein Einzelvorfall. Ziemlich bald fiel überall im Land Obst vom Himmel, und nicht nur Äpfel. Es gab Berichte von Orangen und Nektarinen und Grapefruits und sogar Granatäpfeln, die genauso hart sind, wie sie klingen, und allen möglichen anderen Früchten, an die ich mich jetzt nicht mehr erinnern kann. Bald hatten die Eltern zu viel Angst, ihre Kinder im Park spielen zu lassen. Manche Eltern wollten ihre Kinder nicht einmal mehr zu Fuß zur Schule gehen lassen, es sei denn, sie versprachen ihnen, sich genau an äußerst komplizierte Routen zu halten, die im Voraus ausgearbeitet worden waren, sodass sie auf dem ganzen Weg überdacht sein würden. Die Leute hatten Angst davor, ihre Häuser zu verlassen, und wenn sie sich doch einmal hinauswagten, dann drückten sie sich so dicht an die Wände von Gebäuden, dass sie über alle anderen hinüberklettern mussten, die ihnen entgegenkamen. Entweder das, oder sie verbrachten so viel Zeit damit, nach oben zu sehen, stets darauf gefasst, vor fallenden Früchten zur Seite zu springen, und es kam vor, dass sie dann schließlich vor einen Bus liefen oder so etwas. Eine Zeit lang wäre es einem vielleicht sogar nachgesehen worden, hätte man gedacht, dass es generell ein sicheres Todesurteil war, sich unter freiem Himmel aufzuhalten. Es fehlte nur, dass auch noch gottverdammte Wassermelonen vom Himmel fielen. Aber so weit kam es nie.

20

Früher oder später, während wir einfach so am Tresen saßen, würden Louie Louies Gedanken garantiert zurück zum Essen kehren. Das taten sie immer, früher oder später. Er dachte immer an Essen oder Sex. An eines von beidem. »Ich denke, ich werde mir vielleicht was zu essen bestellen«, sagte er. Er kündigte es an, als sei es eine Riesenschlagzeile, als würde er eine neue Schlachtfront oder so etwas ankündigen. Er machte immer derart große Ankündigungen, wenn es um absolut banale Dinge ging. Ich weiß nicht, was er tun würde, wenn er je irgendetwas wirklich Wichtiges anzukündigen hätte. Er würde eine Fanfare organisieren müssen.

Ich hätte vermutlich auch hungrig sein sollen, vor allem weil ich nicht gefrühstückt hatte, aber ich war es nicht. Ich hatte nur eine Tasse Kaffee mit vier Löffeln Zucker und einen Milchshake gehabt, und den Kaffee hatte ich nicht mal ganz getrunken. Ich hatte das meiste davon verschüttet, als ich mit der Faust auf den Tisch schlug. Eigentlich kann ich eine ganze Menge essen, wenn ich in der Stimmung dafür bin, auch wenn die Leute im Allgemeinen glauben, dass ich wie ein Spatz essen muss. Das ist wohl so, weil ich für meine Größe ein bisschen untergewichtig bin. Ich bin nicht mager, aber ich bin eindeutig untergewichtig. Ich habe versucht, ein bisschen zuzunehmen, aber ich schaffe es einfach nicht. Offenbar habe ich einen sehr guten Stoffwechsel. Wenn Leute mich viel essen sehen, ich meine, wenn ich in der Stimmung dafür bin, dann sagen sie immer so etwas wie: »O Mann, du musst ja einen richtig guten Stoffwechsel haben.« Manchmal sagen sie es, als wäre es irgendwie Betrug – so, wie man zu jemandem sagt: »O Mann, du musst ja wirklich gute Verbindungen haben«, wenn jemand einen Platz auf einer guten Schule ergattert oder einen guten Job landet. Aber dann gibt es auch andere Leute, die sagen es wie ein Kompliment, wie sie vielleicht »O Mann, du hast ja eine wirklich tolle Rückhand« zu jemandem sagen würden, der gut Tennis spielt. Aber wenn Mädchen es sagen, dann kann ich ihnen immer ansehen, dass sie einfach wünschten, sie hätten auch so einen guten Stoffwechsel, selbst wenn sie sowieso schon spindeldürr sind. Aber ich kann kein Lob dafür einstecken. Es hat nichts mit mir zu tun.

»Weißt du«, sagte ich, »du solltest eine Mahlzeit wirklich herunterschlucken, bevor du mit der nächsten anfängst. Ohne Witz. Sonst staut sich das ganze Essen da unten an, und dann wirst du eine Saugpumpe brauchen, um es herunterzukriegen.«

»Besser das, als nichts als ein Sack voll Knochen zu sein«, sagte der alte Louie Louie. »Du musst eine Heidenangst vor Hunden haben.«

»Wer ist hier ein Sack voll Knochen? Ich bin drahtig, das ist alles.«

»Du klapperst doch schon, wenn du nur gehst. Du würdest an Halloween ein tolles Skelett abgeben. Du bräuchtest nicht mal ein Kostüm.«

»Kein Wunder, wenn du dir immer den Bauch mit meinem gottverdammten Frühstück vollschlägst. Wenn ich auch nur in die Nähe meines Tellers kommen würde, würde ich vermutlich eine Hand verlieren.«

»Keine Sorge. Die würde ich wieder ausspucken. Zu knochig. Und überhaupt, kann ich was dafür, dass ich einen gesunden Appetit habe?«

»Gesund?«, sagte ich. »Neben dir sieht ein Schwarm Heuschrecken wie schwierige Esser aus. Wenn du sagst, du könntest ein ganzes Pferd essen, dann meinst du wirklich, du könntest ein ganzes Pferd essen.«

»Was erwartest'n du? Ich bin ein Junge im Wachstum. Ich verbrenne viel Energie.«

»Womit genau?«

»Mit Essen natürlich.«

O Mann, Sie hätten uns hören sollen. Wir hatten einen Heidenspaß. Im Ernst. Wir bekamen einfach nie genug davon, so herumzublödeln wie in irgendeinem Howard-Hawks-Film oder so, auch wenn ich mit Sicherheit weiß, dass andere Leute das extrem nervig finden konnten. Ein paar Kids, die allzu lange derart herumblödeln, können so ziemlich jeden in den Wahnsinn treiben. Dann bestellte sich Louie Louie zwei Hamburger mit allem Drum und Dran. Ich kicherte noch immer, als ich jemanden meinen Namen rufen hörte.

»Hey, Montanna!«

Ich schwang auf meinem Platz herum, um zu sehen, wer es war. Aber die Mühe hätte ich mir sparen können, denn es war nur der alte Baloney Maroney. So hätten wir ihn nennen sollen: nur der alte Baloney Maroney. Ich sollte vermutlich erwähnen, dass er ein echter Sonnenschein war. Und daher schwang ich dann auch, als ich sah, wer es war, sofort wieder zurück zu meinem Milchshake und ignorierte ihn glatt.

Aber der alte Baloney Maroney verstand grundsätzlich nie einen Wink und zog sich genau neben mir einen Hocker heran. Er rückte mir so dicht auf die Pelle, dass ich seine Socken riechen konnte, was nicht weiter überraschend war, da er sie so gut wie nie wechselte.

»Hey, Montanna«, sagte er noch einmal, und allein schon an der Art, wie er es sagte, hörte ich, dass er irgendetwas im Schilde führte.

Aber ich ignorierte ihn glatt noch ein bisschen mehr. Ich war mir sowieso ziemlich sicher, worauf er hinauswollte, daher hatte es keinen Sinn, ihn noch aufzustacheln. Was immer er zu sagen hatte, würde er sagen, egal, ob ich es hören wollte oder nicht. Der alte Baloney Maroney hatte in der ganzen Zeit, die ich ihn kannte, noch nie irgendetwas zu irgendjemandem gesagt, das der Betreffende unbedingt hören wollte. Er war einfach einer dieser Jammerlappen, die ihre eigene persönliche kleine schwarze Wolke hinter sich herziehen und darauf aus sind, allen anderen den Tag zu verregnen. Ich schätze, es gelang ihm nur, sich gut zu fühlen, wenn er dafür sorgen konnte, dass sich jemand anders schlecht fühlte.

»Ich habe gehört, du bist von der Bordsteinkante einem gottverdammten Raser vors Auto gelaufen«, sagte er schließlich – ich schätze, als er endlich begriff, dass er glatt ignoriert wurde. Es wunderte mich, dass er dafür so lange brauchte. Er hätte es gewohnt sein müssen. »Was bist'n du?« An der Stelle hielt er effekthascherisch ungefähr zehn Sekunden inne. Vermutlich hatte er es einstudiert und alles. »Irgendwie *zurückgeblieben* oder was?« Er sagte es, als wäre es der geistreichste Witz aller Zeiten, als wäre er Noël Coward oder so, und dann sah er sich um, um zu sehen, ob ihn vielleicht jemand gehört hatte. Er sah aus, als würde er eine Runde Applaus erwarten. Oder dass Leute auf ihn zustürmen und ihm gratulieren würden. Ich gebe es gerne zu: Er konnte Leute wirklich auf die Palme bringen, wenn sie ihm halbwegs die Chance dazu gaben.

Aber ich sagte ungefähr eine ganze Minute lang gar nichts. Ich saß einfach nur da, fast als hätte ich ihn gar nicht gehört, und trank ganz lässig meinen Milchshake. Aber ich konnte spüren, wie sich der dämliche alte Baloney Maroney neben mir fast einen Ast grinste, als hätte er eben einen Wahnsinnssieg errungen. Er konnte fürchterlich grinsen. Er hätte ein professioneller Grinser sein können, wenn ihn jemand dafür bezahlt hätte. Und dann drehte ich mich einfach zu ihm um und sagte, in etwa als würde ich einen Kommentar zum Wetter oder so etwas abgeben: »Hey, Baloney Maroney, warum wechselst du eigentlich nie deine Socken? O Mann, die stinken vielleicht.«

Was immer er erwartet hatte, das ich sagen würde –

das war es mit Sicherheit nicht. Er war eindeutig überrumpelt.

»*Hä?*«, sagte er.

»Deine Socken. Sie stinken. Es riecht, als ob du eine Gangrän oder so an den Füßen hättest. An deiner Stelle würde ich mal zum Arzt gehen«, sagte ich zu ihm, »und zwar *schleunigst*.«

Vielleicht eine Sekunde lang muss der alte Baloney Maroney gedacht haben, dass ich es ernst meinte. Ehrlich gesagt war er einfach keine allzu helle Leuchte. Tatsächlich war er sogar ziemlich dumm. Dumm und gemein, was eine wirklich tolle Kombination ist. Er sah auf einmal so witzig aus, ganz besorgt wegen seiner eventuell gangränösen Füße, dass Louie Louie und ich einfach laut losprusteten. Ich hätte ihn gern noch ein bisschen länger auf die Schippe genommen, aber ich konnte einfach nicht mehr.

»Zu schade, dass du dir nicht deinen widerlichen kleinen Hals gebrochen hast, Montanna!«, sagte er. Er spie die Worte regelrecht aus. Ich erwähnte ja schon, dass er gemein war. Er sah aus, als würde er ihn mir nur allzu gern selbst brechen. Das würde ihm Spaß machen. Und dann sah er zu, dass er das Weite suchte.

Es war zum Schreien, aber seine Socken konnte ich immer noch riechen.

21

Nachdem Louie Louie seine zwei Hamburger mit allem Drum und Dran verputzt hatte, was ungefähr glatte sechzig Sekunden dauerte, und wir beide noch einen Milchshake getrunken hatten, dachten wir, wir könnten ein bisschen an den Flipperautomaten spielen, auf die wir früher so standen, aber letztendlich konnten wir uns doch nicht dazu aufraffen. Nur um die Zeit totzuschlagen, haben wir manchmal abwechselnd mit geschlossenen Augen an den Automaten gespielt, und wer die Augen gerade nicht zuhatte, musste dem anderen sagen, wann er schießen musste. Oder wir haben rückwärts gespielt, mit dem Rücken zu den Automaten. Es war ziemlich albern und reine Zeitverschwendung, aber wir haben es trotzdem gemacht. Aber heute konnten wir uns nicht einmal dazu aufraffen. Wir überlegten auch, einfach noch länger dort herumzuhängen, wo wir waren, aber letztendlich beschlossen wir doch, abzuschwirren, auch wenn wir nicht genau wussten, wohin. Aber das konnte mir nur recht sein. Es war mir echt lieber so. Wenn ich an einem Tag mehr als zwei Dinge zu erledigen hätte, würde es mich fertigmachen. Also haben wir dem alten Moriarty Tschüs gesagt.

»Tschüs, Jungs«, verabschiedete er uns mit einem erschöpften, angedeuteten Salut. Der arme Teufel. Ich möchte wetten, er hätte nichts dagegen gehabt mitzukommen. Vielleicht hätte ich ihn einladen sollen. »Und was immer ihr tut, denkt dran – lasst euch nicht erwischen.«

Nachdem wir so lange drinnen gewesen waren, war es draußen auf der Straße verdammt hell. An dem ganzen verdammten Himmel war nicht eine Wolke zu sehen. Vermutlich war im Umkreis von tausend Meilen nicht eine Wolke zu sehen. Weißes Licht blendete uns die Augen, und der Gehsteig unter meinen Füßen fühlte sich heiß und hart an. Er fühlte sich heiß und hart und unnachgiebig an, als wäre er durch und durch aus Beton. Großstädte fühlen sich manchmal so an. Als wären sie durch und durch aus Beton. Manchmal fühlen sie sich an, als gehörten sie gar nicht zu diesem Planeten. Sie fühlen sich an, als wären sie ein eigener Planet aus Metall und Beton und Glas und als wäre jeder, der in ihnen oder auf ihnen wohnt, ein Außerirdischer oder so etwas und kein Mensch. Manchmal fühlte ich mich selbst auch so. Dann wiederum hatte ich manchmal das Gefühl, dass alle anderen so waren. Nicht einmal menschlich. Na ja, und wenn schon. Jedenfalls, es war verdammt hell. Der Himmel sah aus wie aus glänzendem Blech gemacht. Heiß und hart und schimmernd wie Stahl. Er sah aus, als könnte man eine Axt an ihm schleifen. Jeden Augenblick würde Louie Louie jetzt wieder anfangen, eimerweise zu schwitzen. Auf seiner Oberlippe brachen bereits

Schweißtropfen aus und sammelten sich unter seinem schlaffen Pony.

Er strich ihn sich aus der Stirn. »Eis …«, sagte er und ließ das Wort in der Luft schweben.

»Schrank!«, sagte ich wie aufs Stichwort, bevor es Zeit hatte, zu schmelzen. »Eis …«

»Berg! Eis …«

»Mann! Eis …«

»Creme!«

»Ich will …«

»Eiscreme!«

»Wir wollen alle …«

»Eiscreme!«

»Aaaaaaaaaaaahhhhhhh!«

Das müssen wir ungefähr eine Million Mal gemacht haben, seit wir das erste Mal darauf kamen. Aber jetzt hatten wir es schon eine ganze Weile nicht mehr gemacht. Früher, als wir Kinder waren, haben wir es ständig gemacht. Wir sind immer fast gestorben dabei. Ich weiß gar nicht, wann wir damit aufgehört haben. Ich weiß auch nicht, wie Louie Louie damals darauf kam, aber ich war froh, dass er darauf kam. Inzwischen starben wir nicht mehr dabei, aber wir hatten immer noch einen Heidenspaß und fühlten uns wieder wie kleine Kinder. Danach sahen wir uns irgendwie einfach nur so um, vielleicht nach irgendeiner Inspiration oder so. Alles schien sich irgendwie in Zeitlupe zu bewegen, und nicht nur das, sondern es schien auch alles leicht aus dem Takt geraten zu sein, Louie Louie und mich eingeschlossen. Der Tag fühlte sich an, als wäre er in riesige, dicke Decken aus Hitze gewickelt. Es war wirklich erdrückend. Auf einmal fühlte ich mich ungefähr so lethargisch wie eine Leiche, als hätte ich nicht mal genug Energie, um mir die Schuhe zuzubinden. Hätten Sie mich nach der Uhrzeit gefragt, hätte ich mich nicht dazu aufraffen können, sie Ihnen zu sagen. Ich hätte es Ihnen sowieso nicht sagen können, da ich fast nie eine Armbanduhr trage, aber ich hätte mich auch ohnehin nicht dazu aufraffen können. Hätten wir die Energie dafür gehabt, dann wären wir vielleicht umgekehrt und wieder hineingegangen und hätten noch einen Milchshake getrunken, aber die hatten wir nicht. Und da wir nichts Besseres zu tun hatten und sowieso nicht wussten, wohin, ließen wir uns einfach treiben, ohne Ziel und ohne Eile, irgendwo anzukommen, als würden wir auf einer sanft wogenden Welle reiten, wenngleich keiner, die je irgendwo brechen würde. Es fühlte sich an, als würde sie ewig so weiterwogen, vielleicht sogar bis ans Ende der Erde, wo immer das sein mochte. So fühlte es sich jedenfalls an.

Die Straßen waren für die Tageszeit ziemlich leer, und die wenigen Leute, denen wir begegneten, schienen wie in Trance an uns vorbeizudriften, wie Leute, die schwer damit beschäftigt sind, über dieses oder jenes nachzudenken, oder vielleicht auch über gar nichts, und die ihren Körper irgendeiner Macht übergeben haben, die dafür sorgte, dass sie weiter einen Fuß vor den anderen setzen. Selbst der Verkehr glitt an uns vorbei, als seien die Autos alle auf Temporegler eingestellt, während ihre Fahrer am Lenkrad schliefen, bis auf eine Frau in einem offenen Sportwagen, die genau wie Audrey Hepburn aussah und die mir vielleicht oder vielleicht auch nicht zulächelte, als sie vorbeifuhr.

Niemand achtete auf die ausgebombten Gebäude mit ihren riesigen Plakatwänden, die den Schutt verbargen und uns dazu aufriefen, zu VERTRAUEN und GELD AUSZUGEBEN, und hin und wieder einem, das uns in Erinnerung rief, wo wir waren, und auf dem einfach nur AMERIKA stand. Ein Loch in der Erde war nicht viel anders als das nächste, nehme ich an, und wir waren Löcher in der Erde gewohnt (auch wenn ich einmal glaubte, ein Riesenkaninchen in einem verschwinden zu sehen, aber ich kann mich getäuscht haben). Wir redeten auch nicht, wir wogten einfach weiter, als seien wir ein Teil irgendeiner riesigen, unsichtbaren Welle, die sich langsam und richtungslos fortbewegte, mit der Flut dahintrieb. Aber natürlich hat alles eine Richtung, selbst wenn es nichts davon weiß. Man kann keine gottverdammten zwei Schritte tun, ohne eine zu haben. Man glaubt, man kann es, aber man kann es nicht. Und ich schätze, so wurden wir schließlich an diesem stinkenden alten Strand angespült, meilenweit außerhalb der Stadt, zwischen all dem Dreck und Gestank, ohne dass wir es überhaupt vorhatten. Wenn Sie mich gefragt hätten, wie wir dorthin gekommen waren, hätte ich gesagt, zu Fuß, aber ich hätte nur geraten.

Der alte Louie Louie sah sich um, fast verblüfft, als wären wir dorthin teleportiert worden oder so. Oder als wären wir geschlafwandelt. Ich schätze, mir ging es genauso. Ich konnte den Sand unter meinen Füßen knirschen hören. Er fühlte sich an wie Glas.

»Scheiß Strand«, sagte er.

»Sieht so aus«, sagte ich.

22

Was für ein Drecksloch. Ich konnte es nicht glauben, so widerlich war es. Es war so ungefähr der widerlichste Ort, den man sich vorstellen kann. Es war sogar noch schlimmer, als ich es in Erinnerung hatte. Der Strand war mit Sicherheit nicht mehr das, was er einmal war, selbst wenn man den Filmen nicht glauben kann. Ich meine diese ganzen alten Strandfilme, die vor tausend Jahren gedreht wurden, wo alle nie etwas anderes getan haben, als surfen zu gehen und Lagerfeuer zu machen und dann um das Feuer zu sitzen und kitschige alte Lieder auf Gitarren zu spielen. Wenn Sie mich fragen, sieht so etwas, ehrlich gesagt, ziemlich öde aus, aber ich schätze, es könnte trotzdem lustig gewesen sein. Wenn man wirklich *dabei* war, meine ich, mit dem alten Moondoggy und Jughead oder wem auch immer. Wenn man mit *diesen* Typen dabei war. Heutzutage könnte man das natürlich nicht mehr machen. Man könnte es sich nicht mehr erlauben. Heutzutage waren alle viel zu zynisch, um einfach singend um ein Lagerfeuer zu sitzen. Man würde laut ausgelacht werden, wenn man das heutzutage versuchen würde. Man würde keine zwei Minuten durchhalten. Aber damals könnte es lustig gewesen sein. Man kann nie wissen. Aber wenn man sich diese Filme heutzutage ansieht, ist das so, als würde man sich das Leben auf einem völlig anderen Planeten ansehen. Ich meine, ist es möglich, dass Leute wirklich so gelebt haben? Kinder und Jugendliche, meine ich. Es erscheint mir nicht sehr wahrscheinlich, aber wer zum Teufel kann das schon sagen? Und vielleicht tun sie es ja sogar *immer* noch, *irgend*wo. Vielleicht findet irgendwo immer noch ein regelrechtes Strandtuch-Bingo statt, mit Moondoggy und Jughead und diesen ganzen süßen Mädchen in getupften Bikinis. Wenn ja, dann freut es mich, und wenn nicht, na ja, dann macht es mir trotzdem immer noch einen Mordsspaß, sie mir manchmal alle anzusehen. Und bei einem getupften Bikini und einem Strandball werde ich immer noch ganz nostalgisch, auch wenn ich keinem von beiden in meinem Leben je nahe gekommen bin.

Und das ist noch so eine Sache. Ich weiß nicht, woran es liegt, aber ich muss ungefähr mein halbes Leben damit verbracht haben, bei irgendwelchem Scheiß nostalgisch zu werden. Es liegt mir einfach im Blut, so wie Schlafen oder An-die-Decke-Starren. Ich glaube, irgendein berühmter Typ hat es mal eine Krankheit genannt. Ich kann mich nicht erinnern, wer es war, aber er hatte recht. Es ist natürlich nicht so schlimm wie viele andere Krankheiten, aber genau das ist es.

Nehmen Sie zum Beispiel den Krieg. Nicht diesen Krieg jetzt oder den letzten oder irgendeinen der anderen, die ich nicht meine. Ich meine den Zweiten Weltkrieg, damals, als die Kriege noch einen Anfang *und* ein Ende hatten, und manchmal sogar eine Mitte. Ich weiß, es muss ziemlich furchtbar gewesen sein, zu der Zeit zu leben und alles, aber ich kann trotzdem nicht anders, als beim Gedanken daran ganz nostalgisch zu werden, als wäre ich selbst dabei gewesen oder so. Es ist seltsam. Ich weiß nicht einmal, ob Leute, die tatsächlich dabei waren, beim Gedanken daran je nostalgisch wurden, aber *ich* schon. Aber eigentlich geht es natürlich gar nicht um den Krieg selbst. Ich bin noch nie besonders nostalgisch bei dem Gedanken geworden, erschossen oder in die Luft gesprengt oder von der Gestapo gefoltert zu werden oder so. Es ist mehr die Vorstellung der Atmosphäre, die mir nahegeht. Die Filme und die Musik und die ganze Kameradschaft. Nehmen Sie zum Beispiel den Blitzkrieg. Auch wenn es natürlich ziemlich lausig und alles gewesen sein muss, als die Leute in ihren eigenen Betten in die Luft gesprengt wurden und mit Gasmasken fernsehen mussten, brachte er offenbar doch das Beste in den Leuten zum Vorschein. Wie in diesem alten Film, *Mrs. Miniver*, den ich mindestens fünfzig Mal gesehen haben muss. Ich stehe total auf diesen Film. Bei der letzten Szene in dieser ausgebombten alten Kirche, wo zum Schluss die Sonnenstrahlen durch das zertrümmerte Dach fallen – da sterbe ich einfach jedes Mal. Und auch wenn der Ehemann, Walter Pidgeon, mit seinem kleinen Motorboot losfährt, um vor Dünkirchen in der Falle sitzende Tommys zu retten. Ich kann mir nicht vorstellen, dass Leute heutzutage so etwas tun würden. Ausgeschlossen. Sie hätten zu viel Angst, ihr Boot könnte einen Kratzer abbekommen. Sie würden sich Sorgen darum machen, ob ihre Versicherung wohl dafür aufkommt oder nicht, wenn sie unter gottverdammten Beschuss genommen werden. Und ganz abgesehen davon hätten alle sowieso viel zu viel Angst. Alle würden schreien: »*Bezahlen* wir nicht Leute dafür, dass sie so etwas tun?«, und sich allein schon bei dem Gedanken in die Hose machen, es selbst tun zu müssen. Und noch etwas. Ich weiß, es ist kaum zu glauben, aber es gab sogar gemeinsames *Lieder*singen. Das muss man sich mal vorstellen! Völlig Fremde, in der U-Bahn zusammengequetscht wie Sardinen, die sich alle die Seele aus dem Leib singen, um sich Mut zu machen, während über ihnen ihre Häuser und Menschenleben in die Luft gesprengt werden. Aber dann, manchmal, fühle ich mich irgendwie richtig schlecht deswegen. Weil ich so nostalgisch werde, meine ich. Schließlich ist mir klar, dass es in Wirklichkeit richtig schlimm gewesen sein muss, mit vielen wirklich fürchterlichen Sachen, die da abgelaufen sind. Ich schätze, manchmal fühle ich mich einfach irgendwie schuldig, dass ich so nostalgisch werde, vor allem weil ich damals noch gar nicht geboren war. Als hätte ich kein Recht dazu. Aber andererseits kann es auch vorkommen, dass ich mich wegen irgendetwas so fühle, das erst letzte Woche passiert ist. Und die Sache ist die, es muss nicht einmal irgendetwas Wichtiges oder Denkwürdiges sein. Es kommt vor, dass ich schon bei sehr langweiligen Dingen nostalgisch werde. Es muss nur vorbei sein. Eine schöne Krankheit.

Aber wie ich schon sagte, ein Tag am Strand ist mit Sicherheit nicht mehr das, was er einmal war. Ohne Witz. Kein getupfter Bikini oder Strandball in Sicht. Der Strand war wie eine einsame Insel, auch wenn er eher einer Müllkippe glich. Natürlich waren nicht einmal ein Robinson Crusoe mit seinem Freitag in Sicht, es sei denn, das waren wir, Louie Louie und ich. Aber das war auch kein Wunder. Die Leute gehen nicht mehr an den Strand. Erstens einmal ist es zu heiß, und zweitens ist das Meer ein Sumpf. Nein, nicht einmal ein Sumpf. Es ist eine Brühe. Eine schöne, schwarze, stinkende Brühe. Sie bewegt sich nicht, ebbt nicht, flutet nicht, tut verdammt noch mal gar nichts. Sie ist tot, und alles darin ist auch tot. Nur dass sie vielleicht noch träumen kann, irgendwie einfach dasitzen und von besseren Tagen und getupften Bikinis träumen vielleicht. Ich hoffe es zumindest.

Es war irgendwie seltsam, wie wir dort landeten, ohne dass wir es wirklich vorhatten, aber jetzt, wo wir schon mal da waren, schätze ich, dachten wir, da könnten wir eigentlich auch bleiben. Wir dachten, wir könnten eine Weile einfach dasitzen und der Brühe zusehen, daher suchten wir uns einen geeigneten Platz zwischen dem ganzen Abfall, den Haufen mit verrottenden Autoreifen, zurückgelassenen Wracks und verrostenden Klimaanlagen. Die stinkenden Müllberge beherbergten Ratten, echte Riesen, die uns glatt ignorierten. Sie konnten es sich erlauben. Sie mussten uns zahlenmäßig millionenfach überlegen sein. Und obwohl es ziemlich ekelhaft roch, machten wir es uns trotzdem gemütlich und saßen dann einfach da und sahen uns diese entzückende Brühe an. Und die Brühe saß auch einfach da und glitzerte friedlich in der Sonne. Sie glitzerte wirklich. Sie schimmerte sogar.

In gewisser Weise war es wirklich ziemlich gottverdammt schön.

»O Mann«, sagte Louie Louie schließlich, »die Strandkultur ist mit Sicherheit nicht mehr das, was sie mal war.« Er saß da und blinzelte aufs Meer, und ich wusste einfach, dass er an diese ganzen Mädchen in getupften Bikinis dachte. Ich hab's ja schon erwähnt. Er war sexbesessen.

»Vermutlich nicht«, sagte ich.

Ich nahm einen Stein, der zufällig dort herumlag, und warf ihn übers Wasser. Er schlitterte über die Oberfläche, vier- oder fünfmal, dann hörte er damit auf und ging langsam unter.

»Hey, Louie Louie«, sagte ich, als ich auf einmal an etwas anderes dachte. »Findest du wirklich, dass meine Mutter eine Wucht ist, oder hast du das nur so gesagt – du weißt schon –, damit sie sich besser fühlt?« Ich weiß auch nicht, warum ich es wissen wollte. Ich dachte, ich frage einfach mal nach.

Er schien irgendwie verblüfft von der Frage, als hätte er vielleicht noch nie darüber nachgedacht. Vermutlich hatte er das wirklich nicht. Er neigte im Allgemeinen nicht zu größeren Selbstbetrachtungen. Dann sah er plötzlich aus, als sei ihm etwas eingefallen, das er sagen könnte, und als hätte er sich dann aber ebenso schnell entschieden, es nicht zu tun. So wie ich Louie Louie kannte, war es vermutlich etwas sehr Geschmackloses und Grobes. Normalerweise hätte er es auch gesagt. Er sagte ständig solche Sachen.

»Scheiße, Montanna«, sagte er stattdessen, »ich habe keine Ahnung.«

Die Brühe hatte den Stein jetzt so vollständig verschluckt, ohne auch nur ein Kräuseln auf der Wasseroberfläche zu hinterlassen, als hätte ich ihn nie geworfen. Dann dachte ich, dank mir würde dieser Stein in der Geschichte der Welt nie wieder das Tageslicht erblicken. Die glänzende schwarze Oberfläche hatte sich wie eine Gruft über ihm geschlossen. Als hätte er nie existiert.

»Hey, Louie Louie«, sagte ich noch einmal, während ich an den Stein dachte und an die Brühe und vielleicht sogar an den alten Moondoggy und Jughead, »fragst du dich je, was eigentlich aus allem werden wird?«

Er starrte noch immer auf die Brühe. Es war jetzt auch schwieriger zu sagen, was er dachte. Wenn er nicht an Essen oder Sex dachte, war es sehr schwierig, es zu erraten.

Dann sagte er: »Wie meinst'n das genau – ›aus allem werden‹?«

»Du weißt schon«, sagte ich. »Letztendlich?«

23

Ich schätze, was ich meinte, war, wenn wir alt waren. Nicht nur älter, sondern alt. Das war etwas, worüber ich manchmal nachdachte. Ich weiß auch nicht, warum. Ich schätze, jeder denkt hin und wieder über solches Zeug nach. Das ist doch nur natürlich. Aber die Sache ist die, ich dachte ziemlich viel darüber nach. Nicht auf eine morbide Art oder so, obwohl ich manchmal auch auf diese Weise darüber nachdachte. Sie wissen schon, von wegen dass ich dann nicht mehr allein auf die Toilette gehen könnte, zum Beispiel, oder dass ich mit einem gottverdammten Löffel gefüttert werden müsste. Darauf freute ich mich wirklich nicht. Wenn ich doch mal auf eine irgendwie morbide Art darüber nachdachte, wie es sein würde, alt zu sein – und an so etwas dachte wie, dass ich dann nicht mehr auf die Toilette gehen könnte oder mit einem Löffel gefüttert werden würde –, dann sagte ich mir immer, dass ich, bevor es so weit kommen würde, einfach Schluss machen würde. Ich würde mich umbringen. Ich wusste sogar schon, wie.

Ich könnte mich allerdings niemals erschießen oder aufhängen oder so. Mein Hauptproblem mit Erschießen oder Aufhängen ist, dass irgendjemand dich immer finden muss, hinterher, was wirklich nicht sehr angenehm für denjenigen sein kann. Niemand will einen ihm oder ihr nahestehenden Menschen oder auch nur einen völlig Fremden finden, der sich den Hinterkopf weggepustet hat oder mit heraushängender Zunge von der Decke baumelt. Die Leute haben auch so schon genug um die Ohren. Und selbst wenn man eine Überdosis schluckt, muss einen immer noch irgendwer finden und sauber machen und alles. Wie man es auch dreht und wendet, man steht fast immer vor durchaus ernst zu nehmenden Hindernissen, wenn man sich das Leben nehmen will, ohne anderen Leuten dadurch unnötige Scherereien oder Unannehmlichkeiten zu bereiten. Im Ernst. Und an dem Punkt kommt meine Idee ins Spiel.

Es würde natürlich ein bisschen Vorbereitung und Planung erfordern, aber es würde sich lohnen. Im Grunde würde ich es so machen, ich würde erst einmal in irgendeine sehr entlegene Gegend fahren. Die Wüste wäre vermutlich am besten geeignet, außerdem habe ich die Wüste schon immer besonders gemocht, auch wenn ich noch nie wirklich in einer war. Dann würde ich ein paar Dinge aufstellen, die ich mitgebracht hatte, zum Beispiel einen bequemen Sessel und einen kleinen Tisch und eine Thermoskanne mit Tee und vermutlich ein Buch. Vielleicht auch noch ein, zwei andere Dinge, an denen ich sehr hing, und vielleicht ein gerahmtes Foto oder zwei auf dem Tisch. Vielleicht würde ich im Hintergrund sogar ein bisschen Musik laufen lassen, aber nichts Deprimierendes oder so. Nichts zu Schweres. Ein bisschen Gershwin könnte ganz nett sein, aber nichts zu Big-Band-Mäßiges. Nichts zu Blechernes. Und dann würde ich um das alles im Kreis einen ganzen Haufen Anmachholz verstreuen und ihn dann mit irgendeinem geruchlosen, aber leicht entflammbaren Brennstoff tränken. Kein Benzin oder Kerosin, wegen des Geruchs. Und dann würde ich irgendwie eine Art Mechanismus für eine Kettenreaktion installieren, die dazu führen würde, dass das Anmachholz in Brand gesetzt wird. Vermutlich würde ich es so machen, dass ich mir eine Schnur an eine Zehe binde, die, wenn ich damit wackle, den Mechanismus auslöst. An diesem Teil müsste ich noch ein bisschen feilen, das gebe ich zu, aber am Ende würde es kein Problem sein. Und bevor ich das ganze Ding in Gang setzte, würde ich schließlich ein ganzes Fläschchen Schlaftabletten schlucken und mich dann einfach zurücklehnen und meinen Tee trinken und mein Buch lesen oder vielleicht auch einfach nur die Wüstenluft genießen. Wie ich schon sagte, ich war noch nie in der Wüste, aber ich bin mir ziemlich sicher, dass ich die Luft dort genießen würde. Ich habe gehört, sie soll ziemlich gut sein. Und dann, früher oder später, würde ich einfach bewusstlos werden, meine Zehe würde kurz wackeln, der Mechanismus, um das Anmachholz in Brand zu setzen, würde ausgelöst werden und – *wusch!* – würde das ganze Ding in Flammen aufgehen. Ganz einfach. Und ich würde genau mittendrin sitzen und vielleicht von Strandbällen und niedlichen Mädchen in getupften Bikinis glücklich vor mich hin träumen.

Natürlich dachte ich nicht die ganze Zeit darüber nach.

Darüber, dass ich so alt sein würde, dass ich nicht einmal mehr allein auf die Toilette gehen könnte oder dass ich draußen in der Wüste in Flammen aufgehen würde. Alles in allem dachte ich eigentlich eher, dass es ganz lustig sein könnte. Alt zu sein, meine ich. Ehrlich gesagt, ich freute mich sogar irgendwie darauf. Die meisten alten Leute, die ich sah, benahmen sich entweder so, als sei das Alter nur eine kleine Unannehmlichkeit oder als sei es eine echte Quälerei. Aber ab und zu, wirklich nur ab und zu, sah ich einen alten Typen oder eine alte Dame, die sich benahmen, als hätten sie einen Heidenspaß. Als bereitete ihnen die Tatsache, alt zu sein, ein diebisches Vergnügen. Man sah ihnen einfach an, dass sie sich köstlich amüsierten. Es kam selten vor, das gebe ich zu, aber hin und wieder sah man es doch. Es machte mir selbst ein diebisches Vergnügen, so jemanden zu sehen. Im Ernst.

Vor allem an einen Typen kann ich mich noch gut erinnern. Ich war an dem Tag im Park, schlenderte einfach vor mich hin und dachte an nichts Böses, als ich ihn entdeckte. Er war dieser uralte Typ genau vor mir. Ich hätte ihn problemlos überholen können, aber aus irgendeinem Grund gefiel mir irgendwie sein Aussehen, daher hatte ich nichts dagegen, einfach weiter hinter ihm herzuschlendern. Zum einen war er sehr gut gekleidet, wenngleich nicht auf übertriebene Art. Er war nicht modisch gekleidet oder so. Alte Leute sollten sich auch nicht modisch kleiden, wenn Sie mich fragen. Es steht ihnen nicht. Um genau zu sein, war dieser Typ irgendwie *alt*modisch angezogen, und seine Klamotten sahen auch ein bisschen abgetragen an den Rändern aus, aber trotzdem elegant. Sein Gesicht konnte ich nicht sehen, aber sein Aussehen an sich gefiel mir wirklich, und ich war mir sicher, *sollte* ich sein Gesicht sehen, würde es mir auch gefallen. Jedenfalls, nachdem er eine Weile so herumgeschlendert war, fing er auf einmal an, auf diesen riesigen alten Baum zuzulaufen, der vollkommen allein dastand. Ich weiß nicht, was für ein Baum es war, denn mit Natur kenne ich mich überhaupt nicht aus, aber es handelte sich um einen Baum, so viel steht fest. Es war Herbst, und der Park sah aus, als würde er brennen. Es war ziemlich malerisch. Und dieser Baum sah aus wie eine riesige lodernde Fackel. Das war schon ein toller Anblick. Auf jeden Fall fing dieser alte Typ, der nach seinem Aussehen vielleicht hundert oder so sein musste, auf einmal an, den Baum hochzuklettern, sobald er ihn erreicht hatte. Ich konnte es kaum glauben. Er war auch ziemlich gelenkig, für sein Alter. Der unterste Ast hing zum Glück sehr niedrig über dem Boden, sodass er sich recht problemlos daran festhalten konnte. Und dann schwang er sich halb, halb stemmte er sich hoch. Und von dort flitzte er dann nur so nach oben. Ich war ziemlich verblüfft, so viel steht fest. Ich hatte wirklich nicht damit gerechnet, dass er so etwas tun würde. Er war so ein absolut unglaublich alter Typ, und dann schoss er auf einmal diesen Baum hoch wie ein Eichhörnchen, und das am helllichten Tag. Zugegeben, das Wetter war gut geeignet für eine solche Unternehmung, aber ich sah trotzdem niemanden sonst so etwas tun, nicht einmal irgendwelche kleinen Kinder. Kinder tun so etwas nicht mehr so oft, denke ich. Niemand tut es noch. Aber das Komische ist, als ich diesem alten Typen dabei zusah, bekam ich auf einmal selbst Lust, es zu tun. Auf einmal hatte ich ein schlechtes Gewissen, dass ich nicht auf Bäume kletterte. Ich dachte, wenn er sich dazu aufraffen kann, in seinem Alter, wenn er sich dazu aufraffen kann, sich diese Mühe zu machen, was hält mich dann davon ab? Aber dann dachte ich, naheliegenderweise, na ja, natürlich klettert er draußen auf Bäume, er ist schließlich dement. Das muss er sein. Aber dann dachte ich, na ja, lieber draußen auf Bäume klettern, als in irgendeinem widerlichen alten Pflegeheim in Hauspantoffeln herumzuschlurfen, während man sich zu erinnern versucht, wo man seine Tasse mit fiesem, lauwarmem altem Pflegeheim-Tee abgestellt hat. Ich an seiner Stelle würde auch lieber draußen auf Bäume klettern, selbst wenn das tatsächlich heißen sollte, dass ich dement war.

Dann verlor ich ihn aus den Augen, etwa auf halber Höhe, als die Blätter zu dicht wurden, um etwas zu erkennen. Aber ich konnte seinen Aufstieg noch immer mitverfolgen, denn ich sah, wie am ganzen Baum die Blätter bebten, während er immer höher hinaufkletterte. Es sah aus, als hätte der Baum einen epileptischen Anfall oder so etwas. Er schlotterte nur so. Schon bald lag ein Haufen Blätter dreißig Zentimeter hoch auf der Erde unter ihm. Es war witzig, wie die Blätter von diesem einen Baum nur so herunterprasselten, obwohl auch von anderen Bäumen hin und wieder eines fiel. Es sah aus, als hätten die Jahreszeiten auf einmal einen Gang zugelegt. Bald würde es schneien. Aber dann, nachdem ich diesen Typen eine Weile nicht hatte sehen können, kam er schließlich auf einmal ganz oben wieder zum Vorschein. Sein Kopf tauchte einfach zwischen den Zweigen und Blättern auf, wie jemand, der wieder an die Oberfläche kommt, nachdem er lange unter Wasser geschwommen ist. Und dann, vielleicht nur ein paar Sekunden lang, geschah etwas sehr Seltsames. Sie werden es vielleicht nicht glauben, aber ein paar Sekunden lang konnte ich all das sehen und fühlen, was er sehen und fühlen konnte. Es kam mir vor, als würde ich alles durch die Augen dieses alten Mannes sehen, und durch sie, und nur für diesen kurzen Moment sah ich eine Welt, die auf einmal vollkommen scharf eingestellt zu sein schien. Mir war gar nicht bewusst gewesen, dass sie vorher *nicht* scharf eingestellt war, aber so muss es gewesen sein. Sie war die ganze Zeit verschwommen gewesen, und ich hatte es gar nicht gemerkt.

Irgendwie hatte er es geschafft, zwischen den obersten Zweigen sein Gleichgewicht wiederzufinden, und jetzt war nicht nur sein Kopf, sondern der Großteil seines Körpers zu sehen. Es kann nicht leicht gewesen sein, da oben sein Gleichgewicht zu halten, aber es gelang ihm trotzdem, so sicher auszusehen, wie man es von einem so uralten Typen hoch oben in einem Baum erwarten würde. Er hielt sich noch immer fest, aber dann ließ er, durchaus optimistisch, wie ich fand, auf einmal los. Er taumelte einen Moment, bevor er sein Gleichgewicht wiedererlangte. Dann legte er beide Hände an den Mund und hob das Gesicht zum Himmel. Der sah aus, als hätte man ihm eben einen frischen hellblauen Anstrich verpasst. Und dann rief er so ungefähr das Letzte, was ich von einem hundertjährigen Typen hoch oben in einem Baum erwartet hätte.

Er sagte: »LECK – MICH – AM – *ARSCH!*«

Aber fast im selben Augenblick ertönte ein ungeheuer lautes *Knacks!*, und mit einem Mal war er spurlos verschwunden. Ehrlich gesagt, sah das sehr komisch aus, als hätte ihn irgendjemand, der sich unter ihm zwischen den Blättern versteckt hatte, auf einmal an den Knöcheln nach unten gezogen. Der Baum schien ihn einfach verschluckt zu haben, und dann, fast ebenso schnell, spie er ihn am anderen Ende wieder aus.

Ich dachte, er müsste mit Sicherheit tot sein, aber als ich ihn erreichte, war er nicht nur nicht tot, sondern er lächelte sogar.

»O mein *Gooott*!«, sagte ich. »Alles okay mit Ihnen, Mister?« Ich wunderte mich wirklich, dass er nicht tot war. Er musste ein zäher alter Kauz sein.

Er sah zu mir hoch, wie der da so auf dem Rücken in einem Haufen alter toter Blätter lag. Er hatte ein sehr sanftes Lächeln auf seinem zerfurchten alten Gesicht, in dem ich mich übrigens nicht getäuscht hatte – sein Aussehen gefiel mir *tatsächlich*. Es war ein gutes Gesicht. Dann begann er zu kichern. Er sah wirklich quietschfidel aus. Ich wusste natürlich nicht, was ich tun sollte. Ich dachte, ich sollte vermutlich einen Rettungswagen rufen oder so, aber ich wollte ihn auch nicht allein dort liegen lassen.

»Kann vielleicht jemand einen gottverdammten Rettungswagen rufen!«, brüllte ich, aber als ich mich umsah, wurde mir klar, dass der Park verlassen war. Nicht einmal ein gottverdammter Hund war in Sicht.

In der Zwischenzeit kicherte dieser verrückte alte Typ noch immer still vor sich hin. Irgendetwas kitzelte eindeutig seine Fantasie. Aber ich konnte mir nicht vorstellen, was. Es war eigentlich keine besonders komische Situation.

»Hey«, sagte ich, zum Teil, um irgendwie auf ihn einzugehen, nehme ich an, und zum Teil, weil ich nicht wusste, was ich sonst sagen sollte, »was ist denn so gottverdammt witzig?«

Er sah mich eine Sekunde oder zwei an, als könnte er vielleicht nicht glauben, dass ich es nicht kapierte, und dann begann er auf einmal schallend zu lachen. Er fand meine Frage zum Schreien. Davor hatte er nur gekichert, aber jetzt lachte er so verdammt heftig, dass er fast erstickte. Er schaffte es sogar, ein bisschen Blut zu husten, und das machte mir wirklich höllische Angst.

»Immer schön locker bleiben, Kumpel«, sagte ich so beschwichtigend wie möglich zu ihm. Ich schlotterte am ganzen Körper, solche Angst hatte ich. »Immer schön locker bleiben, okay.« Aber er winkte mich nur näher zu sich heran, mit einer winzigen flatternden Handbewegung.

Ich kniete sowieso schon genau neben ihm zwischen diesen ganzen toten Blättern. Sie knisterten unter mir wie winzige brechende Knochen, als ich mich noch weiter vorbeugte. Aus dieser Nähe konnte ich jede Falte und Furche in seinem Gesicht sehen. Sein ganzes Gesicht war eine einzige Masse aus Falten und Furchen. Er war der absolut älteste Typ, den ich je gesehen hatte. Und ehrlich gesagt, war er auch ziemlich abstoßend. Ich weiß, das klingt nicht sehr nett, und eigentlich meine ich es ja auch gar nicht so. Ich meine es so, aber ich meine es auch nicht so, wenn Sie wissen, was ich meine. Er hatte ein gutes Gesicht, und es gefiel mir wirklich und alles, aber es war so alt. Und dann fragte ich mich auf einmal, ob er vielleicht irgendwo eine Frau hatte, und wenn ja, ob sie genauso alt und abstoßend war wie er. Was für ein hinreißendes Paar, dachte ich. Ich konnte nicht anders. Aber je länger ich ihn ansah, desto mehr begann ich meine Meinung zu ändern. Ich begann sogar schon zu glauben, dass er gar nicht abstoßend war. Ich meine, je genauer man ihn betrachtete, desto deutlicher konnte man erkennen, dass er zu seiner Zeit vermutlich ziemlich gut aussehend gewesen war, auch wenn das nicht genau das ist, was ich meine. Ich meine, dass man sogar jetzt, nachdem man den ersten Schock hinter sich hatte, vor allem aus dieser Nähe erkennen konnte, dass das, was man zuerst für abstoßend hielt, in Wirklichkeit wunderschön war. Es war wie ein Kunstwerk oder so etwas. Sein Gesicht war so alt und zerknautscht und zerfurcht und interessant, dass es war, als würde man eine wirklich umwerfende Aussicht betrachten. Es war ein Gesicht, das zu betrachten sich wirklich lohnte, wenn man bereit war, sich die Mühe zu machen. Aber dann fiel mir sein entsetzlich gequälter Atem auf, der mir noch mehr Angst machte als das Blut, das er gehustet hatte.

Er schenkte mir ein sehr mattes, irgendwie beschwichtigendes Lächeln, als wollte er sagen: »Keine Sorge, Junge, ich komme schon durch«, aber es klappte nicht. Es war ein nettes Lächeln und alles, und ich wusste es zu schätzen, aber ich hatte trotzdem sehr stark den Verdacht, dass er jeden Augenblick abkratzen würde. Außerdem sah er aus, als wollte er noch irgendetwas sagen, daher beugte ich mich noch ein bisschen näher zu ihm herunter, um ihn besser zu verstehen. Ich wollte seine letzten Worte nicht überhören, nur für den Fall, dass mich später irgendjemand fragen sollte, wie sie lauteten.

»Es …«

Er sprach sehr leise und klang jetzt verdammt schwach. Ich wartete geduldig auf das nächste Wort.

»... wird immer …«

»Ja?«, ermunterte ich ihn.

»... ein …«

»Ja doch?«

»... Happy …«

»Hä?«

»... End …«

Komm schon, dachte ich, du verrückter alter Dreckskerl. Du schaffst es. Du hast es fast geschafft. Spuck's schon aus.

»... haben.«

Was?

Ich verstand nicht.

Was?

Ich hockte mich auf die Fersen und starrte ihn an. »*Was*

wird immer ein Happy End haben?«, fragte ich ihn. Vielleicht hatte ich irgendetwas überhört. Und ich wollte es wirklich gern wissen. Auf einmal war ich verdammt neugierig. Aber dann sah er mich einfach nur an und runzelte die Stirn.

»Hey«, sagte er. Seine Stimme klang auf einmal wieder kräftiger. Er hörte sich schon viel besser an. Vielleicht würde er doch nicht den Löffel abgeben. »Kenne ich dich nicht, Junge?«

Und dann starb er.

Dort am Strand dachte Louie Louie noch immer darüber nach. Darüber, ob er je darüber nachdachte, was letztendlich aus allem werden würde. Er dachte so lange darüber nach, dass ich schon anfing zu denken, er hätte *aufgehört*, darüber nachzudenken. Das hatte er schon mal so gemacht, sogar schon oft. Ich fragte ihn irgendetwas, und dann stand ich da und wartete auf seine Antwort, während ich dachte, dass er noch darüber nachdachte, da er so *aussah*, als würde er darüber nachdenken – und dabei hatte er die ganze Zeit eifrig an irgendetwas völlig anderes gedacht, zum Beispiel, was er später zu Mittag essen würde. Er hatte sogar vergessen, dass ich ihn etwas gefragt hatte. Genauso sah er jetzt auch aus, als würde er es aus allen Blickwinkeln betrachten, aber es war schwer zu sagen, wie ich schon sagte. Aber ich drängte ihn nicht, nur zur Sicherheit.

Dann sagte er: »Nein. Vermutlich nicht.«

Ich habe dem alten Louie Louie nie von dem alten Typen erzählt, der von diesem Baum gefallen ist. Ich weiß nicht, warum, aber ich habe es eben nicht getan. Es ist ja eigentlich eins von diesen Dingen, die man jemandem erzählen würde, ich weiß, aber ich habe es nie getan. Ich habe mir oft überlegt, es ihm zu erzählen. Ich habe auch damals darüber nachgedacht, es ihm zu erzählen, als wir an diesem Strand saßen und der Brühe zusahen, die an das dreckige Ufer schwappte. Aber ich habe es nicht getan. Ich habe es nie getan.

24

Den Pier hatte ich ganz vergessen. Ich war nicht mehr dort gewesen, seit ich ein Kind war. Er war schon damals baufällig, aber jetzt sah er noch um einiges schlimmer aus. Früher, vor Jahren, musste er allerdings einmal ziemlich eindrucksvoll gewesen sein, und in gewisser Weise war er das noch immer. Ich hatte alte Fotos gesehen, von damals, zu seiner Blütezeit, als er ganz glänzend und neu und nachts angestrahlt war wie ein Weihnachtsbaum. Das sah schon toll aus. Es musste nett gewesen sein damals, an einem heißen Sommertag den Pier auf und ab zu schlendern, Eis zu essen und vor Vorübergehenden den Hut zu lüften. Oder am frühen Abend dort spazieren zu gehen, mit nur dem Hauch einer kühlen Brise, die vom Meer herüberwehte … (Sehen Sie, was ich meine? Schon wieder diese scheiß Nostalgie. Ich kann einfach nicht anders.) Aber jetzt, wo die ganze Farbe in großen, flockigen Schuppen vom Pier abblätterte, erinnerte er mich eher an eine riesige Schlange, die ihre Haut abwirft. Und nicht nur ihre Haut, sondern auch ihr Fleisch. Die verrottenden Holzplanken schimmerten darunter durch wie ausgebleichte Rippen. Und aus der Ferne glaubte ich fast sehen zu können, wie er sich schlängelte und wand, als sei er noch immer am Leben und versuchte, sich freizuschütteln. Die Haut löste sich in riesigen Flocken, und darunter war nichts als brüchige alte sonnengebleichte Knochen, ein Skelettgerüst. Die Innereien waren bereits aufgefressen worden. Vielleicht ging meine Fantasie ja ein bisschen mit mir durch, aber die Sache ist die, er sah wirklich ein bisschen aus wie eine Riesenschlange, wie er einfach dort lag und sich in der Sonne aalte und vor sich hin rottete.

»Hey, Louie Louie«, sagte ich aus einer plötzlichen Laune heraus, nicht weil ich es unbedingt wollte oder so, sondern nur, um irgendetwas zu sagen, »wie wär's, wenn wir mal nach dem alten Pier sehen? Was meinst'e? Bisschen rumschnüffeln. Wir könnten uns fühlen wie die gottverdammten Hardy Boys oder so.«

Louie Louie wandte sich um und sah mich alles andere als begeistert an, eher so, als hätte ich vorgeschlagen, wir könnten doch mal eben fünfundzwanzig Treppen hochsteigen. Ich neigte im Allgemeinen selbst nicht zu allzu großen Begeisterungsstürmen, aber neben Louie Louie wirkte ich regelrecht wie ein Fanatiker. Ich schätze, er saß sehr bequem dort, wo er saß, vielen Dank auch, selbst inmitten dieses ganzen stinkenden Mülls, zwischen dem wir saßen (in der Hitze konnte man allen Ernstes sehen, wie der Gestank daraus aufstieg). Außerdem erschien er mir nicht unbedingt als besonders sicher. Der Pier. Um genau zu sein, sah die ganze Konstruktion verdammt baufällig aus, als würde eine nur halbwegs anständige Windböe genügen, um das ganze Ding zum Einsturz zu bringen. Um den Eingang stand sogar ein alter Sicherheitszaun, um die Leute fernzuhalten – ich schätze mal, zu ihrer eigenen Sicherheit. Nicht dass irgendjemand in der Nähe gewesen wäre, der darüberklettern wollte, um hineinzukommen oder so. Und die Hälfte der Pfeiler, die ihn stützten, war auch schon verrottet. Ehrlich gesagt, es wunderte mich, dass überhaupt noch welche standen, wenn man sich klarmachte, *worin* sie standen. Es war natürlich nur eine Frage der Zeit, bis auch alle anderen verrotten und das ganze Ding einfach ins Meer stürzen würde. Ich fragte mich, ob es wohl so vollständig unter der Wasseroberfläche verschwinden würde, wie es der Stein letztendlich getan hatte, den ich vorhin hineingeworfen hatte.

Aber auch wenn Louie Louie nicht unbedingt vor Begeisterung sprühte, war meine Neugier jetzt, nachdem ich vorgeschlagen hatte, sich die Sache mal anzusehen, doch geweckt. Es sah aus, als könnte es ganz interessant sein, jedenfalls interessanter, als noch länger zwischen diesem ganzen Müll herumzusitzen. »Na ja, wir können doch nicht den ganzen Tag hier herumsitzen«, sagte ich, obwohl es eigentlich keinen Grund gab, der uns davon abhielt. Wir mussten schließlich nicht plötzlich überstürzt irgendwohin. »Du weißt schon, einfach so aufs Meer starren. Jemand könnte vorbeikommen und dich mit einem gestrandeten Wal verwechseln. Sie könnten dich für eine Art mutiertes Waljunges oder so etwas halten. Mein Gott, sie könnten sogar versuchen, dich wieder ins Wasser zu zerren.«

»Eher würden sie dich mit einem liebeskranken *Meer-*

jungmann verwechseln, der nach seiner Meerjungfrau schmachtet«, schoss Louie Louie blitzschnell zurück.

Das war ja köstlich. Liebeskranker *Meer*jungmann!

»Ach ja, Blubberjunge?«

»Allerdings, Fischschwanz!«

»Na, dann nimm *das!*« Ich schlug mit einer Harpune auf ihn ein. »Und *das*, und *das!*«

Louie Louie krümmte sich im Sand, tat, als würde er eimerweise Blut husten, bevor er auf einmal ganz schlaff wurde. Und dann, mit seinem letzten Atemzug, erklärte er triumphierend: »Aber der böse Harpunier hatte ja keine Ahnung – giftiges *Blut!*«

»Ahhhhhhhhhhhh!«, schrie ich mit schmerzverzerrtem Gesicht, von oben bis unten bedeckt mit dem Zeug. »Ich *schmel*ze! Ich *schmel*ze!«

Wir brachen beide zusammen, Louie Louie von seinen multiplen Harpunenwunden und ich davon, dass ich von Kopf bis Fuß mit seinem giftigen, Fleisch fressenden Blut bedeckt war, und dann lagen wir einfach nur da, ohne einen Muskel zu bewegen, bis auf ein gelegentliches Todeszucken vielleicht. Ich konnte den verrottenden Müll riechen und die Sonne spüren, die sich wie zwei schwere Münzen auf meine Augenlider presste.

»Wer als Letzter am Zaun ist, ist ein Vollidiot!«, schrie Louie Louie und sprang auf.

25

Oben auf dem alten Drahtzaun verliefen hässlich aussehende, rostige Stacheldrahtrollen, mit ein paar ausgeblichenen Stofffetzen, die sich hier und da darin verheddert hatten und in der Brise flatterten wie winzige zerschlissene Flaggen. Ein altes Metallschild hing an dem abgesperrten Gatter. UNBEFUGTES BETRETEN WIRD STRAFRECHTLICH VERFOLGT stand in ausgeblichener Farbe darauf. Aus der Nähe betrachtet, war es wirklich kein sehr einladender Ort, so viel steht fest. Louie Louie, der durchaus kreativ sein konnte, wenn ihm der Sinn danach stand, nahm eine Münze und kratzte ein paar Veränderungen an das Schild. Eine Minute später stand stattdessen nur noch UNFUG IST RECHTLICH darauf. Im Allgemeinen liefen wir nicht einfach so herum und verschandelten öffentliches Eigentum, und er hätte es vermutlich nicht tun sollen, aber es machte trotzdem einen Heidenspaß. Außerdem war es schließlich noch nicht mal beleidigend oder so, so etwas finde ich persönlich nämlich immer ziemlich ärgerlich. Die Leute kritzeln überall irgendwelches Zeug hin, das beleidigend ist, nur so aus Jux. Ich meine, UNFUG IST RECHTLICH ist vielleicht dämlich, das gebe ich zu, aber irgendwie ist es auch clever. Ich finde, vieles von dem, was man überall hingekritzelt sieht, zeugt eindeutig von einem Mangel an Fantasie.

Als Louie Louie fertig war, rüttelte er an dem Gatter, um zu sehen, wie weit es nachgeben würde. Es war mit einer Kette und einem rostigen Vorhängeschloss versperrt. Wenn er dachte, er könnte sich da hindurchzwängen, war er verrückt. Nicht mal ich hätte das gekonnt. Da war ein nur ungefähr fünfzehn Zentimeter schmaler Spalt.

»So ein Pech«, sagte er.

»Scheiße, was soll'n das heißen«, fragte ich ihn, »so ein Pech?«

»Scheiße, abgesperrt«, sagte er.

»Klar ist es abgesperrt. Natürlich ist es abgesperrt. Sie wollen nicht, dass irgendwelche Leute jederzeit da hineinspazieren, wenn sie Lust dazu haben, oder? Deswegen haben sie diesen verrückten alten Stacheldrahtzaun aufgestellt. Und das Schild.« Louie Louie kicherte, als ich das sagte. »Um die Leute fernzuhalten.«

»Scheiße, genau das meine ich doch«, sagte er. »So ein Pech.«

»Du kannst doch klettern, oder?«, fragte ich ihn.

»Klar kann ich klettern«, sagte er. »Wie eine Katze.«

»Also dann?«

»Also dann was?«

»Also dann, wer als Letzter über den Zaun ist, ist ein dicker fetter Dreckskerl!«

Wir sprangen beide an den Zaun wie zwei entflohene Strafgefangene und kletterten ruck, zuck an ihm hoch. Ich schaffte es ohne größere Probleme über den Stacheldraht und sprang auf der anderen Seite wieder hinunter. Louie Louie blieb natürlich hängen. Der Zaun war, ehrlich gesagt, ziemlich hoch, und Louie Louie war in einer etwas prekären Lage, wie er dort oben in dem Stacheldraht verheddert hing. Aber die Situation war trotzdem amüsant. Sie war umso prekärer und amüsanter, als der Zaun nicht allzu stabil war und ganz schön zu wackeln begann. Und jedes Mal, wenn Louie Louie sich bewegte, wackelte er noch ein bisschen mehr.

»Also, wer ist hier ein dicker fetter Dreckskerl?«, rief ich zu ihm hoch. Ich ging wirklich sehr reif mit der Situation um.

Er brüllte zu mir zurück, während er sich mit weißen Knöcheln festklammerte.

»Du gottverdammter *Scheiß*kerl! Gottverdammt, ich hänge *fest*, Herrgott nochmal!«

»Mannomann!«, sagte ich. Ich hatte wirklich einen Heidenspaß, und deshalb wollte ich nichts überstürzen. Ich stand da unten auf dem Boden und sah in aller Ruhe zu ihm hoch, die Hände in die Hüften gestemmt wie ein echter Dreckskerl. »Du siehst aus wie eines dieser alten Parseval-Luftschiffe, das sich aus seiner Verankerung gerissen und zwischen den Schornsteinen verfangen hat.« Das war tatsächlich etwas, das ich mal im Fernsehen gesehen hatte. Es war etwas über den Blitzkrieg, als eine ganze Reihe dieser Parseval-Luftschiffe über der Stadt festgebunden waren, um zu verhindern, dass Flugzeuge im Tiefflug kamen und die Leute in Grund und Boden bombardierten. Jedenfalls, eines Tages löste sich eines davon, und das richtete ziemlich großen Schaden an (hauptsächlich an den Schornsteinen), aber vermutlich war es trotzdem eine nette Ablenkung davon, in Grund und Boden bombardiert zu werden. Vermutlich hat es die Leute auf andere Gedanken gebracht.

Ich war von Natur aus kein grausamer oder sadistischer Mensch, nicht wirklich, aber diese Gelegenheit, es dem alten Louie Louie heimzuzahlen, war so einmalig, dass ich ihr nicht widerstehen konnte. So gute Gelegenheiten kamen nicht jeden Tag daher. Außerdem war er schließlich auch selbst alles andere als großzügig gewesen, als es darum ging, gewisse Fakten über eine gewisse Person preiszugeben. Um genau zu sein, hatte er mich, was das betraf, ganz schön schwitzen lassen. Er hatte ein Maximum an Spaß für sich dabei herausgeholt, und es war nur fair, dass ich mir jetzt einen Teil davon zurückholte.

»Ich dachte, du hättest gesagt, du könntest klettern wie eine gottverdammte – wie-hast-du-gesagt – eine Katze?«, fragte ich ihn. »Ich kann mich deutlich erinnern, dass du gesagt hast, du könntest klettern wie eine Katze.«

»Montanna, du verdammter Scheißkerl! Mir wird schwindelig hier oben!« Inzwischen wimmerte er regelrecht, der arme Teufel. Ich benahm mich wirklich lausig. »Ich glaube, ich falle gleich in Ohnmacht!«

Danach half ich ihm herunter. Vermutlich wäre er sonst wirklich in Ohnmacht gefallen. Das war ihm schon mal passiert. Es würde Louie Louie ähnlich sehen, auf einem Stacheldrahtzaun in Ohnmacht zu fallen. Dann hätte ich ihn von dort oben niemals herunterbekommen. Er ließ noch eine weitere kleine zerschlissene Flagge dort oben zurück, die zusammen mit den anderen im Wind flatterte.

»Gottverdammt noch mal«, sagte er, als er wieder festen Boden unter den Füßen hatte, und drehte sich um, um den Riss in seiner Hose zu begutachten. »Jetzt habe ich mir den Arsch aufgekratzt!«

»Na ja, ein anderer hätte ihn dir auch nicht gekratzt!«, sagte ich.

Er funkelte mich an. »Nur zu deiner Information, von genau so was kriegen die Leute einen Wundstarrkrampf. Ich habe alles darüber gelesen. Ich könnte hier oben einen Wundstarrkrampf kriegen, und es wäre alles deine Schuld. Einen Scheiß*wund*starrkrampf, Herrgott noch mal!«

Niemand könnte schlechter informiert sein als Louie Louie. Und wenn er sich irgendetwas erst mal in den Kopf gesetzt hatte, egal, wie weit hergeholt es sein mochte, war es praktisch unmöglich, es ihm wieder auszureden. Einmal hat er es sogar geschafft, sich einzureden, Delfine seien keine echten Säugetiere, da sie keine äußeren Ohrläppchen hätten. Äußere Ohrläppchen! Das war wirklich das Verrückteste, was ich je gehört hatte, aber Louie Louie war überzeugt, dass es stimmte, weil er es irgendwo gelesen hatte oder glaubte, gelesen zu haben. Er glaubte alle möglichen verrückten Dinge, die hauptsächlich völlig banal, aber trotzdem verrückt waren. Und er glaubte auch immer, äußerst zuverlässig informiert zu sein. Er glaubte, wenn man irgendetwas irgendwo gelesen hatte, dann musste es stimmen. Das tun die Leute ständig. Aber sie sind durchgeknallt.

»Du wirst keinen Wundstarrkrampf bekommen«, sagte ich zu ihm. »Einen Wundstarrkrampf kannst du nur bekommen, wenn du von einem tollwütigen Hund gebissen wirst. Oder von einer Fledermaus. Alles, was du hast, ist ein klitzekleiner Kratzer am Arsch.«

Ehrlich gesagt, ich war mir nicht ganz sicher, *wie* man tatsächlich einen Wundstarrkrampf bekam, aber ich sah keinen Sinn darin, das vor Louie Louie zuzugeben. Es würde ihn nur aufstacheln. Ich meine, sollte er doch denken, dass er einen Wundstarrkrampf bekommen *konnte*, und fertig. In glatten zwei Sekunden würde er aus dem Mund schäumen.

»Man *kann* einen bekommen, wenn man von einem tollwütigen Hund gebissen wird«, gab er mir recht. »Das stimmt. *Oder* einer Fledermaus. Man kann sogar einen bekommen, wenn man von einem *Wasch*bären gebissen wird. Aber es ist eine bekannte und allgemein anerkannte Tatsache, dass die Mehrzahl der Fälle von Wundstarrkrampf durch kleinere Kratzer an Dingen wie Stacheldraht oder rostigen alten Dosen verursacht wird.«

Louie Louie konnte sich Dinge ausmalen wie kein Zweiter. Im Ernst. Und die Sache ist die, er glaubte, dass jedes Wort davon stimmte. Selbst wenn er es sich gerade eben erst ausgedacht hatte. Wenn man ihm so zuhörte, hätte man glauben können, er hätte eine Scheißabhandlung zu dem Thema geschrieben oder so.

»Okay, *mein Freund Jello*«, sagte ich zu ihm. »Immer schön locker bleiben, Kumpel.«

Sein Freund Jello, falls Sie es nicht schon wissen, war ein ziemlich berühmter Film über einen treuen alten Hund, der einen Wundstarrkrampf bekommt und eingeschläfert werden muss. Es ist wahnsinnig kitschig, aber auch wirklich rührend.

»Na ja, wenn ich anfange, aus dem Mund zu schäumen«, sagte er, womit er jetzt jeden Augenblick rechnete, »dann gib nicht *mir* die Schuld, okay.«

26

Louie Louie war noch immer eifrig damit beschäftigt, sich den Hintern zu reiben, an der Stelle, wo er damit am Stacheldraht hängen geblieben war. Es war nur ein winziger Kratzer, aber es hätte viel schlimmer sein können, schätze ich. Vor allem wenn man davon *wirklich* einen Wundstarrkrampf bekommen konnte, wie er behauptete. Jedenfalls, es war schon eine höllische Erfindung, wenn man so darüber nachdachte. Stacheldraht, meine ich. Ich weiß ja nicht, *wer* ihn erfunden hat oder wann oder warum derjenige, der ihn erfunden hat, dachte, es wäre so eine tolle Idee, dass sie unbedingt erfunden werden müsste, oder warum irgendjemand, nachdem er ihn erfunden *hatte*, dachte, es wäre genau das Richtige, um es oben auf einem Drahtzaun auszurollen oder quer durch ein Niemandsland oder an all den anderen Orten, an denen er jemals verwendet wurde. Ich schätze, irgendwo gibt es immer irgendjemanden, der denkt, so ziemlich alles ist eine gute Idee (vor allem wenn er sie selbst hatte oder Geld daraus schlagen kann), und irgendjemand anders, der sich alles Mögliche ausdenken wird, wie man es verwenden könnte, sobald es erfunden wurde. Manchmal frage ich mich wirklich, ob vielleicht sogar schon schlimmere Dinge erfunden wurden als die, die wir bereits kennen, bei denen der Erfinder aber, vielleicht in genau dem Augenblick, als er sie der Welt verkünden wollte, auf einmal innehielt und sich gedacht hat: »Moment mal, ist das wirklich so eine gute Idee? *Braucht* die Welt das wirklich? Wird es sie besser oder schlechter machen?« Ich würde es ja gern glauben, aber ich bezweifle es.

»Hey«, sagte Louie Louie, als er plötzlich aufhörte, sich den Arsch zu reiben. Er wirkte ziemlich nervös. »Mir ist da eben etwas eingefallen. Was, wenn dieser Ort hier von Wachhunden bewacht wird? Was, wenn hier irgendwo ein Rudel Dobermänner im Schatten lauert und nur darauf wartet, uns aus dem Hinterhalt zu überfallen?«

Bei Louie Louie konnte man sich immer darauf verlassen, dass er sich irgendein hochdramatisches Szenario einfallen ließ. Er hätte Dramatiker oder so etwas werden sollen. Er hätte nach Hollywood gehen und sich einen Job suchen sollen, bei dem er sich widerliche Handlungen für die Leute dort ausdenken könnte.

»Wenn es hier ein Rudel Dobermänner *gäbe*«, sagte ich, »warum zum Teufel sollten sie dann im Schatten lauern und nur darauf warten, uns aus dem Hinterhalt zu überfallen? Das sind Dobermänner! Warum sollten sie uns nicht einfach angreifen, während deine im Allgemeinen rasiermesserscharfen Sinne vorübergehend damit abgelenkt sind, dass du dir den Arsch streichelst? Ich meine, wenn du ein Dobermann wärst, hättest du etwa Angst vor dir?«

»Ich habe ihn mir nicht gestreichelt«, sagte Louie

Louie, während er wieder anfing, ihn sich zu streicheln. »Ich habe ihn massiert. Außerdem, wer sagt denn, dass ein Dobermann keine Angst vor mir hätte?« Auf einmal war er mordsmäßig tapfer, jetzt, wo ihm klar war, dass es ziemlich unwahrscheinlich war, dass da *tatsächlich* ein Rudel Dobermänner auf der Lauer lag. Jetzt war er mehr als bereit, es mit ihnen aufzunehmen. »Wenn du's genau wissen willst, ich wünschte, da *würde* ein Rudel Dobermänner auf der Lauer liegen. Denen würde ich einen *Mords*schrecken einjagen!«

»Klar würdest du das«, sagte ich. »Sie würden sich wünschen, sie wären nie geboren worden. Sie würden mit eingezogenem Schwanz zurück zur Wachhundeschule schleichen müssen.«

»Und nicht mal das könnten sie«, sagte Louie Louie, »sie haben nämlich gar keine Schwänze.«

»Klar haben sie welche«, sagte ich leichthin. »Winzig kleine. Kleine gottverdammte Stummel. Sie würden mit ihren eingezogenen winzig kleinen Stummelschwänzen zurück zur Wachhundeschule schleichen müssen.«

»Ohne jedes Arbeitszeugnis!«

»'türlich ohne. Sie würden fristlos gefeuert werden.«

»Pflichtvernachlässigung.«

»Feigheit im Angesicht des Feindes.«

»Geschieht ihnen verdammt recht.«

»Verdammte Dobermänner.«

Inzwischen waren wir auf dem eigentlichen Pier angekommen. Wir waren einfach vor uns hin geschlendert und hatten das Blaue vom Himmel gequatscht, ohne auf irgendetwas um uns herum zu achten. Louie Louie hatte noch nicht angefangen, aus dem Mund zu schäumen, und wenn da wirklich irgendwo ein Rudel Dobermänner auf der Lauer lag, dann mussten sie wohl eingeschlafen sein, schätze ich. Oder es war ihnen einfach egal, den armen Teufeln. Jedenfalls, jetzt, da wir uns tatsächlich auf dem Pier befanden und uns klar war, dass dem so war, fühlte er sich noch baufälliger an, als er von Weitem ausgesehen hatte. Bei jedem Schritt hörte man ihn knarren und ächzen, und durch die Löcher im Steg, wo die Planken durchgerottet waren, konnten wir das Wasser sehen. Dann begann ich mir vorzustellen, wie es wäre, wenn die restlichen Planken auf einmal einfach nachgaben. Wenn das ganze Ding auf einmal unter uns nachgab. Ich stellte mir das alles auch in Zeitlupe vor, wie wir beide in diese tintige Schwärze stürzen würden. Ich überlegte sogar, wie lange es dauern könnte, bis wir untergingen, nachdem wir aufs Wasser aufgeschlagen waren, während sich die glänzende, glitschige Oberfläche langsam über uns schloss wie nasser Zement. Ich konnte mir fast vorstellen, wie es sich anfühlen würde. Dabei lief es mir auf einmal eiskalt den Rücken herunter, und danach trat ich ein bisschen vorsichtiger auf und versuchte, nicht mehr durch irgendwelche Löcher zu sehen.

»Hier ist ja echt tote Hose«, sagte Louie Louie nach ein paar Minuten und kickte gegen eine ausgeblichene Blechdose. Beides, seine Stimme und vor allem das Geräusch der Blechdose, ließ mich zusammenzucken. Um die Wahrheit zu sagen, war ich schon ein bisschen nervös.

Der ganze Ort war, ehrlich gesagt, ziemlich unheimlich. Er war wie leer gefegt. Er war geplündert worden, und was davon noch übrig war, zerfiel einfach vor sich hin zu Staub. Wie Louie Louie gesagt hatte, hier war echt tote Hose – aber genau das war auch irgendwie das Interessante daran. Es war unheimlich, aber auf so eine Art unheimlich, als würde man auf dem Mond spazieren gehen. Es war fast wie eine andere Welt. Eine tote Welt. Eine andere Dimension oder so etwas, eine, die wir eigentlich gar nicht erreichen können sollten. Es war so still, dass ich fast meinen eigenen Herzschlag hören konnte. Fast.

27

Vielleicht war das der Grund, weshalb wir so verblüfft waren, als wir es sahen. Wir beide schauten uns an, wie es Leute in Filmen tun, wenn sie sich vergewissern wollen, dass der andere auch gesehen hat, was sie gesehen haben, zum Beispiel ein wunderschönes Mädchen, das in der Wüste auf sie zukommt, oder einen Hund, der Karten spielt, oder was auch immer, nur um sich davon zu überzeugen, dass es keine Fata Morgana oder so etwas ist und dass sie doch nicht verrückt sind. Ich möchte wetten, genauso hätten wir für jemanden ausgesehen, wenn uns dort jemand gesehen hätte. Wie zwei Typen im Film, die glauben, eben einen Hund gesehen zu haben, der Karten spielt. Ich schätze, daher hatten wir das überhaupt erst. Aus Filmen. Die Leute übernehmen ständig irgendwelches Zeug aus Filmen, und das meiste davon sogar, ohne dass es ihnen überhaupt bewusst ist. Und wenn sie es nicht selbst aus Filmen übernehmen, dann übernehmen sie es von anderen Leuten, die es aus Filmen übernommen haben. Manchmal denke ich, so ziemlich alles, was irgendjemand jemals tut, stammt aus irgendeinem Film. Inzwischen ist es doch so, dass die Leute schon gar nicht mehr wissen, wie sie sich benehmen sollen, ohne irgendeine

Figur aus irgendeinem idiotischen Film nachzuahmen. Ich mache es ja selbst *manch*mal, auch wenn ich versuche, dafür zu sorgen, dass es nicht allzu oft vorkommt. Aber es ist eine ziemlich heimtückische Angelegenheit. Man muss höllisch aufpassen. Sonst wird man, bevor man es überhaupt merkt, einer halben Gehirnwäsche unterzogen und läuft dann so durch die Gegend, als würde man in seinem eigenen privaten kleinen Melodrama oder so etwas mitspielen. Wenn du natürlich *weißt*, dass du darin mitspielst, ist das eine Sache. Aber wenn du es gar nicht merkst, na ja, Mann, dann ist das eine völlig andere.

Jedenfalls, nachdem wir also ein paar solcher Blicke ausgetauscht und festgestellt hatten, dass es keine Fata Morgana oder Halluzination oder was auch immer war und dass wir beide es sehen konnten, so unglaublich es auch war, stieß Louie Louie einen leisen Pfiff aus. Das machte er manchmal, wenn er etwas sehr Eindrucksvolles sah. Schon wieder diese gottverdammten Filme.

»Interessant«, sagte er.

Das war eine Untertreibung. Louie Louie musste immer über- oder untertreiben. Es gelang ihm nicht, sich auch mal angemessen zu äußern. Auf jeden Fall war es so, dass wir inzwischen das andere Ende des Piers erreicht hatten, und auch wenn es interessant gewesen war, gab es da eigentlich gar nichts zu sehen. Aber dann hatten wir nur kurz den Kopf durch diese eine Tür gesteckt, hatten erwartet, nur noch einen weiteren widerlichen, heruntergekommenen, baufälligen alten Raum zu finden, mit Löchern im Boden und in der Decke. Und dann sahen wir es auf einmal. Zuerst wusste ich gar nicht, was ich da sah, so unerwartet war es. Es drang einfach nicht zu mir durch. Ich schätze, das passierte manchmal, wenn man etwas absolut nicht erwartet. Ich habe mal gelesen, dass es den amerikanischen Ureinwohnern so ging, als sie das erste Mal den alten Christoph Kolumbus kommen sahen. Sie standen an der Küste und wussten gar nicht, was zum Teufel sie da sahen, so unerwartet war es. Sie wussten nicht einmal, dass sie *überhaupt* etwas sahen. Aber sie lernten sehr schnell. Und dann, um einen sehr treffenden Ausdruck zu gebrauchen, ist der Groschen gefallen. Auf einmal begriff ich, was ich da vor mir hatte. Die ganzen bunt gemischten Teile hatten sich in meinem Kopf zusammengefügt und ganz plötzlich eine erkennbare Gestalt angenommen. Vermutlich dauerte es in Wirklichkeit nur etwa eine Sekunde, aber in dem Augenblick kam es mir viel länger vor. Es kam mir vor, als hätte ich es eine halbe Ewigkeit lang angestarrt und herauszufinden versucht, was es war. Und das war der Augenblick, als der Groschen fiel, und ich sagte eben, dass es treffend war, weil das, was da in meinem Kopf Gestalt angenommen hatte, eine alte Penny-Arkade war. Falls Sie nicht wissen, was das ist, nun ja, es ist ein bisschen schwer zu erklären. Daher gehe ich einfach davon aus, Sie wissen es, und versuche es gar nicht erst. Es ist nicht so, dass ich mir die Mühe sparen will, es ist nur so, dass ich grottenschlecht bin, wenn es darum geht, etwas zu beschreiben. Im Ernst. Ich kann's einfach nicht. Meine beschreibenden Fähigkeiten sind sehr begrenzt. Jedenfalls, genau das war es. Und sie war tadellos erhalten, bis ins kleinste Detail, wie ein Ausstellungsstück in einem Museum oder so. Es sah aus, als wäre die Zeit einfach stehen geblieben. Einfach so. Warum sie ausgerechnet dort stehen geblieben war und nicht irgendwo anders, weiß ich nicht, aber der ganze Ort war wie eine Zeitkapsel. Es gab sogar ein paar Glasvitrinen mit alten, ausgeblichenen Zeitschriften und Zeitungen, als würden sie noch immer dort verkauft werden, voll von alten Nachrichten, an die sich nicht einmal der älteste Mensch der Welt noch erinnern könnte. Heutzutage gab es rund um die Uhr so viele Nachrichten, dass man sich kaum vorstellen konnte, dass ausgerechnet diese Nachrichten, egal, ob es nun irgendetwas Weltbewegendes war oder nicht, noch immer einfach dort herumlagen und darauf warteten, gelesen zu werden, als wäre es erst gestern geschehen. Irgendwie war es auch traurig, denn jetzt würden sie *nie* gelesen werden, jetzt nicht mehr. Sie erinnerten mich ein bisschen an ein kleines Kind mit einem Geheimnis, das niemanden hat, dem es dieses Geheimnis erzählen kann. Während ich so am Türrahmen stand, hatte ich auf einmal das Gefühl, als würde ich kurz vor einer gewaltigen Entdeckung stehen, wie der alte Howard Carter, als er im Begriff war, König Tuts Grabkammer zu betreten oder so. Ich stehe total auf dieses Zeug. Ägyptologie. Ich wäre wirklich richtig gern Archäologe geworden. Das stelle ich mir total interessant vor. Jedenfalls, so kam ich mir vor. Am Rande von irgendetwas, das nur darauf wartete, entdeckt zu werden. Irgendwie hatte es überlebt, alle Siegel intakt. Es war geheim und verborgen geblieben.

»Also?«, sagte ich.

»Also was?«, sagte Louie Louie.

»Also, worauf warten wir noch?«

Wir standen noch immer im Türrahmen. Wir hatten uns nicht einmal bewegt. Es war, als seien wir uns nicht sicher, ob wir es tun sollten oder nicht, ob wir vielleicht wie Einbrecher wären. Der Ort wirkte insgesamt, als würde er schlafen, und wir waren uns nicht sicher, ob wir ihn stören sollten. Oder ob wir ihn auch nur stören *woll-ten*. Es war witzig. Eigentlich weiß ich gar nicht, worauf wir warteten. Aber Louie Louie zerbrach sich bereits seinen von Natur aus misstrauischen Kopf.

»Was, wenn es eine Falle ist?«, sagte er. Vielleicht dachte er noch immer an diese Dobermänner, die irgendwo dort draußen lauern könnten.

»Was denn für eine Falle?«

»Woher soll ich das denn wissen? Wenn ich es wüsste, wäre es schließlich keine Falle mehr, oder?«

»Doch, das wäre es.« Auf einmal wurde ich richtig pedantisch, was ich eigentlich hasse. »Es wäre trotzdem eine Falle. Du würdest nur wissen, *was* für eine Falle, das ist alles. Zu wissen, was für eine Falle eine Falle ist, heißt nicht, dass es keine Falle ist«, sagte ich zu ihm.

Wir beide standen einfach noch ein bisschen herum und sahen uns an und warteten darauf, dass der andere entschied, was zum Teufel wir tun sollten. Dabei hatten wir beide die ganze Zeit diese todernsten Mienen aufgesetzt, als gehörten wir zwei gegnerischen Debattierteams an. Wir hätten über irgendein todernstes Thema debattieren können, zum Beispiel die Verdienste der Genfer Konvention oder so etwas, zumindest unseren Mienen nach zu urteilen. Die Genfer Konvention, nur für den Fall, dass Sie noch nie davon gehört haben, war diese Aufstellung von Regeln darüber, was in einem Krieg erlaubt war und was nicht. Das muss man sich mal vorstellen.

»Wetten, du kannst das nicht dreimal hintereinander sagen?«, sagte Louie Louie.

»Was sagen?«

»Was du eben gesagt hast. Ich möchte wetten, du kannst das, was du eben gesagt hast, nicht dreimal hintereinander sagen.«

»Wetten, ich kann's?«

»Fünf Dollar?«

»Sagen wir zehn.«

»Abgemacht.«

»Verdammt!«, sagte ich ungefähr fünf Sekunden später. »Ich kann mich nicht mal mehr erinnern, was ich überhaupt gesagt habe.«

»Ich glaube, du hast gesagt, du schuldest mir zehn Dollar.«

Gottverdammter Louie Louie. Es kostete mich zehn Dollar, aber durch dieses Herumblödeln änderte sich unsere Stimmung schlagartig. Manchmal braucht es nicht mehr als das. Wenn ich nicht auf diese absolut alberne Art gesagt hätte, was ich gesagt hatte, ohne es überhaupt zu meinen, und wenn Louie Louie nicht auf die Art darauf reagiert hätte, auf die er reagierte, und das, was er sagte, mit einer so ernsten Miene gesagt hätte, dann wären wir vielleicht gar nicht hineingegangen. Vielleicht hätten wir gar keine Lust dazu gehabt. Vermutlich aber doch. Ich bin mir ziemlich sicher, wir hätten welche gehabt. Aber vermutlich wären wir nicht so überschwänglich gewesen, so viel steht fest. Wir wären vermutlich sehr zurückhaltend gewesen und auf Zehenspitzen dort herumgeschlichen wie in einem muffigen alten Museum oder so, zumindest am Anfang. Aber so waren wir auf einmal in absoluter Hochstimmung, nur von dem bisschen Herumblödeln. Es kratzte uns kein bisschen mehr, ob wir vielleicht wie Einbrecher waren oder den Ort störten. Wir waren wie zwei kleine Kinder an Weihnachten, die eben aufgewacht sind und denen wieder eingefallen ist, dass Weihnachten ist. Ich kann mich erinnern, dass das tatsächlich ein-, zweimal vorgekommen ist. Man würde meinen, das sei das Letzte, was ein Kind je vergessen würde, aber ich bin sicher, es kommt ständig vor. Und die Sache ist die: *Hat* man so etwas erst mal vergessen, dann wird es umso besser, wenn es einem wieder einfällt. Wenn einem so etwas wieder einfällt – zum Beispiel, dass es Weihnachten oder der eigene Geburtstag oder der erste Ferientag oder was auch immer ist – dann ist das einfach so ziemlich das beste Gefühl auf der Welt.

Sobald wir drinnen waren, nahmen wir uns als Erstes ein paar ordentliche Hand voll alter Pennys. Sie lagen in dieser sehr kunstvoll gestalteten alten Kasse, die wir dort fanden. Sie war voll davon. Wir stopften sie uns einfach in die Taschen wie einen Schatz. Wir dachten, das sei schon okay so. Wir stahlen sie ja nicht oder so, schließlich würden wir sie sowieso gleich wieder in die Automaten stecken. Außerdem glaube ich, dass wir sie wirklich als eine Art Schatz ansahen, wie eine Piratentruhe voller spanischer Dublonen, und daher als einen Fund, den wir behalten durften. Wir ließen sie sogar ein paarmal durch unsere Finger gleiten und genossen dieses Gefühl, auch wenn es nur alte Pennys und keine Piaster waren.

Dann wandten wir unsere Aufmerksamkeit den verschiedenen Automaten selbst zu. Wir wussten gar nicht, wo wir anfangen sollten. Sie standen alle sehr ordentlich aufgereiht an den Wänden. Es mussten insgesamt ungefähr zwanzig oder dreißig sein. Die meisten waren ganz schlicht, aber sehr gut gemacht und sehr interessant anzusehen. Ich schätze mal, sie wurden durch Federn in Gang gesetzt, oder durch ein Uhrwerk, auch wenn ein paar davon aussahen, als seien sie vielleicht elektrisch betrieben worden. Und wenn ich sage, sie waren gut gemacht, dann meine ich das Holzwerk, schätze ich, und die ganzen kleinen Details. Alles war wunderschön gearbeitet. Im Ernst. Diese ganzen kleinen Knöpfe und Kurbeln und Griffe und beweglichen Teile und alles. Sie sahen aus, als hätte man viel Mühe darauf verwendet. Man hätte sich problemlos einen davon als Ziergegenstand in sein Haus stellen können. Täte man das, da bin ich sicher, dann würden die Leute das auch mordsmäßig bewundern. Ohne Witz. Außerdem hätte man dann etwas zu tun. Man könnte den beschissenen Fernseher ab und zu mal ausschalten. Und sie waren nicht nur an sich sehr gut gemacht und wunderschön anzusehen, es stellte sich auch heraus, dass sie viel

Spaß machten. Einen Heidenspaß sogar. Das hätte man auf den ersten Blick gar nicht gedacht, aber so war es. Sie machten so viel Spaß, dass wir dabei fast starben. Wir konnten die Pennys gar nicht schnell genug in die Schlitze stecken, und dabei lachten wir uns einen Ast wie zwei Irre. Ich glaube, wir waren vielleicht sogar ein bisschen hysterisch, wenn Sie's genau wissen wollen. Sie machten einfach Spaß, aber *so* viel Spaß nun auch wieder nicht. Ich schätze, nach dieser ganzen unheimlichen Stille und diesen ganzen ungelesenen Zeitungen und leeren Stegen und allem wollten wir einfach so viel Krach wie möglich machen. Wir wollten ein bisschen Anspannung abbauen.

Jedes Mal, wenn uns die Pennys ausgingen, holten wir uns einfach noch ein paar mehr. Die alte Kasse war ja voll davon. Zuerst rannten wir praktisch nur von einem Automaten zum nächsten, wie zwei hyperaktive Kinder, so aufgeregt waren wir. Aber dann, ich weiß nicht, wie viel später, stieß ich auf diesen einen Automaten, der mir wirklich ins Auge sprang. Er hieß »Spukhaus« und stand etwas weiter hinten im Raum. Inzwischen waren wir seit vielleicht zwanzig Minuten dort drinnen oder vielleicht auch zwei Stunden. Es war schwer zu sagen. Auf den ersten Blick sah er gar nicht so interessant aus, aber sobald ich stehen geblieben war, um ihn mir gründlich anzusehen, war meine Neugier geweckt. Es war ein alter Holzkasten (sehr gut gemacht) mit einer Glasfront, ungefähr einen Meter zwanzig hoch. Darin befand sich eine Art Tableau, das Modell eines altmodischen Schlafzimmers mit einem winzigen Bett, einem Stuhl zu beiden Seiten davon, einem kleinen, kunstvollen Kronleuchter, der von der Decke hing, einem hohen Bücherschrank an einer Wand (mit unglaublich winzigen, einzeln gemalten Büchern) und einer Verandatür mit Vorhängen am hinteren Ende. Eine kleine, handgemalte Figur lag im Bett, die Bettdecke umklammernd, und zwei andere saßen auf den Stühlen zu beiden Seiten des Betts. Es war einer der wenigen Automaten, die elektrisch betrieben wurden, und tatsächlich musste irgendjemand eben erst eine Münze hineingesteckt haben, als der Stecker gezogen wurde, denn die kleine Szene wirkte wie erstarrt, mitten in ihrer gespenstischen Aufführung. Das kleine Bett hing genau über dem Boden in der Schwebe, als würde es levitieren oder so etwas. Eine unheimliche knorrige Hand hatte sich halb um die Verandatür mit den Vorhängen gelegt, vielleicht um sie zurückzuziehen, und der Bücherschrank genau gegenüber dem Bett hatte sich von der Wand weggeschwenkt und legte einen dunklen Korridor dahinter halb frei. Ich weiß, es klingt nicht besonders faszinierend, aber aus irgendeinem Grund war es das doch. Ich weiß auch nicht, warum. Und es war auch ganz schön unheimlich, obwohl ich auch da nicht sagen könnte, warum. Es war eben so. Und das Unheimlichste dabei war dieser Korridor. Bei seinem Anblick lief es mir wirklich eiskalt den Rücken herunter. Ehrlich gesagt wollte ich mich eben schon abwenden und mir irgendetwas anderes ansehen. Eben weil es mir dabei so eiskalt über den Rücken lief. Und dann fiel mir etwas Seltsames daran auf. Ein schwacher orangefarbener Schimmer hatte angefangen, knapp außer Sichtweite zu pulsieren, als wäre der Korridor echt und würde tatsächlich irgendwohin führen und als wäre das Licht genau hinter der Biegung. Es war seltsam, denn natürlich war da gar keine Biegung. Der Korridor war nur aufgemalt.

Ich starrte wie gebannt hin. Es war einfach zu seltsam. Ich kam nicht dahinter. Und dann, ich schwöre es, wurde das Licht auf einmal immer heller. Es fing an, immer heller zu pulsieren. Aber dann dachte ich auf einmal, was, wenn es nicht *heller* wurde, sondern *näher* kam? Dabei wurde es mir wirklich ganz schön mulmig zumute. Was, wenn es einfach immer näher kam und sich durch diesen winzigen, verdunkelten, gemalten Korridor anschlich?

»Gottver*dammt* noch mal!«, schrie Louie Louie plötzlich irgendwo hinter mir, wo er an einem anderen Automaten spielte. Ich fuhr vor Schreck fast aus der Haut. Ich bekam wirklich fast einen Herzinfarkt, als er es sagte, so angespannt war ich. »Das musst du sehen, Montanna! *O Mann!*«

Beim Geräusch seiner Stimme hätte ich nicht nur fast einen Herzinfarkt bekommen, sondern ich sah natürlich auch auf. Ich konnte nicht anders. Es war nur für eine Sekunde, aber wissen Sie, was passiert war, als ich wieder hinuntersah? Der gottverdammte Bücherschrank war geschlossen.

28

Louie Louie war deshalb so ausgeflippt, weil er auf eine uralte Peepshow mit dem Namen »Was der Butler sah« gestoßen war. Es war so ein Zeug, bei dem die Leute vor langer Zeit gerne mal so taten, als würden sie sich gar nicht dafür interessieren, während sie an den ganzen anderen Automaten spielten, sich aber dann, sobald sie sich unbeobachtet fühlten, fast den Hals verrenkten, um sich daran aufzugeilen. Ich schätze, so ziemlich das Peinlichste, was einem damals passieren konnte, war, dabei ertappt zu werden, wie man bei »Was der Butler sah« heimlich seinen Spaß hatte. Aber vermutlich war es okay, wenn man es sich irgendwie *ironisch* ansah, selbst wenn man das nicht wirklich tat. Ich schätze, dann war es vielleicht okay. Man kann sich vieles erlauben, wenn man es ironisch sieht. Oder zumindest so tut, als ob. Aus irgendeinem Grund scheint das einfach zu helfen. Nicht dass Louie Louie das machte. Und er tat nicht einmal so, als ob. Er benahm sich eher wie so ein dreckiger alter Mann, die Augen an den Bildsucher gepresst, während er die ganze Zeit an dieser alten Kurbel drehte, damit die Fotos im Automaten immer schneller umgeblättert wurden. So funktionierte das. Je schneller man kurbelte, desto schneller wurden die Fotos umgeblättert, sodass sich das, was man sich ansah, zu bewegen schien, wie ein richtiger Film. Aber Louie Louies Miene nach zu urteilen, musste das – was immer er sich da ansah – schon ziemlich sexy sein. Seinem Gesichtsausdruck nach zu urteilen, war da drinnen vielleicht Miss Amerika zu sehen. Vielleicht machte sie ihn sogar richtig scharf.

»Himmelherrgott noch mal!«, sagte er und grinste anzüglich, wie ein liebestoller Dorftrottel. Es hätte ihn nicht gekratzt, wenn ein ganzer Raum voller Leute ihm dabei zugesehen hätte. Es hätte ihn kein bisschen gekratzt. »Das ist echt heiß! Mannomann! Dieses Mädchen ist eine Wucht, Montanna! Das solltest du dir wirklich mal ansehen. Das würde einem kleinen Jungen wie dir die Augen öffnen.« Und die ganze Zeit, während er das sagte, drehte er noch immer ständig an dieser Kurbel. Er hatte nicht mal aufgesehen, so vertieft war er. Dann musste es auf einmal zu Ende gewesen sein, denn er hörte auf zu kurbeln. »Ehrlich gesagt, wenn ich's mir recht überlege«, sagte er, als er schließlich doch aufsah, »solltest du dir's vielleicht besser doch nicht ansehen. Du würdest damit vielleicht nicht klarkommen. Ein Kind wie du. Ich will schließlich nicht, dass du für den Rest deines Lebens Glupschaugen hast.«

»So wie du, meinst du wohl?«

»Hey, gottverdammt noch mal«, sagte er. »Na ja, lieber Glupschaugen als ein Glupschhirn.«

»Lieber ein Glupschhirn als ein Erbsenhirn.«

»Lieber ein Erbsenhirn als Erbsen in der Hose.«

Er fand seinen eigenen Witz, der ja auch wirklich gar nicht so schlecht war, derart komisch, dass er noch immer darüber kicherte, als er zur Seite trat, um mich an den Automaten zu lassen. Mein Interesse hielt sich in Grenzen, aber ich warf trotzdem einen Penny ein und sah es mir an. Ich versuchte, es so ironisch wie möglich zu sehen, während ich die Augen an den Bildsucher presste und durch die Zeit zurück, durch die Jahre zurück, auf das ausgeblichene alte Foto darin schielte. Es ließ sich unmöglich sagen, wie alt es war, aber es war alt, sepiafarben und irgendwie fleckig an den Rändern. Es zeigte eine leicht pummelige junge Frau mit kleinen Brüsten und einem schüchternen Lächeln. Aus irgendeinem Grund ging mir dieses Lächeln richtig nahe. Es war ein richtig nettes Lächeln, auch wenn es in Wirklichkeit vermutlich eher nervös als schüchtern war, jetzt, wo ich so darüber nachdenke. Ehrlich gesagt sah sie ziemlich ängstlich wegen dieser ganzen Geschichte aus, als würde sie vielleicht gerade anfangen, sich zu fragen, ob es wirklich so eine tolle Idee gewesen war, sich für diesen netten jungen Mann mit seinem neumodischen Kamerateil auszuziehen, denn schließlich hatte sie ihn eben erst kennengelernt. Ehrlich gesagt hatte ich schon jetzt irgendwie Mitleid mit ihr. Im Ernst. Außerdem fiel es mir ziemlich schwer, es auch nur ein bisschen ironisch zu sehen oder so zu tun, als ob.

Aber dann begann ich trotzdem an der Kurbel zu drehen, und das Foto wurde umgeblättert und von einem anderen, fast identischen ersetzt. Dasselbe schüchterne – oder ängstliche – Lächeln. Ich kurbelte schneller, und die

Fotos wurden schneller umgeblättert, und die pummelige nackte Frau begann vor meinen Augen unbeholfen zu tanzen. O Mann, die geborene Tänzerin war sie nicht, so viel stand fest. Es war ziemlich erbärmlich. Ohne Witz. Natürlich kannte ich die Geschichte der Frau nicht, aber ich hatte trotzdem Mitleid mit ihr. Ich hatte das Gefühl, dass sie sich ihr Leben vermutlich ein bisschen anders vorgestellt hatte, als sie noch jünger war, damals, als sie noch ein Kind war oder wann auch immer. Vielleicht ja auch nicht, aber ich bezweifelte es. Und je länger sie tanzte, desto schlechter fühlte ich mich allmählich wegen dieser ganzen Geschichte. Ich wünschte, ich hätte es mir nie auch nur angesehen. Aber die Sache ist die, ich wusste schon, dass ich mich so fühlen würde, bevor ich es mir überhaupt angesehen hatte. Ich wusste es einfach. Aber ich sah es mir trotzdem an, und jetzt fühlte ich mich schrecklich deswegen. Geschieht mir ganz recht. Dann fiel mir auf, dass noch etwas anderes Seltsames passierte. Es war einfach ein Tag seltsamer Begebenheiten, schätze ich, aber so sah ich das in dem Moment gar nicht. Ich fügte sie nicht zusammen oder so. Sie passierten einfach. Und jetzt das. Die pummelige junge Frau tanzte noch immer vor meinen Augen, aber sie bewegte sich nicht mehr nur durch den Raum. Sie bewegte sich auch durch die Zeit. Ich meine, sie wurde älter. Sie fing an, genau vor meinen Augen zu altern. Ihr glatter, rundlicher Körper wurde genau vor meinen Augen allmählich schlaff und faltig. Ihr Haar fing an, lang und dünn zu wachsen, und ihre Zähne verrotteten einfach völlig und fielen dann alle aus. Aber das Entsetzlichste war, dass sie dabei noch immer tapfer lächelte und tanzte, selbst als ihre Knochen schon durch ihre hauchdünne Haut hervortraten. Und dann, zu guter Letzt, zerfiel sie einfach zu Staub. Und dann wurde der Bildsucher schwarz.

Meine Hand hörte auf einmal auf zu kurbeln, aber ich konnte trotzdem noch immer nicht loslassen. Ich hatte die Kurbel so fest umklammert gehalten, dass ich sie nicht loslassen konnte. Und erst dann, nachdem ich aufgehört hatte zu kurbeln, erinnerte ich mich wieder daran, dass ich es überhaupt getan hatte. Ich hatte die ganze Zeit an dieser Scheißkurbel gedreht, ohne dass es mir überhaupt bewusst gewesen war. Und das war der Augenblick, als mir noch etwas anderes bewusst wurde. Auf einmal schoss mir der Gedanke durch den Kopf, dass ich es vielleicht hätte beenden können. Vielleicht hätte ich es beenden können, wenn ich einfach aufgehört hätte, an dieser Scheißkurbel zu drehen.

»O Mann«, sagte Louie Louie, dem noch immer die Augen aus dem Kopf quollen. Er war irgendwie sexbesessen oder so. Im Ernst. »Der würde ich gern mal zeigen, wie man ein bisschen Spaß hat! Der würde ich wirklich gern einen Grund zum Lächeln geben. Gottverdammt süßes Ding.«

Aus irgendeinem Grund war ich darüber auf einmal stocksauer.

»Louie Louie«, sagte ich, »du bist ein gottverdammter kranker Perverser, weißt du das? Und das ist mein gottverdammter Ernst.«

Das war nicht die Reaktion, die er erwartet hatte, aber er war entzückt. Beleidigungen perlten einfach an ihm ab. Man konnte seine Gefühle nicht mal mit einem Baseballschläger verletzen. Er wusste nicht, was mich so ärgerte oder warum, aber ihm war klar, dass es eindeutig der Fall war. Ihm war klar, dass er mit irgendetwas wirklich einen wunden Punkt bei mir getroffen hatte.

»Was soll'n das heißen?«, protestierte er. »Du bist es doch, der diesen blöden Automaten total vollsabbert. O Mann, du solltest dich schämen, Montanna. Im Ernst. Deine eigene Großmutter so anzugaffen.«

Ich neige eigentlich nicht zu Gewalt, aber in dem Augenblick hätte ich ihm wirklich eine reinhauen können. Im Ernst. Und das gar nicht mal wegen dieser Bemerkung mit der Großmutter. Verdammt, wenn meine Großmutter auch nur ein bisschen wie meine Mutter war, dann würde es mich nicht im Geringsten wundern, wenn das *wirklich* sie war.

»Louie Louie«, sagte ich zu ihm, »ich sollte dir wirklich die Zähne einschlagen!«

Inzwischen amüsierte sich Louie Louie wirklich köstlich. Aus seiner Sicht hatte er nur eine kleine, unschuldige Bemerkung darüber gemacht, wie er jemandem mal zeigen wollte, wie man ein bisschen Spaß hat, und aus irgendeinem Grund war ich deswegen in die Luft gegangen. Er konnte sein Glück kaum fassen.

»Mannomann!«, sagte er. »Du musst ja wirklich ein ziemliches Problem haben!«

Jetzt war ich so sauer, dass ich es kaum noch aushielt.

Ich hatte fast einen gottverdammten Wutanfall. »Ich habe kein *Problem*!«, sagte ich, und noch während ich es sagte, wusste ich schon, wie dämlich ich geklungen haben musste. Ich musste wie ein absolut bescheuerter Schwachkopf geklungen haben. »Ich habe kein *Problem!*«, sagte ich noch einmal, nur damit ja kein Zweifel blieb, was für ein Riesenschwachkopf ich war. »Ich finde nur, du solltest manchmal ein bisschen mehr gottverdammten Respekt zeigen. Das ist *alles*.«

Als ich das sagte, wurde Louie Louie auf einmal ganz ernst. Seiner Miene nach zu urteilen, hätte jeder, der ihn nicht kannte, annehmen können, dass er tatsächlich über das nachdachte, was ich eben gesagt hatte, über das mit dem Respekt. Er sah so ernst und nachdenklich aus, dass er vielleicht wirklich darüber nachdachte.

»Scheiße, vielleicht hast du recht, Montanna«, sagte er. Auf einmal sah er ganz zerknirscht aus. Als würde er sich ein bisschen schämen. »Vielleicht sollte ich ein bisschen mehr Respekt zeigen. Vielleicht bin ich ja, genau wie du sagst, ein gottverdammter kranker Perverser. Das würde mich kein bisschen wundern. Im Ernst.« O Mann, er sah wirklich aus, als würde er es ernst meinen. Ich glaubte es selbst fast. Was für ein Schauspieler. »Aber mein *Gott*, Lou*ize*, das klingt für mich fast, als hättest du selbst ein ziemliches Problem.«

Ich schätze mal, er hatte recht. Ich schätze, vielleicht hatte ich tatsächlich ein Problem, was immer er damit genau meinte. Ich wusste es nicht genau, aber ich schätze, so war es.

Aber eigentlich war ich schon gar nicht mehr sauer. Ich hatte mich deutlich beruhigt. »Louie Louie –«, sagte ich, aber in dem Augenblick war hinter uns auf einmal so ein Knarren zu hören, und wir schnellten beide herum. Es war das erste Geräusch, das wir hörten, das wir nicht selbst gemacht hatten, und es ließ uns beide zusammenzucken. Aber es war nur ein ausgeblichenes altes Metallschild, das von einer Schraube an der Wand baumelte. Eine zweite Schraube lag darunter auf dem Boden, und dorthin musste sie gefallen sein, schätze ich, obwohl wir sie gar nicht gehört hatten. Nicht dass wir sie gehört *hätten*, schließlich handelte es sich nur um eine Schraube, die sich gelockert hatte. Ich konnte nicht genau erkennen, was auf dem Schild stand.

»Verschwinden wir von hier«, schlug ich vor.

»Was denn?«, fragte Louie Louie. »Gruselt es dich?«

»Das würde es, wenn ich ein Gesicht wie deines hätte«, sagte ich zu ihm. »Jedes Mal, wenn ich in einen Scheißspiegel sehen würde.«

Louie Louie hielt sich nur ganz sarkastisch den Bauch. Er sagte: »Habe ich dir eigentlich je gesagt, dass du mich manchmal fast umbringst?«

29

Natürlich ließ ich mir nicht anmerken, dass Louie Louie recht hatte und dass es mich *wirklich* ein bisschen gruselte. Ehrlich gesagt, ich war heilfroh, von dort zu verschwinden, auch wenn ich dabei natürlich möglichst cool tat. Sobald wir wieder draußen waren, schlenderte ich einfach irgendwie vor mich hin, den Weg zurück, den wir gekommen waren, als wäre überhaupt nichts Außergewöhnliches passiert. Ich steckte die Hände in die Hosentaschen und versuchte, so lässig auszusehen wie jemand, der nur auf einem kleinen Nachmittagsspaziergang ist, auch wenn ich mich eindeutig nicht so fühlte. Aber ich gab mir alle Mühe, so auszusehen, als ob. Vermutlich hätte ich sogar zu pfeifen versucht, nur dass ich gar nicht pfeifen kann.

In der ganzen Zeit wechselten wir keine zwei Worte. Ich weiß auch nicht genau, warum. Uns war einfach nicht danach. Und dann, sobald wir wieder über den Zaun geklettert waren, diesmal ohne dass irgendwer – das heißt Louie Louie – hängen blieb, schlenderten wir zurück zu dem Strandabschnitt, an dem wir davor gewesen waren. Wir landeten tatsächlich wieder an genau derselben Stelle, wo unsere Abdrücke im Sand aussahen, als würden sie auf uns warten. Louie Louie kletterte wieder in seinen und lag bald ausgestreckt da, als befände er sich in einem Fünf-Sterne-Resort und würde eine kleine Pause zwischen den Rum-Punches einlegen, die in Kokosnussschalen serviert wurden. Er nahm es wirklich locker. Wo immer er war, er hatte einfach den Dreh dafür raus, es sich gemütlich zu machen. Darin war er ein echtes Genie.

Obwohl keinem von uns groß nach Reden zumute gewesen war, nachdem wir aus der Arkade gekommen waren, und mir noch immer nicht danach war, war Louie Louie aus irgendeinem Grund auf einmal wirklich danach, das Blaue vom Himmel zu quatschen. Er fing an, von Zombiefilmen oder irgend so einem Scheiß zu reden, obwohl ich, ehrlich gesagt, gar nicht zuhörte. Aber er selbst war völlig hin und weg davon.

»Und?«, sagte er schließlich in diesem völlig verzückten, erwartungsvollen Ton. Nach allem, was ich wusste, konnte es fünf Minuten oder eine Stunde später sein. »Was hältste davon?«

Ich sah ihn ausdruckslos an. »Wovon?«, fragte ich, und das schien ihn dann richtig zu ärgern.

»Von meinem gottverdammten Zombiefilm, davon.« Er hatte sich richtig hineingesteigert, während er mir von seiner tollen Filmidee erzählte, und ich hatte gar nicht zugehört. Er fand seine eigenen Ideen immer so toll, dass er gar nicht glauben konnte, irgendjemand anders würde nicht völlig gebannt zuhören, wenn er davon redete. Sie *waren* aber auch eigentlich immer ziemlich gut.

»Ach das«, sagte ich, und dann tat ich, als würde ich eine Minute darüber nachdenken. Dann sagte ich: »Ich finde, er ist grottenschlecht«, und das ärgerte ihn dann *richtig*.

Er schnaubte einmal fürchterlich laut. Es sollte zutiefst verächtlich klingen, nehme ich an, aber es hörte sich eher an, als würde er nur seine Nasengänge reinigen oder so. »Na ja«, sagte er dann ganz von oben herab, »du würdest einen guten Zombiefilm ja nicht mal erkennen, wenn er dich in den Arsch beißen würde!«

30

Da hatte er recht. Das würde ich nicht. Auf dem Gebiet war ich eindeutig keine Autorität. Ehrlich gesagt stehe ich nicht so besonders auf Zombiefilme. Für so etwas habe ich einfach einen zu schwachen Magen. Er reagiert sehr leicht nervös. Und es nützt auch nichts, wenn ich mir sage, dass es ja nur ein Film ist, wenn jemandem gleich das Gesicht weggebissen wird oder so etwas in der Art. Ich *weiß* ja, dass es nur ein Film ist. Ich bin doch kein Schwachkopf. Außerdem hasse ich es, wenn Leute so etwas machen. Ich kannte ein, zwei Typen, die das ständig gemacht haben. »Es ist doch nur ein dummer Film«, haben sie jedes Mal gesagt, wenn irgendjemand anfing, ernsthaft über einen Film zu diskutieren, vor allem wenn derjenige anfing, darüber zu diskutieren, was passiert sein könnte, nachdem der Film zu Ende war. Mit den Figuren, meine ich. Natürlich *weiß* jeder, dass mit ihnen nichts passiert. Es sind ja nur Figuren. Aber die Leute stellen es sich trotzdem gerne vor – von wegen wie sie danach weitergelebt und was sie getan haben könnten, *nach* den Ereignissen, die im Film gezeigt wurden. Das ist nur natürlich. Tatsächlich ist es doch so: Wenn man aus einem Film kommt und *nicht* darüber nachdenkt, war der Film vermutlich nicht besonders gut. Die Schauspieler fahren alle einfach wieder nach Hause, oder sie fangen an, den nächsten Film zu drehen, oder sie lassen sich scheiden und heiraten ihren Filmpartner, oder vielleicht haben sie auch einfach nur eine Fressattacke. Sie sind fast wie echte Leute – die Schauspieler, meine ich – nur selbstgefälliger. Jedenfalls, auch wenn ich *weiß*, dass es nur ein Film ist, reagiert mein Magen trotzdem nervös. Ich schätze, ich bin einfach eher so ein Schatten-und-Nebel-Fan. Das heißt, wie ich schon sagte, Louie Louie hatte vermutlich recht. Vermutlich würde ich einen guten Zombiefilm nicht mal erkennen, wenn er mich in den Arsch beißen würde. Aber andererseits hatte ich auch nur gesagt, sein Film sei grottenschlecht, um ihn zu provozieren. Ehrlich gesagt klang die Idee nach dem, was ich gehört hatte, doch ziemlich gut.

Es war ein Zombiefilm *über* einen Zombiefilm, wo die Zombiefiguren während des Films im Film (der ein Riesending sein und weltweit zur selben Zeit uraufgeführt werden würde) im wahrsten Sinne des Wortes zum Leben erwachen würden. Sie würden tatsächlich aus dem Film ins Publikum treten, mit dem ganzen üblichen Zombiefilm-Chaos, was dazugehört. Aber das wirklich Clevere dabei war, dass die Zuschauer, während sie es sahen – die echten Zuschauer, meine ich –, während sie dort im Dunkeln saßen und sahen, wie diese Zombies aus dem Film im Film ins Publikum traten, sich ganz nervös denken würden: »O Mann, ich hoffe, diese gottverdammten Zombies fangen nicht *wirklich* an, aus dem Film zu treten!« Sie würden alle höllisch nervös sein und einen Mordsspaß haben, während sie dachten, dass sie es vielleicht wirklich tun würden. Das heißt, vorausgesetzt, dass sich nicht irgend so ein Scheißkerl neben ihnen in einer entscheidenden Szene herüberbeugte und ihnen »Keine Angst, es ist doch nur ein dummer Film« ins Ohr flüsterte.

Aber die andere Sache war, dass ich damit beschäftigt war, etwas in der Ferne zu beobachten. Es war nur ein winziger Klecks weiter hinten am Strand, das war alles. Keine große Sache. Ich konnte nicht mal sagen, was es war, aber ich beobachtete es trotzdem weiter. Deswegen hatte ich die ganzen Details von Louie Louies Plot auch nicht so genau mitverfolgt. Aber was immer es war, es kam auf uns zu, oder es *schien* auf uns zuzukommen, ohne dass es sich wirklich bewegte. Ich meine, solange ich es beobachtete, tat es nichts. Es war einfach nur da. Aber dann, sosehr ich mich auch anstrengte, setzte meine Konzentration ab und zu plötzlich irgendwie kurz aus, oder ich musste blinzeln oder irgendwas, und dann war es wieder ein kleines Stückchen näher gekommen. Wenn ich sage, dass meine Konzentration ab und zu plötzlich irgendwie kurz aussetzte, dann stimmt das nicht ganz. Es war so: Ab und zu glaubte ich aus dem Augenwinkel einen kurzen Blick auf dieses schwache orangefarbene Schimmern erhaschen zu können – das aus diesem geheimen Korridor, das knapp außer Sichtweite sanft pulsierte. Und wenn ich dann wieder hinsah, war der kleine Klecks wieder ein bisschen näher gekommen.

Nachdem Louie Louie mir gesagt hatte, ich würde

einen guten Zombiefilm nicht mal erkennen, wenn er mich in den Arsch beißen würde, und ich ihm recht gegeben hatte, beobachtete ich wieder diesen Klecks. Auf einmal hatte ich das Gefühl, ich hätte den Blick lange genug von ihm abgewandt. Er war schon ein ganzes Stück näher, obwohl ich noch immer nicht erkennen konnte, was es war. Meine Augen sind nicht so besonders toll, wenn Sie's genau wissen wollen. Ich meine, sie sind okay, aber nicht so besonders toll. Ehrlich gesagt weiß ich nicht, ob sie überhaupt schlechter sind als die anderer Leute, aber sie könnten auf jeden Fall besser sein. Ich meine nicht, dass ich eine Brille brauche oder so, es ist nur so, dass ich die Dinge eigentlich noch nie so klar sehen konnte, wie ich gern würde. Ich habe mir immer gewünscht, ich könnte die Dinge so sehen, wie ein Adler oder irgendetwas mit richtig scharfen Augen sie sieht, mit diesem sehr klaren, durchdringenden Blick. Ich dachte immer, das wäre sicher eine große Hilfe. In der Zwischenzeit hatte Louie Louie, der noch immer wegen seines Films schmollte, dieses Ding, was immer es war, noch gar nicht bemerkt, und aus irgendeinem Grund wollte ich seine Aufmerksamkeit nicht darauf lenken. Ich war entschlossen, das orangefarbene Schimmern ab jetzt zu ignorieren und mich nur noch wie besessen auf diesen seltsamen Klecks zu konzentrieren. Ich war entschlossen, den Blick nicht mehr davon abzuwenden, nicht einmal, um zu blinzeln. Ich dachte, wenn ich das täte, dann würde er vielleicht nicht mehr näher kommen. Ich wusste nicht, warum, aber ich war mir nicht sicher, ob ich wollte, dass er noch näher kam. Aber sosehr ich mich auch darauf konzentrierte und diesen Klecks anstarrte, ohne zu blinzeln, ließ sich dieses orangefarbene Schimmern doch nicht so leicht ignorieren. Immer wieder überrumpelte es mich, und dann, im nächsten Augenblick, war der winzige Klecks schon nicht mehr so winzig. Um genau zu sein, war es gar kein Klecks – es war ein Mensch. Eine verrückte alte Dame, die einen verrückten alten Kinderwagen voller Babys vor sich herschob. Oder zumindest dachte ich zuerst, es wären Babys, aber so war es nicht. Es war nur ein Haufen unheimlicher alter Puppen, alle mit übergroßen Köpfen und leeren Augenhöhlen.

Louie Louie bemerkte sie erst jetzt, wo sie genau vor seiner Nase war, zwischen uns und dem Meer. Das war normalerweise immer der Moment, wenn er etwas bemerkte. Sie war vermutlich nur noch etwa zehn Meter von uns entfernt. Ich weiß nicht, wieso er sie nicht schon längst gesehen hatte. Ich schätze, sie hatte sich in seinem toten Winkel angeschlichen. Er fuhr vor Schreck fast aus der Haut, als er sie schließlich entdeckte.

»*Großer* Gott, Montanna!«, sagte er. »Die hätte mir fast einen Herzinfarkt versetzt. Wo ist denn die auf einmal hergekommen?«

»Ich denke mal, sie hat sich aus dem Nichts materialisiert«, sagte ich zu ihm.

»Mit einem Kinderwagen?« Dann sah er, was darin war. »*Großer* Gott!«, sagte er noch einmal. »Was hat sie denn da drin? Babys?«

»Puppen«, sagte ich zu ihm.

»*Puppen?* Ist sie verrückt oder was?«

»Sieht so aus.«

Es war nicht leicht, sich einen Weg durch den Sand zu bahnen, nicht einmal genau am Wasser, wo er fester war, aber sie kämpfte sich trotzdem weiter vor, offenbar entschlossen, einen bestimmten Ort zu erreichen, oder vermutlich eher keinen bestimmten Ort. Die Räder hinterließen hinter ihr zwei lange Furchen, eine verrückte Spur, wie der Faden des unverständlichen Gesprächs, das sie mit sich selbst oder vielleicht auch mit ihren verrückten alten Puppen führte. Ich fragte mich, wie weit zurück sich diese Furchen erstrecken mochten. Wie viele Meilen und wie viele Jahre.

»Wer zum Teufel ist sie denn, was meinste?«, fragte Louie Louie.

»'ne gottverdammte Tütenpennerin, nehme ich an.«

»*Kinderwagen*pennerin, meinst du wohl.« Wir sahen ihr einfach eine Weile zu. »Was will sie denn überhaupt mit so vielen Puppen?«

»Ich weiß es nicht, Louie Louie. Warum gehst du nicht hin und fragst sie«, schlug ich vor. So war Louie Louie. Er stellte einem ständig tausend Fragen zu irgendwelchen Dingen, von denen man selbst auch nicht mehr Ahnung hatte als er. Wenn man zum Beispiel einen Film mit ihm sah, fragte er, auch wenn wir beide den Film noch nie gesehen hatten, ständig Sachen wie: »Wer ist denn der Typ da?« oder »Warum hat er das gemacht?« oder »Wohin geht er jetzt?« oder *irgendet*was. Manchmal habe ich mir einfach irgendwas ausgedacht und ihm das dann gesagt.

Am Ende des Films war er dann immer so verwirrt, weil er versucht hatte, den fantastischen Plot, den ich zurechtgesponnen hatte, mit dem in Einklang zu bringen, was tatsächlich auf der Leinwand geschehen war, sodass er keinen blassen Schimmer davon hatte, worum es überhaupt ging. »Vielleicht gibt sie dir ja eine davon mit, damit du zu Hause damit spielen kannst«, sagte ich zu ihm.

Ich hatte nur Spaß gemacht, aber eigentlich war ich nicht zum Spaßen aufgelegt. Ich benahm mich nur so, weil diese alte Dame so verrückt und erbärmlich aussah und einfach so plötzlich aus heiterem Himmel aufgetaucht war. Sie sah aus wie mindestens hundertzehn, vielleicht noch älter, und sie trug dieses hauchdünne, fadenscheinige alte Nachthemd, das ihr um die Knie schlenkerte, ganz zerschlissen an den Rändern. An den Füßen trug sie ein Paar rubinrote Pantoffeln, und während Louie Louie und ich einfach dasaßen, nah genug, um ihr durchgeknalltes Gemurmel zu hören, wusste ich nicht, was er dachte, aber ich dachte: »Ich frage mich, ob sie weiß, dass sie sie nur zusammenschlagen muss?« Und dann, als sie genau auf einer Höhe mit uns war und trotzdem das Meer wie gesagt tot war und alles darin ebenfalls tot sein musste, sprang auf einmal ein riesiges Meeresungeheuer von einem leicht schneckenartigen Aussehen aus der tintigen Brühe und landete genau auf ihr.

31

Sie sah es nicht kommen. Vielleicht hätte sie es kommen sehen, wenn sie sich nicht gerade uns zugewandt hätte, zu Louie Louie und mir, wie wir da zwischen dem ganzen Schrott und Abfall saßen. Ich weiß nicht, ob sie uns eben erst entdeckt hatte oder ob sie *meinen* Klecks genauso beobachtet hatte wie ich *ihren*. Jedenfalls hatte sie sich uns eben erst zugewandt. Sie war stehen geblieben, hatte sich uns zugewandt, und dann machte sie ihren zahnlosen alten Mund auf, um etwas zu sagen. Sie war so nah, dass wir den abgefahrenen, verschmierten Lippenstift rings um ihren Mund sehen konnten. Er sah aus wie eine Höhle. Ich erwartete halb, dass gleich ein Schwarm winziger Fledermäuse daraus hervorfliegen würde. Aber offenbar hatte sie uns etwas zu sagen, irgendetwas, das sie kommunizieren wollte. Was immer es war, ich hatte bereits entschieden, dass es von größter Bedeutung war. Sie war eben im Begriff, ein Wort zu formen, ihm Leben einzuhauchen, als –

Platsch!

Louie Louie und ich saßen einfach nur da und starrten auf die gewaltige zitternde Masse, die jetzt an der Stelle lag, wo gerade eben noch die alte Dame gewesen war. Vermutlich war es die ideale Gelegenheit, um wieder einmal einen dieser kitschigen Filmblicke zu tauschen, von denen ich vorhin geredet habe, um uns zu vergewissern, dass wir beide gesehen hatten, was immer wir glaubten gesehen zu haben, aber wir taten es nicht. Ich schätze, wir dachten einfach nicht daran. Dann, ich weiß nicht, wie viel später es war, sagte Louie Louie: »Gottverdammt noch mal.« Dann sagte er es noch einmal. »Gottverdammt noch mal.« Es gab nicht viel mehr zu sagen.

Wir standen auf, aber langsam. Wir hatten es nicht sehr eilig, noch näher zu kommen. Wir verrenkten uns deswegen nicht unbedingt die Hälse oder so. Aber dann gewann unsere Neugier doch die Oberhand, und außerdem wussten wir auch, dass wir nicht einfach nur dastehen und *nicht* hinsehen konnten, also näherten wir uns langsam diesem ekelerregenden Klumpen, der reglos dalag bis auf dieses leichte Zittern, halb in und halb außerhalb der stinkenden Brühe. Von der alten Dame und ihrem Kinderwagen war nichts mehr zu sehen. Ihre verrückte Spur im Sand endete, wo das Monster anfing. Zuerst studierten wir es nur eine Weile, aus nicht allzu großer Nähe, aber dann wagten wir uns allmählich immer weiter vor. Wir waren wirklich verdammt mutig. Ohne Witz. Und dann, nachdem es nicht so aussah, als würde es irgendetwas machen, schnappte ich mir einen Stock und versuchte, ein bisschen an ihm herumzustochern. Ich erwartete, dass es hart und lederartig sein würde, aber der Stock drang einfach in das Monster ein wie ein heißer Schürhaken in Marshmallow. Also stupste und bohrte ich noch ein bisschen kräftiger an und hackte dann nach und nach eine riesige klaffende Wunde in die Seite des Monsters. Dabei zitterte es am ganzen Leib.

»Was zum Teufel ist das?«, fragte Louie Louie.

»Keine Ahnung«, sagte ich. »Ein gottverdammtes Meeresungeheuer, schätze ich.«

»Gibt's doch gar nicht«, sagte Louie Louie.

»Sagt wer?«

»Sag ich. Sagt jeder.«

»Was zum Teufel ist es denn dann?«, fragte ich ihn.

»Keine Ahnung«, sagte er. »Ein gottverdammtes Meeresungeheuer, schätze ich.«

Da wir nicht wussten, was wir sonst tun sollten, standen wir eine Weile einfach nur da und beobachteten es noch ein bisschen länger. Wir umrundeten es. Wir beäugten es. Louie Louie schnupperte sogar daran. »Stinkt!«, sagte er. Wir versuchten, Sinn in etwas zu sehen, das keinen Sinn ergab.

»Arme alte verrückte Tütenpennerin«, sagte ich.

»Arme alte verrückte *Kinderwagen*pennerin«, sagte Louie Louie. »Hat es gar nicht kommen sehen.«

»Ich frage mich, was sie sagen wollte?« Ich dachte daran, wie sie sich zu uns umgewandt hatte, kurz bevor es passiert war. Wie sie gerade etwas hatte sagen wollen.

»Hallo, nehme ich an. Wollte nur freundlich sein.«

Ich sagte nichts dazu, aber wie ich schon sagte, ich war mir nicht so sicher. Ich hatte so ein Gefühl, dass es mehr als nur das war. Ich wusste nicht, was, nur dass es irgendetwas war. Ich wünschte, ich hätte zu hören bekommen, was sie zu sagen hatte, das war alles. Ich wünschte, sie hätte die Gelegenheit bekommen, es zu sagen. Aber dann glaubte ich etwas gehört zu haben.

»Was war das?«, sagte ich und lauschte.

»Was war was?«, fragte Louie Louie.

»Ich glaube, ich hab was gehört. Da *drinnen.*« Ich zeigte auf das Loch, das ich in die Seite des Monsters geschlagen hatte.

»Da *drinnen?*«, wiederholte er ungläubig. Er legte ein Ohr an das Loch und lauschte. »Du bist ja durchgeknallt«, sagte er.

Aber ich war mir sicher, etwas gehört zu haben. Ich wusste nicht, was, nur dass es irgendetwas war. Ich bohrte noch ein bisschen tiefer mit dem Stock in dem Loch herum, das ich bereits gemacht hatte, und machte es noch größer. Das Monster begann wieder zu zittern, aber ich ignorierte es. Ich dachte überhaupt nicht an das Monster. Ich stocherte einfach weiter mit diesem alten Stock darin herum, machte das Loch immer größer. Bald war es fast groß genug, um hineinzukriechen. Dann hörte ich es wieder, noch immer gedämpft und schwach, aber lauter als davor.

»Kannst du es jetzt hören?«, fragte ich auf einmal ganz aufgeregt.

Ich wartete seine Antwort gar nicht erst ab. Ich warf den Stock einfach beiseite und begann mit den Händen in dem weichen, gallertartigen Fleisch zu graben, holte das Zeug mit vollen Händen heraus. Je tiefer ich vordrang, desto weicher wurde es, und das Monster begann zu schaudern und zu stöhnen. Vielleicht war das weichere

Zeug so etwas wie seine lebenswichtigen Organe oder so. Aber wenn ja, dann war es mir egal. Ich grub einfach weiter. Jetzt konnte ich etwas hören, das wie Wasser klang, das an Sand saugte, und noch etwas anderes, wie mit Wasser gefüllte Lungen, die verzweifelt nach Luft schnappten.

Dann sah ich sie, nur für eine Sekunde, bevor sich der Raum, den ich ausgeschaufelt hatte, wieder mit flüssigen Innereien füllte. Die verrückte alte Dame. Ihr Mund stand offen und schrie, ein Loch in einem zusammengeschrumpften Kopf. Ein schwarzer Tunnel ins Nirgendwo, ins Nichts. Eine Höhle. Ein Schwarm winziger Fledermäuse wurde ausgespien, und mit einem Geräusch, als würden ein paar Tausend Gallonen nasser Zement um eine S-Kurve gesaugt werden, war das Meeresungeheuer – die verrückte alte Dame, der Kinderwagen und alles – verschwunden.

32

Ich schätze, der alte Louie Louie war vermutlich eine Art gottverdammter Held. Ich schätze, ich verdankte ihm sogar mein Leben. Ich meine, wenn er mich nicht in dem Augenblick gepackt hätte, als er es tat, und mich ruck, zuck da herausgezerrt hätte, dann wäre ich vielleicht auch in dieser Brühe verschwunden. Vielleicht wäre ich bis auf den Grund dieses toten Meeres gezogen worden. Vielleicht wäre ich jetzt dort unten. Aber er hat es getan, und deshalb war ich es nicht. Er war ein regelrechter echter Lebensretter, zweifellos, und falls ich es damals nicht gesagt habe, danke, Louie Louie. Im Ernst. Du bist ein echter Kumpel.

Danach war ich ziemlich benommen, schätze ich, und außerdem von Kopf bis Fuß mit einem seltsamen, schaumartigen Schlamm bedeckt, dem rasch verdunstenden Fleisch des Meeresungeheuers. Ich war vollständig überzogen damit, aber binnen weniger Sekunden war es weg.

»Montanna, du verrückter Scheißkerl!« Wir saßen noch immer im Sand, wo wir hingefallen waren, nachdem er mich herausgezogen hatte. »Du wärst fast *ganz* verschluckt worden! Mein Gott! Was zum Teufel wolltest du denn überhaupt da drinnen? Nach deinem gottverdammten Grips suchen?«

Vielleicht wollte ich das. Ich weiß es nicht. Jedenfalls, das Meeresungeheuer war nicht mehr da. Es war wieder dorthin verschwunden, woher es gekommen war. Vielleicht hatte es sogar bekommen, wofür es gekommen war. Wer zum Teufel wusste das schon? Ich saß einfach nur da und sah aufs Meer. Wenn man es sich so ansah, würde man glauben, es sei tot. Jeder würde das glauben. Man würde glauben, dass sich dort drinnen nicht ein einziges Lebewesen befand, aber da würde man sich täuschen.

Dann entdeckte ich etwas, halb vergraben im Sand an der Stelle, wo vorhin noch das Meeresungeheuer gewesen war. Ich konnte es nicht genau erkennen, aber da war etwas. Ohne etwas zu sagen, stand ich auf, um es mir anzusehen. Auf einmal war ich verdammt neugierig. Ich fragte mich wirklich, was es sein könnte. Ich dachte, es könnte vielleicht ein Hinweis oder so etwas sein. Louie Louie sagte auch nichts. Er saß einfach im Sand und sah mir zu. Vermutlich dachte er noch immer, ich hätte nicht mehr alle Tassen im Schrank. Ich könnte es ihm nicht verdenken. Als ich zu der Stelle kam, wo dieses Ding, was immer es war, im Sand vergraben lag, bückte ich mich, um es mir genauer anzusehen. Es war nur ein alter Holzkasten, ein bisschen größer als ein Schuhkarton, aber mit allen möglichen Knöpfen und Schaltern, wie ein Steuerpult. Außerdem waren da noch alle möglichen verrückten Zusätze, aus denen ich nicht recht schlau wurde. Drähte und Elektroden und etwas, das aussah, als könnten es Fingerklemmen sein. Der Kasten machte ein leise summendes Geräusch.

Ich streckte eine Hand aus, um ihn zu berühren.

»Nicht!«

Louie Louie stand neben mir. Er hatte mich am Arm gepackt, hielt ihn noch immer fest. Als ich zu ihm aufsah, wirkte er verlegen und ließ los.

»Ich meine, du willst doch keinen Stromschlag oder so etwas kriegen, oder?«, sagte er.

»Keine Sorge, Mom«, sagte ich zu ihm. »Ich passe schon auf.«

Der Kasten fühlte sich warm an und pochte sanft unter meiner Handfläche. Ich spürte, wie so etwas wie eine weiche Flüssigkeit heraus und über meinen Arm hochfloss, und das ließ die feinen kurzen Härchen längs ihrer Bahn strammstehen. Aber bevor sie noch weiter fließen konnte, riss ich meine Hand weg.

»Haste ’nen Schock gekriegt?«, fragte Louie Louie hoffnungsvoll.

Ich gab ihm keine Antwort. Ich hatte ihn gehört, aber ich war zu beschäftigt damit, mich zu fragen, warum ich meine Hand so plötzlich weggerissen hatte. Was hatte ich denn gedacht, was passieren würde? Die Strömung war nicht unangenehm gewesen, sogar im Gegenteil. Es hatte sich seltsam besänftigend angefühlt, fast lebendig, wie eine Liebkosung.

Aber Louie Louie wartete.

»Also?«, fragte er.

»Also was?«

»Also *was* denn?«

Ich zuckte mit den Schultern.

»Nichts«, sagte ich.

»Nichts? Ach.«

Er blickte wieder auf den verrückten Kasten. Ehrlich gesagt wirkte er noch immer ein bisschen zweifelnd, aber er streckte trotzdem eine Hand aus und berührte ihn, wenngleich verdammt zögerlich, als erwartete er halb, dass er ihn beißen würde oder so. Er riss sofort die Hand zurück, erwartete offenbar, dass der Kasten heiß war, dann fasste er ihn wieder an, als er begriff, dass dem nicht so war.

»Nichts«, sagte er enttäuscht. »Nicht mal warm.«

33

Natürlich meldeten wir es der Polizei. Die Sache mit der alten Dame, meine ich. Sie war vielleicht nur irgendeine verrückte alte Dame, aber nach allem, was wir wussten, hatte sie vielleicht irgendwo irgendeinen verrückten alten Ehemann, der zu Hause saß und seinen eigenen verrückten Dingen nachging, aber trotzdem krank vor Sorge war. Vielleicht hatte sie sogar noch ein paar *nicht* so verrückte Verwandte. Söhne und Töchter und Nichten und Neffen und sogar Enkelkinder. Falls ja, dachten wir, dann sollten sie zumindest wissen, was mit ihr passiert war, auch wenn sie vermutlich nicht allzu begeistert davon sein würden. Wer wäre das schon? Natürlich berichtete ich der Polizei nicht alle Details. Den Teil, wie ich mir einen Weg in das Monster gehackt hatte, um sie zu finden, und alles. Ich fand nicht, dass ihre Verwandten, *falls* sie welche hatte, diesen Teil unbedingt wissen mussten. Falls sie *überhaupt* ein paar nicht so verrückte Verwandte hatte, würde es vermutlich sowieso schon schwer genug für sie sein, damit klarzukommen. Daher meldeten wir es der Polizei, ließen aber ein paar Kleinigkeiten weg. Wir gingen zur nächstbesten Polizeiwache und erzählten einem Typen vorn am Tresen, was wir gesehen hatten, und er saß einfach nur da und hörte zu und knackte dabei mit seinen behaarten Knöcheln. Und obwohl es eine ziemlich haarsträubende Geschichte war, selbst ohne die ganzen Details, veränderte er seine Miene dabei nicht ein einziges Mal. Das ist das Problem bei manchen Leuten. Sie sind so schwer zu beeindrucken, dass es sich eigentlich gar nicht lohnt, es überhaupt zu versuchen. Und der Grund, weshalb sie so schwer zu beeindrucken sind, ist nicht, wie Sie vielleicht glauben würden, dass sie alles schon mal gesehen und gehört haben – sondern dass sie keine Fantasie haben. Das Leben ist für solche Leute nur eine einzige lange Erledigungsliste. Und was dieses Knöchelknacken angeht, na ja, manche Leute sind einfach süchtig danach. Das weiß ich aus eigener Erfahrung, ich habe nämlich selbst mal so eine Knöchelknackphase durchgemacht. Zum Schluss ging es so weit, dass ich es ständig gemacht habe, daher habe ich es dann einfach aufgegeben. Außerdem kann es manche Leute wirklich in den Wahnsinn treiben. Ich meine natürlich nicht die Leute, die es machen, ich meine die anderen Leute. Ich persönlich finde ja, Nackenknacken ist am schlimmsten. Das habe ich früher auch gemacht, aber ich habe damit aufgehört, nachdem ich ihn mir einmal derart geknackt hatte, dass er seitwärts hängen blieb. Ich musste eine ganze Woche lang überall seitwärts laufen, wie so ein alter Ägypter, um nicht gegen irgendetwas zu stoßen. Aber dieser Typ hatte noch etwas an sich, neben seinem offensichtlichen Mangel an Fantasie und diesem Knöchelknacken. Das war beides schon schlimm genug, aber diese andere Sache war noch hundertmal schlimmer. Ich schätze, es war nicht seine Schuld, aber er hatte vier Daumen. Zwei an jeder Hand. Das war wirklich verdammt unheimlich. Und wissen Sie was? Auch mit den beiden zusätzlichen hat er geknackt.

Um genau zu sein, war er nicht der erste vierdaumige Typ, den ich sah. Ich hab mal einen Typen oben auf dem Empire State Building gesehen, ausgerechnet, der auch vier Daumen hatte. Zumindest nehme ich an, dass er vier hatte. Wenn ich ehrlich bin, habe ich nur seine eine Hand richtig gut zu sehen bekommen, aber an der hatte er auf jeden Fall zwei. Ich war noch ein kleiner Junge auf einem Schulausflug, was heißt, dass Louie Louie irgendwo in der Nähe gewesen sein musste, auch wenn er diesen Typen, oder was er als Nächstes tat, nie gesehen hat, was immer ein etwas wunder Punkt bei ihm war. Louie Louie hat es schon immer gehasst, so etwas nicht zu sehen zu bekommen. Wenn man selbst etwas gesehen hat und er nicht, kann er das ganz schön persönlich nehmen, als sei man schuld daran. Er wird es einem sogar vorhalten. Und damals hatte ich einen ziemlich guten Blick für alles Ungewöhnliche. Ich entdeckte ständig irgendwelches Zeug und machte dann irgendwen, der zufällig in der Nähe war, darauf aufmerksam, egal, ob ich den Scheißkerl überhaupt kannte oder nicht. Erst später begriff ich, dass es genau die Dinge waren, auf die man andere Leute *nicht* aufmerksam machen sollte, aber damals wusste ich das noch nicht. Um genau zu sein, dachte ich genau das Gegenteil – nämlich, dass es meine Pflicht war oder so. Dass man auf alles Ungewöhnliche aufmerksam gemacht werden *müsste*. Jedenfalls, ich wollte eben diese kleine Kuriosität ins Blickfeld der Öffentlichkeit rücken, die Tatsache, dass dieser Typ zwei oder möglicherweise sogar vier Daumen hatte, als auf einmal irgendjemand schrie.

Es geht nichts über einen Schrei, vor allem wenn er wirklich durchdringend und unerwartet ist, um die Aufmerksamkeit der Leute auf sich zu ziehen. Die Leute lassen so ziemlich alles stehen und liegen, wenn sie einen richtig guten Schrei hören. Ich schätze, das reicht Jahrtausende zurück, als wir alle gottverdammte Affen waren, oder so gut wie. Wenn damals jemand schrie, schätze ich, dann hatte er vermutlich einen ziemlich guten Grund dafür, daher lohnte es sich, darauf zu achten. Und auch jetzt wandten sich alle um und starrten die Frau an, die da eben geschrien hatte, mich selbst eingeschlossen. Manchmal hört man einen Schrei, zum Beispiel einen dieser richtig schrillen Kinderschreie, die Kinder ausstoßen, wenn sie aufgeregt oder wütend sind oder auch nur so zum Jux, und dann will man das Kind am liebsten auf der Stelle erwürgen, so laut und schrill ist es. Na ja, dieser Schrei war nicht so. Es war eher die Art Schrei, bei dem man, wenn man ihn hörte, einfach wusste, dass irgendetwas nicht stimmte. Und daher dauerte es auch nicht lange, bis sich die allgemeine Aufmerksamkeit von der Frau, die da geschrien hatte, dem Grund zuwandte, *weswegen* sie geschrien hatte. Und das war dieser vierdaumige Typ, auf den aufmerksam zu machen ich noch gar nicht die Gelegenheit bekommen hatte. Es war ihm irgendwie gelungen, auf die falsche Seite des Sicherheitsgeländers zu klettern, sechsundachtzig Stockwerke weit oben, auch wenn ich nicht hätte sagen können, wie er das so schnell geschafft hatte. Ich musste mich nur für ein paar Sekunden abgewandt haben, auf der Suche nach jemandem, den ich wegen seiner vier Daumen vollquatschen könnte. Er hielt sich mit einer Hand in aller Ruhe fest, als würde er außen an einer Tram mitfahren oder so. Oder als wäre er Gene Kelly, der sich an einem Laternenpfahl festhielt. Nach diesem ersten Schrei, auch wenn man es erwartet hätte, kam kein anderes Geräusch mehr, eine halbe Ewigkeit nicht. Selbst die Leute, die den Schrei gehört hatten, den Typen aber nicht sehen konnten, weil sie auf der anderen Seite waren oder zu klein oder was weiß ich waren, machten kein Geräusch. Alle schienen nur den Atem anzuhalten und abzuwarten, was als Nächstes passieren würde. Vermutlich war es nur eine Sekunde oder zwei, aber es kam mir viel länger vor.

Und dann ließ er einfach los.

Er selbst machte auch kein Geräusch, er schrie nicht und brüllte nicht oder so, er purzelte einfach außer Sicht.

Aber ungefähr in genau dem Augenblick, als er losließ, hörte man wieder einen Schrei, und auch wenn er diesmal, nehme ich an, nicht so unerwartet kam, war er ungefähr zehntausendmal schlimmer als der erste. Es war eine völlig andere Art Schrei. Während der erste durchdringend und unerwartet gewesen war und einem sagte, dass irgendetwas nicht stimmte, war dieser Schrei jetzt einfach irgendwie bodenlos, ein bodenloser Schrei. Er sagte einem nicht, dass irgendetwas nicht stimmte, er sagte einem, dass irgendetwas bereits passiert war, das zu schrecklich war, um es in Worte zu fassen. Dieses Schreckliche, was immer es war, konnte nicht ungeschehen gemacht werden. Und dann hörte sie einfach nicht mehr auf zu schreien, diese Frau, die da geschrien hatte, und jeder neue Schrei, ob Sie es glauben oder nicht, war schlimmer als der davor, bis sich die Leute allen Ernstes die Ohren zuhielten. Sie hielten es nicht mehr aus. Aber es nützte nichts. Die Schreie der Frau waren ansteckend. In null Komma nichts wurden alle, einer nach dem anderen, damit angesteckt, egal, ob sie sich die Ohren zugehalten hatten oder nicht, und dann fingen auch sie an zu schreien. Als die Leute natürlich irgendwann begriffen, was los war, fingen sie an, auf den Ausgang zuzustürzen, aber ich schätze, irgendjemand muss gestolpert sein, und dann stolperten alle anderen über ihn, und dann war es einfach zu spät. Und ziemlich bald schrien so ziemlich alle auf der Aussichtsplattform, mich selbst eingeschlossen. Selbst Louie Louie schrie, und dabei hatte er gar nichts gesehen. Und die ganze Zeit kamen immer mehr Leute hoch, um zu sehen, was diese ganze Schreierei denn eigentlich sollte, und sie alle fingen natürlich auch an zu schreien. Und dann begannen unsere ganzen Schreie hinaus in die Stadt zu driften und all die Leute unten auf den Straßen anzustecken und auch die Leute in den Autos und Taxis. Sie sickerten sogar in die U-Bahn und die Züge ein und schlichen sich an Portiers vorbei in die Gebäude. Sie fuhren in Aufzügen hoch und wieder herunter, steckten ganze Büro- und Wohnblocks an, und ziemlich bald überquerten ganze Autokolonnen mit schreienden Leuten die

Brooklyn Bridge, auf Long Island zu, und den Hudson in Richtung Jersey. Von dort, nehme ich an, breitete es sich einfach immer weiter aus, vielleicht über das ganze Land, vielleicht über die ganze Welt. Schließlich wurde der Ausnahmezustand ausgerufen. Die lautesten Schreihälse wurden zusammengetrieben und erschossen – zum Wohle der Allgemeinheit natürlich. Die Regierung erklärte alles. Und in gewisser Weise klappte der Trick. Ein paar Leute lernten wieder, in sich hineinzuschreien, und die Lage konnte sich wieder normalisieren.

Als wir dem Cop unsere Geschichte zu Ende erzählt hatten, sagte er: »Ihr habt das Richtige getan, indem ihr uns auf diese Sache aufmerksam gemacht habt, Jungs. Was dieses Land braucht, sind mehr gewissenhafte Bürger wie euch.« Er sagte es mit einer so ernsten Miene, dass ich nicht wusste, ob er ein Klugscheißer war oder nicht, auch wenn ich davon ausging, dass er vermutlich einer war. Im Zweifelsfall gehe ich im Allgemeinen davon aus, dass jemand sowieso ein Klugscheißer ist.

Und dann konnte ich kaum glauben, was er als Nächstes tat. Er streckte die Hand aus. Er wollte uns allen Ernstes dazu gratulieren, dass wir solch gewissenhafte Bürger waren, indem er uns die Hand schüttelte. Er streckte sie einfach über den Tresen aus, ohne sich die Mühe zu machen, aufzustehen oder irgendwas, und seine beiden Daumen zeigten dabei an die Decke. Ehrlich gesagt wusste ich nicht recht, wie ich darauf reagieren sollte. Mein erster Instinkt befahl mir zuzusehen, dass ich schleunigst von dort verschwand. Bei dem Gedanken, wie sich diese beiden Daumen auf meine eigene Hand pressten, lief es mir eiskalt den Rücken herunter. Und ich vermutete, sie würden mich ja nicht wirklich dafür erschießen können, dass ich mich weigerte, ihm die Hand zu schütteln. Aber dann begann ich die ganze Situation aus einem anderen Blickwinkel zu betrachten. Inzwischen war ich mir fast sicher, dass der Cop *tatsächlich* ein Klugscheißer war und dass er mein offensichtliches Unbehagen einfach genoss. Er wusste eindeutig, wie seine ausgestreckte zweidaumige Hand auf mich wirkte. Und anstatt zuzusehen, dass ich schleunigst von dort verschwand, wie ich es ja eigentlich vorgehabt hatte, schüttelte ich seine widerliche zweidaumige Hand. Ich umklammerte sie ganz fest und schüttelte sie, was das Zeug hielt. Ich glaube, er war deswegen ein bisschen enttäuscht. Zumindest möchte ich das gern glauben.

Jedenfalls, ich hatte recht. Mir lief es noch immer eiskalt den Rücken herunter, als wir wieder hinaus in den Sonnenschein traten.

34

In der Nacht träumte ich wieder von dem verrückten Clown. Man hätte annehmen können, dass ich in Anbetracht der Umstände von riesigen Meeresschnecken oder knöchelknackenden Cops oder alten Damen, die bei lebendigem Leib verschluckt wurden, träumen würde – wenn ich schon von etwas träumte –, aber das tat ich nicht. Ich träumte von diesem verdammten Clown.

Aus irgendeinem Grund schoss er mit einer uralten Donnerbüchse Tontauben und lachte sich dabei einen Ast. Ich weiß allerdings nicht, worüber er eigentlich so lachte, denn er war ein erbärmlicher Schütze. Er hätte nicht einmal die Seitenwand einer Scheune treffen können, so erbärmlich war er. Aber er lachte so heftig, dass ihm allen Ernstes ein paar große gelbe Knöpfe von seinem Clownskostüm flogen. Und dann begann sein Clownsgesicht zu schmelzen. Danach begann sein echtes Gesicht zu schmelzen. Und dann verwandelte er sich in eine riesige Eistüte. Und dann kam ein Hund mit Louie Louies Gesicht vorbei und fing an, sie vom Gehsteig aufzuschlabbern. Ich habe vergessen, was als Nächstes passiert ist, aber es war ja bis dahin schon ein echt irrer Traum. Ich kann mich erinnern, dass ich, noch während ich ihn träumte, dachte, dass es vielleicht gar nicht so schlecht war, dass ich mich meistens nicht an meine Träume erinnern konnte, wenn es das war, was mein Unterbewusstsein zum Vorschein brachte. Ich hoffte irgendwie, ich würde mich auch an diesen Traum nicht erinnern, aber ich tat es doch. Zumindest an das meiste davon. Hätte ich mich dazu aufraffen können, hätte ich vielleicht sogar versucht, ihn zu analysieren, aber ich konnte mich nicht dazu aufraffen. Und dann wachte ich zu allem Übel auch noch vom Geräusch eines gottverdammten Steins auf, der durch mein Schlafzimmerfenster krachte.

Das jagte mir einen Mordsschrecken ein. Ich war eigentlich kein besonders schreckhafter Mensch, auch wenn ich manchmal ziemlich nervös werden kann. Aber wenn morgens gleich als Erstes ein Stein durch mein Schlafzimmerfenster knallt, zucke ich jedes Mal zusammen. Das war eindeutig nicht die entspannteste Art, einen neuen Tag zu begrüßen. Ich sah mich benommen um, und ich dachte, ich würde unter Angriff stehen, die Stadt würde bombardiert werden, und ich sah, dass mein Fenster in Scherben auf dem Boden lag. Außerdem lag da ein hässlicher großer Stein auf dem Teppich, so groß wie ein Tennisball. Ich sprang aus dem Bett und durchquerte den Raum, um durch das Loch in der Wand zu sehen, wo vorher das Fenster gewesen war.

Ich hätte es mir denken können.

»Louie Louie, du verdammter Spinner! Irgendwann bringe ich dich um!«

Er stand unten auf der Straße und grinste zu mir hoch

wie ein gehässiger kleiner Buddha. Er warf jetzt schon seit Jahren mein Fenster auf diese Weise ein. Er schmiss einfach einen Stein gegen mein Fenster, wenn er sich nicht die Mühe machen wollte, die Haustür zu benutzen. Er benutzte Steine wie andere Leute Türklingeln. Dagegen hatte ich eigentlich gar nichts, nur dass er sich mit Steinen so erbärmlich schlecht auskannte. Er sagte, die kleinen würden mich nie wecken und es sei eben ein feiner Grad zwischen der Größe, die mich wecken würde, ohne das Fenster einzuwerfen, und der Größe, die mich zwar wecken, dabei aber gleichzeitig das Fenster intakt lassen würde. Und übrigens, wenn ich sage, dass er aussah wie ein kleiner Buddha, dann meine ich das wirklich ernst. Seine ganze Familie sah so aus. Sie waren alle extrem buddha-artig, oder buddha-mäßig. Sie waren eigentlich ganz niedlich, wenn man sie alle auf einem Haufen sah.

»Was hast'n *du* vor?«, rief er einfach von der Straße zu mir hoch, als sei es völlig normal, von dort aus ein Gespräch mit jemandem zu führen, der noch in seinem Schlafzimmer war. »Mich mit deinem Schwengel zu Tode prügeln?« In dem Moment realisierte ich, dass ich nackt am Fenster stand. Um genau zu sein, schlafe ich manchmal nackt. »Da habe ich ja schon Flöhe mit größeren Schwänzen gesehen!«

»Wieso schmeißt'n du schon wieder meine Scheibe ein, du verrückter Scheißkerl?«, brüllte ich zurück und bedeckte dabei meinen Schwengel.

»Was soll'n das heißen?«, brüllte *er* zurück. »Das war der gottverdammte Stein, nicht ich.«

Das war typisch für Louie Louies Logik. Er gab immer irgendwelchen leblosen Objekten die Schuld – Golfschlägern, Flipperautomaten, Steinen, egal was – an allem. Sie verpassten Putts, kippten um, schlugen Fenster ein und verursachten so ziemlich jeden anderen Scheiß, aber nie er.

»Na ja, was willst'n du überhaupt?«, fragte ich. »Was'n los? Haste ins Bett geschissen oder was?«

Louie Louie grinste zu mir hoch, und ich wusste, dass er irgendetwas Gutes auf Lager hatte. Wenn er etwas derart Gutes auf Lager hatte, dann wusste man es einfach. Er konnte es nicht verbergen, selbst wenn er es wollte. Er war auch ein erbärmlicher Pokerspieler. Das waren wir beide.

»Willst du'n Geheimnis wissen?«, sagte er, und da wusste ich, dass er mit Sicherheit irgendetwas Gutes auf Lager hatte. Ich hasste es, wenn er etwas so Gutes auf Lager hatte.

»Du bist zurückgeblieben und ich nicht?«, schlug ich vor.

Man würde vielleicht meinen, ich hätte versucht, ein bisschen höflicher zu ihm zu sein, wenn ich hören wollte, was er zu sagen hatte, aber Sie kennen Louie Louie nicht. Höflich ist so ziemlich das Letzte, was man dann zu ihm sein will. Wenn man es höflich angeht, wird man den ganzen Tag dastehen und warten. Wenn man es höflich angeht, wird man eher an Altersschwäche sterben, bevor er einem sagt, was los ist.

»Sehr komisch, Montanna. Du hast immer einen gottverdammten Witz auf Lager, was? Sieh mich an. Ich lache mich hier unten halb tot. O Mann. Na ja, wenn du's nicht wissen willst, soll's mir auch recht sein. Lässt mich kalt. Was kratzt mich das?« Er steckte die Hände in die Hosentaschen und versuchte so auszusehen, als müsste er irgendwo anders hin. Als würde es ihn kein bisschen kratzen, wenn ich mich nicht für sein Riesengeheimnis interessierte. Er war sowieso nur aus Gefälligkeit vorbeigekommen. Er hatte jede Menge anderes Zeug zu erledigen. »Na dann, bis später, Klugscheißer!« Dann wandte er sich wirklich zum Gehen. Aber die Sache mit Geheimnissen, und vor allem mit Louie Louies Geheimnissen, ist natürlich die, dass es in neun von zehn Fällen derjenige, der es weiß, brennender erzählen will, als es der andere hören will. Und selbst wenn es der andere brennender hören will, als es der Erste erzählen will, muss man einfach nur so tun, als ob man es nicht will. Man muss nur so aussehen, als würde es einen kein bisschen kratzen. Ich gebe zu, das kann riskant sein, *manch*mal, je nachdem, mit wem man es zu tun hat. Manchmal kann es eindeutig nach hinten losgehen. Aber in Louie Louie konnte ich lesen wie in einem Comicheft. Er hatte Gedankenblasen genau über seinem Kopf. Ich wusste, dass es nur eine Frage von einer Minute war, höchstens, bevor er hinter der Ecke, wo er sich versteckt hielt, hervorschießen und mich einfach anflehen würde, es mir sagen zu dürfen. Und ich hatte recht.

»Na *schön*, na *schön*, schon gut. Ich sag's dir ja«, sagte er, als er ungefähr fünfundvierzig Sekunden später wieder auftauchte. »Du musst mich nicht *anflehen!*«

35

Ich schlüpfte in ein paar Klamotten und rutschte an einem Regenrohr genau vor meinem zertrümmerten Fenster nach unten. Es war weitaus leichter für mich, daran hinunterzurutschen, als für Louie Louie, daran hochzurutschen, oder was immer das Gegenteil von hinunterrutschen ist. Außerdem hatte ich das schon Hunderte Male gemacht. Ich war ein regelrechter Tom Sawyer, was das Hoch- und Hinunterrutschen an Regenrohren anging. Außerdem, sollte Louie Louie abstürzen und sich seinen dämlichen Hals brechen, und er hatte mir wirklich etwas Wichtiges zu sagen gehabt, dann würde ich mir das niemals verzeihen.

»Also, was ist das für ein gottverdammtes Riesengeheimnis?«, fragte ich, sobald ich mit den Füßen auf den Boden aufgekommen war. Das war natürlich ein Riesenfehler. Es war ein absoluter taktischer Fehler. Vor allem da ich Louie Louie genau dort hatte, wo ich ihn haben wollte. Aber die Sache ist die: Ich hatte schon so ein Gefühl, dass ich wusste, worum – oder vielmehr, um *wen* – es ging, daher war ich, ehrlich gesagt, ein bisschen übermütig geworden.

»Ach nee«, sagte er. Jetzt tat er wieder ganz großspurig. Es konnte ihm nicht entgangen sein, wie verdammt schnell ich von da oben heruntergekommen war. »Auf einmal willst du's wissen, was? Der große, selbstgefällige Scheißkerl will wissen, was der alte Louie Louie zu sagen hat, was? Na ja, vielleicht bin ich nicht in der Stimmung, um –«

Ich hatte keine andere Wahl. Ich fing einfach an, so zu tun, als würde ich dieses verdammte alte Regenrohr wieder hochrutschen. Aber vermutlich hätte ich es nicht getan. Ich wollte einfach unbedingt hören, was er zu sagen hatte.

»Okay, okay!«, brüllte er und zerrte mich wieder herunter. O Mann, das musste ja wirklich ein echter Hammer sein, wenn er es mir so brennend erzählen wollte. »*Mein Gott*, bist du ungeduldig! Nein, *warte!* Na schön, du widerlicher Scheißkerl. Hör zu.« Und dann erzählte er mir sein gottverdammtes Riesengeheimnis, einfach dort auf der Straße. »Na ja, weißt du noch, diese kleine süße Biene, für die du dich so interessiert hast? Die eine, die mir erzählt hat, wie du vor dieses gottverdammte Auto gelaufen bist? Du weißt schon, Sunday Daffodil, Herrgott noch mal?« Ich wusste es. »Na ja, weißt du was? Ich bin ihr eben auf der Straße über den Weg gelaufen, und sie hat mich nur gefragt, wohin ich wollte, und als ich gesagt habe, ich sei auf dem Weg hierher, um einen gottverdammten Stein gegen dein Fenster zu werfen, was meinst'e, dass sie da gesagt hat?« Was sollte ich denn meinen, dass sie da gesagt hatte? Mein Gott. Ich hatte keine Ahnung. Nicht die geringste. Ich hatte eine totale Matt-

scheibe. »Sie hat mir nur gesagt, ich soll verdammt noch mal *Hi* sagen.«

Ob Sie es glauben oder nicht, mein Magen schlug tatsächlich einen Purzelbaum. Im Ernst. Ich konnte es spüren. Ich wusste gar nicht, dass Mägen so etwas wirklich taten, auch wenn ich ein-, zweimal in richtig kitschigen Romanen davon gelesen hatte. In richtig kitschigen Romanen tun Mägen ja ständig solche Sachen. Sie schlagen Purzelbäume oder haben Schmetterlinge darin, oder da ist ein *Bauchgefühl*. Und Herzen sind sogar noch schlimmer, auch wenn die im Allgemeinen damit beschäftigt sind, zu hämmern und zu pochen und zu brechen und zu flattern und weiß Gott was noch alles. Jedenfalls, sie sind beide verdammt anschaulich. Ich weiß nicht, was Schriftsteller ohne sie tun würden. Und jetzt machte auch mein Magen Gymnastik, und das alles nur wegen eines einzigen winzigen Wortes: »Hi.« Ich schätze, ich muss wie völlig benebelt dort gestanden haben, mit einem benommenen, breiten Grinsen im Gesicht. Ich muss wie ein echter Vollidiot ausgesehen haben, denn Louie Louie begann auf einmal regelrecht am ganzen Körper zu grinsen. Im Ernst. Seine Ohren grinsten. Seine Ellenbogen grinsten. Seine Zehen grinsten vermutlich in ihren Schuhen. Nicht dass ich ihm nicht ein bisschen Spaß gönnte. Schließlich sind Herzensangelegenheiten, vor allem die anderer Leute, schon ziemlich komisch, wenn man so darüber nachdenkt. Wenn man sie auf eine gewisse Weise betrachtet, sind sie, selbst die richtig tragischen Fälle, verdammt witzig. Um genau zu sein, sind sie umso witziger, je tragischer sie sind. Nehmen Sie zum Beispiel Romeo und Julia. Ich meine, was für zwei Schwachköpfe. Und überhaupt, wer weiß? Vielleicht würde eines Tages Louie Louie selbst an der Reihe sein, der arme Teufel.

Trotzdem, vermutlich hätte ich doch etwas sagen sollen, anstatt einfach nur dazustehen und wie ein Idiot auszusehen, aber ich tat es nicht. Manchmal kann man nicht anders, als wie ein Idiot auszusehen, wenn man einfach nur irgendwo steht und nichts sagt. Ich stand da wie ein völlig benebelter Boxkämpfer, wie jemand, der nur darauf wartet, grün und blau geprügelt zu werden. Als würde ich nur auf mein nächstes Blumenkohlohr warten. Während ich mich im ganzen Ring ducken und wegdrücken hätte sollen, um Louie Louie wenigstens ein bewegliches Ziel zu bieten, stand ich einfach nur da, ein dickes, dämliches, leichtes Opfer. Ich wusste sogar schon, dass ich im Begriff war, grün und blau geprügelt zu werden, aber das änderte trotzdem nichts.

»Mannomann«, sagte Louie Louie noch immer grinsend, und dabei schüttelte er auf eine betont überlegene, besorgte Art den Kopf. »Du armer Kerl. Dich hat's ja echt schlimm erwischt.« Es war ziemlich subtil, das muss ich schon sagen. Ich meine, es klang nach nichts Besonderem, und man hätte wirklich hören müssen, auf welche Weise er es sagte, um es zu verstehen. Ich kann es nicht beschreiben, aber die Sache ist die: Er hatte mir buchstäblich genau eins gegen den Kiefer verpasst. Er hatte wirklich den Nagel auf den Kopf getroffen. Es hatte mich schlimm erwischt. Es war echt irre, dass mir so etwas passierte.

»Warum hältst du nicht deine gottverdammte Klappe, du gottverdammter fetter Schwachkopf«, sagte ich zu ihm, aber er prustete nur lauthals los. Das konnte extrem frustrierend sein. Ich meine, man tut sein Bestes, um jemanden zu beleidigen, und man hätte sich die Mühe einfach sparen können, so wenig, wie man damit erreicht. »Na ja, verdammt, worüber lachst du denn jetzt schon wieder, du alberner Affe? Was ist denn so witzig?«

Louie Louie brauchte ein paar Augenblicke, bis er sich wieder gefangen hatte. Als er es geschafft hatte, sah er mich mit dieser absolut ungläubigen Miene an. Dieser absolut hochnäsigen, ungläubigen, amüsierten Miene. »Was zum Teufel *glaubst* du denn, worüber ich lache?« Er amüsierte sich köstlich. Aber das tat er sowieso meistens. Die meiste Zeit fand er irgendetwas wahnsinnig komisch. »Du bist wirklich zum Schreien, Montanna. Weißt du das? Im Ernst. Du haust wirklich die allerkomischsten Sachen raus.«

Die allerkomischsten Sachen. Mann, ich hätte ihm eine reinhauen können, als er das sagte. Nur dass ich das nicht tun konnte, weil ich doch jedes kleinste Detail seiner Begegnung mit Sunday Daffodil hören wollte. Das Problem war, anstatt so zu tun, als würde es mich kein bisschen kratzen, was ich, wie ich Ihnen bereits sagte, eigentlich verdammt gut konnte, hatte ich genau das Gegenteil getan. Was für ein Schwachkopf. Das heißt, anstatt ihm einfach seine dicke fette Fresse einzuschlagen, wie ich es so gern getan hätte, ballte ich nur die Faust in der Tasche und schluckte meinen Stolz herunter. Ich würgte ihn regelrecht hinunter.

»Okay«, sagte ich zu ihm, »dann bin ich eben zum Schreien. Ich sage die allerkomischsten Sachen. Lach dich kaputt, nur zu. Na los, lach dich meinetwegen halb tot. Aber wenn du damit fertig bist«, fügte ich dann noch ganz lässig hinzu, »dann könntest du vielleicht noch so gütig sein, mich über alle Einzelheiten bezüglich dieser zufälligen Begegnung aufzuklären. Falls du gottverdammt noch mal nichts dagegen hast, meine ich?« Ich trug richtig dick auf, um mir nicht anmerken zu lassen, wie mir wirklich zumute war. Das machte ich manchmal so.

Aber Louie Louie konnte ich nichts vormachen. Er wusste trotzdem, wie gern ich ihm seine Zähne in den Hals gerammt hätte. Er war es gewohnt, dass manche Leute das machen wollten. Aber da Louie Louie der war, der er war, konnte er es trotzdem nicht lassen, die Sache noch ein bisschen länger auszukosten. Natürlich, ich an seiner Stelle hätte genau dasselbe getan.

»Na ja, lass mich 'n Moment nachdenken«, sagte er, während er sich übers Kinn strich und in die Luft starrte und tat, als würde er versuchen, alles wieder hervorzuholen. »Ich weiß ganz sicher, dass sie *irgend*etwas gesagt hat, aber was genau, das ist mir auf einmal entfallen. O Mann! Lass mich 'n Moment nachdenken ... Mann, ich hab ein Gedächtnis wie ein ... Hey, wie heißen gleich wieder diese Dinger, in denen man die Spaghetti abtropfen lässt?«

Das war der Augenblick, in dem ich mich auf ihn stürzte. Aus irgendeinem Grund, ich weiß auch nicht, warum, war mein Humor auf einmal wieder da, daher stürzte ich mich einfach auf ihn, und wir krachten zusammen auf den Gehsteig. Es war niemand da, der uns hätte sehen können, aber selbst wenn, hätte es mich nicht gekratzt. Ich glaube, auf einmal wollte ich einfach ein bisschen herumblödeln, weil ich wegen dieser ganzen Geschichte so ernst und verklemmt gewesen war, und ich wollte das alles einfach loswerden. Aber der alte Louie Louie war davon völlig überrumpelt. Damit hatte er überhaupt nicht gerechnet.

»Verdammt noch mal, runter von mir, du durchgeknallter Spinner!«, fauchte er mich an, denn wir waren so zu liegen gekommen, dass ich halb auf ihm saß. Tatsächlich hatte er meinen Sturz abgefedert, weil er selbst genau auf dem Arsch gelandet und ich danach auf ihn gefallen war.

»O Mann«, blödelte ich noch immer herum. »Auf dir sitzt man ziemlich gottverdammt bequem. Hast du das gewusst? Muss an dieser ganzen Völlerei liegen.«

»Bist du verrückt oder was?«, sagte er, als ich von ihm herunter war und wir uns wieder hochgerappelt hatten. Auf einmal war er ganz besorgt wegen seiner Hose und bürstete sie mit der Hand ab. Nachdem er sich in die andere Hose vom Tag davor ein Loch gerissen hatte, achtete er sehr genau auf dieses Exemplar. »Wenn ich gewusst hätte, dass du dich so auf mich stürzt, hätte ich dir gar nicht erst davon erzählt. Großer Gott!« Aber er fing schon an, darüber zu lächeln. Er konnte nie länger als zwei Sekunden sauer sein. »Außerdem«, fügte er hinzu, »habe ich dir doch schon erzählt, was zum Teufel passiert ist. Ich schwör's bei Gott. Ich bin ihr über den Weg gelaufen. Hab gesagt, dass ich auf dem Weg hierher bin, um einen Stein durch dein Fenster zu werfen. Und sie hat gesagt: ›Sag ihm Hi von mir.‹ Das ist alles. Ende der Geschichte.«

Ende der Geschichte.

»Aber«, fügte er mit einem, wie ich glaube, dass er glaubte, wissenden Augenzwinkern hinzu, »es war nicht so sehr, *was* sie gesagt hat, sondern vielmehr, *wie* sie es gottverdammt noch mal gesagt hat.«

36

Es war noch früh, aber das Moriarty's machte früh auf. Es machte früh auf und spät zu. Moriarty, der arme Teufel. Was für ein Leben. Während wir vor unseren Shakes am Tresen saßen, sahen wir zu, wie er mit einem Besen den Boden fegte, unter Stühlen und Tischen damit herumknallte und finster vor sich hin blickte. Niemand konnte so finster blicken wie Moriarty. Er konnte quer durch ein Zimmer finster auf jemands Hinterkopf blicken, und derjenige würde es merken. An diesem Morgen sah er noch ausgelaugter aus als sonst. Vielleicht hatte er eine härtere Nacht als sonst hinter sich. Ich schätze, selbst nach dreiundzwanzig Jahren waren manche Nächte härter als andere. Seine Bewegungen waren steif und ruckartig, als würde er den Körper eines anderen benutzen. Als sei er ihn nicht gewohnt. Er begann allmählich, genau nach dem auszusehen, was er war. Eine richtig heruntergekommene menschliche Maschine.

Als er für eine Weile damit fertig war, finster zu blicken, kam er zu Louie Louie und mir herübergeschlendert und stützte sich auf den Tresen. Er sah so erschöpft aus wie ein getragener Anzug. Ich hatte schreckliches Mitleid mit ihm, als ich ihn mir so ansah. Ich wünschte, ich könnte irgendetwas tun. Ich wünschte, ich könnte für eine Weile seine Wache übernehmen, damit er wenigstens ein bisschen beschissenen Schlaf bekommen konnte. Ich hatte nämlich das Gefühl, ich weiß auch nicht genau, warum, als würde er Wache halten, als würde er auf alles aufpassen. Und das schon seit Jahren. Er hatte eine Pause verdient, der arme Teufel. Sollte es doch für eine Weile mal jemand anders übernehmen.

Er nickte uns zu. »Wie sind'n eure Shakes, Jungs?«, fragte er.

Ich peppte meine Antwort ein bisschen auf. Das war das Mindeste, was ich tun konnte. »Eine Klasse für sich, Mr. Moriarty«, sagte ich zu ihm. »Aber nicht nur das. Sie sind eine *Schule* für sich. Sie würden andere Milchshakes nicht mal zur *Tür* hereinlassen.«

Er lächelte, aber es war offensichtlich, dass er wirklich ziemlich geschafft war. Er war so gut wie halb tot, aber er konnte sich trotzdem noch zu einem Lächeln aufraffen. Manche Leute würden nicht mal lächeln, wenn ihr Leben davon abhinge. Diese Dreckskerle. In der Zwischenzeit war Louie Louie eifrig damit beschäftigt, den letzten Bodensatz aus seinem Glas zu nuckeln, daher fragte Moriarty ihn, ob er gern noch einen hätte.

»Nun ja, ich bin zuversichtlich, ich könnte durchaus noch eines Ihrer exquisiten Getränke vertragen, mein Bester«, sagte Louie Louie zu ihm, und ich freute mich zu sehen, dass der alte Moriarty deswegen kichern musste, während er wieder hinter den Tresen ging, um den Shake zu mixen. Ich schätze, Louie Louie hatte ebenfalls schreckliches Mitleid mit ihm. Das hatten wir beide.

»Machen Sie am besten gleich zwei«, sagte ich, obwohl ich meinen ersten noch gar nicht ausgetrunken und eigentlich gar keinen Durst mehr hatte.

Moriarty kicherte noch ein bisschen mehr, und ich war froh, dass ich es gesagt hatte. »Ihr zwei könnt meine gottverdammten Shakes ja wirklich gut wegstecken«, sagte er.

Da Moriarty ansonsten nicht besonders zum Reden aufgelegt zu sein schien und in dem Augenblick auch noch ein paar andere Gäste hereingeschneit kamen, nahmen wir unsere neuen Shakes mit zu einer Sitznische, um es ein bisschen bequemer zu haben, und rutschten an ein großes Fenster mit Blick auf die Straße. Das war noch so etwas, das typisch für das Moriarty's war. Die Sitznischen waren so bequem, dass man darin schlafen konnte, was irgendwie ironisch war. Ich konnte natürlich sowieso so ziemlich überall schlafen, wie ich bereits erwähnt habe, aber obwohl diese Sitznischen so bequem waren, legte ich doch stets Wert darauf, nie in einer davon ein Nickerchen zu halten, egal, wie müde ich war. Es wäre mir sehr unangenehm gewesen, wenn der alte Moriarty herübergeschaut und mich dabei ertappt hätte, wie ich vor mich hin schnarche wie ein echter gottverdammter Schlafwandler oder so etwas in der Art.

Nachdem wir eine Weile einfach so dagesessen und das Blaue vom Himmel gequatscht hatten, sagte Louie Louie auf einmal: »Weißt du, Montanna, du siehst wirklich nicht hundertprozentig rosig aus, wenn ich mir die Bemerkung erlauben darf.« Er hat das Thema auch nicht allmählich angeschnitten oder so. Er hat es einfach gesagt. »Um genau zu sein«, fuhr er fort, während er mich auf so eine Art beäugte, die mir nicht gänzlich gefiel, »siehst du ziemlich *un*rosig aus.«

»*Un*rosig?«

»Bleich, um genau zu sein.« Dann beäugte er mich noch ein bisschen länger, als wäre ich ein komisches Exemplar von irgendwas, das er nicht ganz identifizieren konnte. Er versuchte, aus ihm schlau zu werden. »Ehrlich gesagt«, fügte er hinzu, »siehst du rundherum nach einem verdammt ungesunden Exemplar aus, alter Sportsfreund. Im Ernst. Ohne Witz.« Jetzt ließ er mir wirklich seine fachmännische Meinung zuteilwerden.

Inzwischen hatte ich das gottverdammte Gesamtbild begriffen.

»Ich habe das gottverdammte Gesamtbild begriffen, Louie Louie«, sagte ich zu ihm. Aus irgendeinem Grund hatte mich das wirklich getroffen. In letzter Zeit war ich höllisch empfindlich. »Also, was willste von mir, soll ich mich vielleicht entschuldigen oder was?«

»Na ja, du musst deswegen nicht gleich sauer werden«, sagte er. »Was willste von *mir*, soll ich vielleicht sagen, dass du wie ein gottverdammter Eine-Million-Dollar-Star aussiehst?«

Eine Weile sagten wir nichts mehr. Ich hatte den alten Louie Louie nicht so anfauchen wollen, und jetzt hatte ich ein schlechtes Gewissen deswegen. Ich wusste gar nicht, was in mich gefahren war. Ich war verdammt launisch.

Daher sagte ich dann, um es irgendwie wiedergutzumachen: »Weißt du, was ich machen würde, wenn ich eine Million Dollar *hätte?* Ich würde uns beiden zwei Flugtickets erster Klasse nach London, England, besorgen und mit dir im gottverdammten Ritz absteigen. Und dann würden wir jeden Abend ins Theater gehen, in ein paar maßgeschneiderten Smokings aus der Savile Row, und wir würden uns das Essen aufs Zimmer kommen lassen und gottverdammten Champagner schlürfen und innerhalb einer Woche total pleite sein.«

Darüber lachte der alte Louie Louie schallend und zog aus Versehen ein bisschen was von seinem Shake die Nase hoch, sodass er husten und würgen und lachen musste, alles auf einmal. Es sah ganz schön ekelhaft aus, aber mir ging es gleich besser dabei.

»Weißt du was, Louie Louie«, sagte ich zu ihm, »du hast Tischmanieren wie ein Gorilla. Ohne Witz. Du gehörst in einen Zoo oder so.«

Als er fertig mit Würgen war, funkelte er mich nur an. Auf einmal war er todernst. »Verdammt, was soll'n das heißen?«, fuhr er mich an. »Ich habe Tischmanieren wie ein Gorilla? Ich *bin* ein gottverdammter Gorilla.« Und dann sprang er auf seinen Platz in der Sitznische und fing an, sich mit den Fäusten auf die Brust zu trommeln und Gorillalaute auszustoßen. *»Oo, oo, oo, oo, oo!«*, grunzte er.

»Setz dich hin, Herrgott noch mal!«, sagte ich lachend. »Es sei denn, du willst, dass der alte Moriarty rüberkommt und dich mit seinem Baseballschläger windelweich prügelt.«

Inzwischen war eine ganze Menge Leute in dem Laden, aber hauptsächlich Stammgäste, sodass niemand groß auf uns achtete. Bis auf ein älteres Ehepaar, das eben von der Straße hereingekommen war. Sie warfen nur einen Blick auf Louie Louie und verschwanden sofort wieder.

»Oo, oo, oo, oo, oo!«, grunzte er noch ein bisschen mehr. Allmählich fand er richtig in seine Rolle. Dann wurde er auf einmal ganz aufgeregt und fing an, aus dem Fenster neben uns zu zeigen. *»Oo, oo, oooo!«* Ich wusste, bevor ich hinsah, allein schon von der Art, wie er es sagte, dass da ein Mädchen sein musste. Louie Louie flippte immer aus, wenn es um Mädchen ging. Ich erwähnte ja schon, dass er sexbesessen war.

Und dann, während ich mich noch immer kaputtlachte, sah ich aus dem Fenster.

PENG!

37

Es war peinlich. Im Ernst. Wenn mein Magen damals, als Louie Louie mir erzählte, sie hätte »Hi« gesagt, einen Purzelbaum schlug, dann bekam ich jetzt, wo ich sie so völlig unerwartet dort draußen auf der anderen Straßenseite auf dem Gehsteig stehen sah, Herzrasen. Und mein Magen schlug auch keine Purzelbäume mehr. Er fühlte sich an, als sei er völlig verklebt wie eine Hand voll Pizzateig. Scheiße. Ich schätze, ich war verliebt, ganz sicher, gottverdammt noch mal. Jeder Zweifel ausgeschlossen. Ich war es.

Ich duckte mich in dem Augenblick, als ich sie sah, als sei ich auf der Flucht oder so. Wenn man mich so sah, hätte man annehmen können, ich sei ausgebüxt. Dass die Hälfte der Cops in der Stadt hinter mir her sei. Und so fühlte ich mich auch fast, so nervös war ich. Aber wenn ich Glück hatte, dann hatte sie mich vielleicht nicht gesehen. Nach allem, was ich wusste, hätte sie blind wie ein Maulwurf sein können, oder zumindest kurzsichtig. »Aber was, wenn sie mich *doch* gesehen hat?«, dachte ich. »Was, wenn sie hereinkommt? Was *dann?* O mein Gott! Dann wird es vermutlich so sein, dass ich auf der Stelle einen Anfall bekomme, und dann wird sie sehen, wie ich mich hier auf dem Boden krümme! Erst sieht sie, wie ich mir in die Hose pisse, und dann auch noch das!« Währenddessen sprang Louie Louie noch immer auf seinem Platz auf und ab und führte durchs Fenster Dschungelimpressionen auf. Wenn ich ihn von dort, wo ich kauerte, hätte totschlagen können, dann hätte ich es getan.

»Hör schon auf, du verrückter Scheißkerl!«, zischte ich ihm zu. Ich kauerte inzwischen fast unter dem Tisch, aber Louie Louie sah mich nur an, als wäre ich völlig durchgeknallt, was gar nicht so weit hergeholt war. Er konnte sich mein Verhalten überhaupt nicht erklären.

»Was machst'n du da unter dem Tisch?«, fragte er.

»*Sie* ist es, du total bescheuerter, absoluter Vollidiot! Die lausige Liebe deines Lebens! Deine Julia! Dein Osten! Sunday Daffodil, Herrgott noch mal!«

Ich funkelte ihn zornig an, um ihm, wie ich hoffte, zu verstehen zu geben, dass ich ihm nur zu gern den Kopf abgerissen hätte, wenn ich ihn von meinem Platz aus hätte erreichen können. Todesstrahlen schossen aus meinen Augen und verbrannten ihn an Ort und Stelle. Aber natürlich, da Louie Louie der war, der er war, bekam er davon gar nichts mit. Oder vielleicht auch doch. Vielleicht wollte er einfach gern mal den Kuppler spielen.

Obwohl ich aus meiner Position, so halb eingeklemmt unter dem Tisch, nichts sehen konnte, hatte ich das Gefühl, dass sie jetzt genau vor unserem Fenster stand. Vermutlich war sie nicht mehr als ein paar Schritte von mir entfernt. Und dann, wie zur Bestätigung, sah ich, wie Louie Louies Mund anfing, sich zu bewegen. Er formte

Worte, die er laut aussprach, aber irgendwie gedämpft, wie es Leute tun, wenn sie durch eine Glasscheibe mit jemandem sprechen.

»Komm doch rein«, sagte er wild gestikulierend. »Hier ist jemand, der dich unbedingt kennenlernen will.«

Ihre Stimme kam von draußen, gedämpft wegen der Scheibe.

»Was?«

Und Louie Louie – *geh in Flammen auf, du Dreckskerl, verbrenn einfach!* – deutete allen Ernstes unter den Tisch.

»Hier – *unten*«, sagte er und deutete nach unten, »ist jemand, – der – dich – *unbedingt* – kennenlernen – will!«

Ich konnte nicht glauben, dass er das wirklich getan hatte. Dass sie gleich zur Tür hereinschneien würde. Mein Gott, ich hatte mir noch nicht mal die Haare gekämmt. Ich musste total zum Kotzen aussehen.

»Louie Louie«, fauchte ich ihn an, während ich auf allen vieren über den Boden kroch, »wenn ich vom Klo zurückkomme, *bringe* ich dich um!«

38

Ich war stocksauer auf Louie Louie, aber noch saurer war ich auf mich selbst. Ich stand vor einem Spiegel und belegte mich mit allen Schimpfnamen, die mir einfielen. Und ich war ziemlich einfallsreich. Ich schonte meine Gefühle kein bisschen. Ich hatte alles verdient, was ich mir an den Kopf werfen konnte, und noch mehr. Aber das Komische dabei war, obwohl ich wusste, dass ich mich wie ein echter Trottel benahm, konnte ich trotzdem nicht anders. Ich hätte niemals, nicht für eine coole Million Dollar, einfach da rausgehen können wie jeder normale Mensch und sagen können: »Du musst Sunday sein. Hi, ich bin Fielding Montanna. Freut mich, dich kennenzulernen.« Na ja, für eine Million Dollar vielleicht schon, aber wer zum Teufel läuft schon durch die Gegend und bietet den Leuten eine Million Dollar nur dafür an, dass sie mit einem Mädchen reden? Was für eine Welt wäre das denn? Aber selbst wenn es jemand getan *hätte*, bin ich mir trotzdem nicht sicher, ob ich es gekonnt hätte. Können Sie sich das vorstellen? Eine Million Dollar auszuschlagen, nur dafür, dass man mit einem Mädchen redete, weil man derart auf sie stand, dass man dachte, man würde einen Anfall bekommen, wenn man es tat? Jedenfalls, als ich damit fertig war, mich zu beschimpfen, was, ehrlich gesagt, ziemlich lange dauerte, stand ich eine Weile einfach nur da und starrte mich im Spiegel an. Ich stand einfach nur da, über das Waschbecken gebeugt, und funkelte mich an. O Mann, war ich angewidert von mir. Ich fühlte mich fürchterlich. Ich war richtig depressiv. Ich konnte mich nicht erinnern, wann ich das letzte Mal so depressiv gewesen war. Aber dann, während ich mich so im Spiegel anstarrte, fiel mir etwas auf, das zumindest dafür sorgte, dass ich mich nicht mehr ganz so elend fühlte. Ich *fühlte* mich nicht nur fürchterlich, ich sah auch so aus.

Louie Louie hatte recht. Unrosig, hatte er gesagt. Bleich. Ungesund. Mein Gott! Un*tot* traf es eher. Ehrlich gesagt bekam ich einen ziemlichen Schock. Ich hatte in meinem ganzen Leben noch kein so ungesundes Exemplar gesehen. Ich sah wirklich beschissen aus. Zugegeben, in Spiegeln öffentlicher Toiletten können selbst die am gesündesten aussehenden Leute aussehen, als bräuchten sie dringend eine Lebensversicherung. In ihnen kann jeder, der *nicht* ausgesprochen gesund aussieht, wie Bela Lugosi aussehen. Um genau zu sein, wenn Sie es irgendwie vermeiden können, sich in Spiegeln öffentlicher Toiletten anzusehen, empfehle ich es Ihnen dringend. Aber was es noch schlimmer machte: Ich hatte das unangenehme Gefühl, dass es diesmal gar nicht so unschmeichelhaft war.

Ich spritzte mir etwas kaltes Wasser ins Gesicht und versuchte mich zusammenzureißen.

»Montanna«, redete ich mich jetzt allen Ernstes in der dritten Person an. Das tue ich manchmal, wenn ich mir etwas ganz Bestimmtes sagen muss. »Du benimmst dich auf jeden Fall verdammt seltsam. Im Ernst. Und du siehst beschissen aus. Mein Gott, wenn ich dich nicht besser kennen würde, würde ich denken, du bist voll zugedröhnt mit Drogen oder irgendwas. Im Ernst. Ich würde denken, du flippst gleich aus. Oder bist schon ausgeflippt. Weißt du, was ich meine? Weißt du das? Du weißt es doch. Na, das ist doch schon mal was, nehme ich an.«

Ich starrte noch ein bisschen länger auf mein verrücktes Bela-Lugosi-Spiegelbild, aber ich war fertig damit, mir selbst eine Standpauke zu halten. Stattdessen begann ich ein bisschen herumzublödeln. »Guten Aaabend«, sagte ich stattdessen gedehnt mit meinem besten transsilvanischen Akzent. »Guten Aaabend. Ich vill – dein Blut – saugen!« Ich starrte mir genau auf die Augäpfel und musterte sie eingehend. Das ist noch eine weitere Sache, die ich Ihnen zu vermeiden empfehle. Es war, ehrlich gesagt, ziemlich verwirrend. Ihr Aussehen gefiel mir überhaupt nicht. Sie schienen irgendwie zurückzuweichen, je intensiver ich sie anstarrte, als würden sie sich irgendwie durch meinen Schädel einen Weg nach hinten bohren. Aber gleichzeitig schienen sie auch umso heller zu werden, je weiter sie zurückwichen, bis sie schließlich nur noch zwei winzige, wild lodernde Punkte waren, die auf dem Grund ihrer beiden schwarzen Augenhöhlen pulsierten.

»Mannomann!«, sagte ich laut. »Verrückte Augen.«

Dann spritzte ich mir noch ein bisschen Wasser ins Gesicht, oder zumindest etwas, das ich für Wasser hielt. Stattdessen bekam ich nur einen Schwall stinkender schwarzer

Brühe ins Gesicht. Ich hatte den Hahn voll aufgedreht, und sie sprudelte heraus und begann bereits den Abfluss zu verstopfen. Sie triefte von meinen Händen und meinem Gesicht. Das war der Augenblick, als ich wieder zu fluchen begann. »Gottverdammte scheiß Wasserleitung!«, sagte ich. »Gottver*dammt* noch mal!« Aber bevor ich richtig loslegen konnte, wurde mir auf einmal bewusst, dass ich nicht mehr allein war. Genau neben mir stand jemand am nächsten Waschbecken, und ich hatte es gar nicht bemerkt. Ich nahm an, er musste in einer Kabine gewesen sein, oder er war einfach leise hereingeschlüpft. Aber schon bevor ich ihn mir gründlich angesehen hatte, stand ich nicht so besonders auf ihn. Ich weiß auch nicht, warum. Und dann fiel mir etwas auf, das meine Aufmerksamkeit sofort fesselte. Er hielt etwas in der Hand, das genau wie dieser verrückte Kasten vom Strand aussah, der, den wir im Sand vergraben zurückgelassen hatten. Seine verrückten Knöpfe und Drähte ragten überall aus ihm heraus. Ich konnte ihn sogar leise summen hören.

Ich warf einen kurzen Seitenblick auf den Typen, nur um mich zu vergewissern, dass der Spiegel mir keinen Streich spielte. Toilettenspiegeln kann man nicht trauen. Jedenfalls, er musste es bemerkt haben, denn er fing an zu kichern. Das war alles. Er kicherte nur. Es war nur ein kurzer Blick gewesen, aber er reichte aus, um sein allgemeines Erscheinungsbild zu erfassen. Er trug einen zerschlissenen alten Smoking, absolut kitschig und altmodisch. Er sah aus, als sei er aus Samt, aber er war total abgetragen und glänzte. Sein Kopf war riesig und kreisrund wie ein Strandball, und er sah aus, als sei er mit einer Fahrradpumpe aufgepumpt worden, während seine riesigen, weiß behandschuhten Hände Finger wie Sperrballons hatten. Dann kicherte er wieder und hielt seinen seltsamen Apparat umklammert, und dabei zuckte er am ganzen Körper.

O Mann, dachte ich, er muss *wirklich* total zugedröhnt mit Drogen sein, und dann wandte ich mich ab, um schleunigst von dort zu verschwinden. In dem Augenblick erhaschte ich einen kurzen Blick auf mein Spiegelbild, das Gesicht mit Brühe besprenkelt. Ich sah völlig verdreckt aus. Daher schnappte ich mir stattdessen ein paar Papierhandtücher und versuchte mein Bestes, um ein bisschen vorzeigbarer auszusehen. Der Hahn war aber noch immer voll aufgedreht, und das Waschbecken begann allmählich überzulaufen, und daher versuchte ich, ihn zuzudrehen. Ich wollte mir lieber nicht vorstellen, wie der alte Moriarty hier zu allem Übel auch noch würde aufwischen müssen. Aber es hörte einfach nicht auf. Der Griff drehte und drehte sich in meiner Hand. »Scheiß Wasserleitung«, sagte ich noch einmal und wandte mich zum Gehen. Ich würde es Moriarty auf dem Weg nach draußen sagen müssen, was vermutlich das Letzte war, was er brauchte. Aber in genau dem Augenblick begann dieser großköpfige Freak an ein paar Knöpfen an seinem Apparat zu fummeln, und das löste eine sofortige Reaktion aus. Er sah aus, als hätte er eben einen Tausend-Volt-Stromschlag bekommen, aber er ließ diesen verrückten Kasten mit seinen verrückten Knöpfen und Drähten trotzdem nicht los. Er klammerte sich daran fest, als hinge sein Leben davon ab.

O Mann, er sah wirklich aus, als litte er Höllenqualen, aber dabei grinste er trotzdem, und er zitterte und zuckte und kicherte noch immer wie ein Irrer, während ich zusah, dass ich schleunigst von dort verschwand.

39

Draußen war inzwischen die Hölle los. Der ganze Laden wirkte wie ein Käfig voller Affen, den man einmal kräftig durchgerüttelt hatte. Zuerst begriff ich gar nicht, was passiert sein könnte. Ich war doch nur – na ja, ich wusste nicht, wie lange, aber nicht so lange – auf der Toilette gewesen. Dann sah ich Sandmann ausgestreckt mitten auf dem Boden liegen, den Kopf aufgeschlagen wie eine Kokosnuss. Er lag auf dem Rücken in einer Blutlache, die Beine unter sich verheddert und mit einer Miene, die ich nur als völlige Verständnislosigkeit bezeichnen kann, auf seiner dämlichen, pickligen Fratze. Was immer ihm da passiert war, er sah aus, als hätte er nie die Chance bekommen zu begreifen, warum es ihm passiert war. Der arme Teufel. Der arme, dämliche Dreckskerl.

Sandmann, das sollte ich vielleicht erwähnen, war ein weiterer von Moriartys Stammgästen und ein ziemlich stiller Typ. Er war auch ein ziemlich guter Typ, auf seine Art. Um genau zu sein, war er so ziemlich der Letzte, von dem man erwarten würde, dass man ihn irgendwo mit ausgeschlagenem Gehirn auf dem Boden liegend vorfinden würde. Ich meine, die Persönlichkeiten mancher Leute bieten sich für so etwas einfach an. Würde man hören, dass ihnen gerade das Gehirn herausgeschlagen wurde, würde man sich kein bisschen wundern. Nicht aber bei dem alten Sandmann. Er war überhaupt nicht der Typ dafür. Er musste einfach zur falschen Zeit am falschen Ort gewesen sein.

Alle versuchten natürlich etwas zu erkennen, aber die Cops waren bereits vor Ort, wie gerufen zur Stelle, und drängten sie zurück. Sie waren entschlossen, allen den Spaß zu verderben, aber noch immer versuchten Leute, sich von draußen zur Tür hereinzudrängeln, während die Fenster voller hässlicher, grinsender, neugieriger Gesichter waren, die sich an die Scheiben pressten, um einen Blick hineinzuwerfen. Armer alter Sandmann. Er war noch nie zuvor so populär gewesen.

Ich fand Louie Louie, aber Sunday war nirgends zu sehen. Es war komisch, aber darüber war ich höllisch erleichtert. Selbst nach meiner kürzlichen Begegnung mit dem großköpfigen Freak auf der Toilette und jetzt auch noch mit dem armen toten Sandmann, der da ausgestreckt auf dem Boden lag, während sein Gehirn aus ihm heraustropfte, war ich erleichtert, dass ich nicht mit ihr würde reden müssen.

»Mein Gott, Montanna!«, sagte Louie Louie, als er mich sah. »Wo hast du denn gesteckt? Mann, das hättest du sehen müssen!«

»Was hätte ich sehen müssen? Was zum Teufel ist denn mit Sandmann passiert?«

Die Cops scheuchten uns inzwischen eifrig mit ihren Schlagstöcken zur Tür hinaus, weg von der Action.

Den Tatort sichern. Sandmann würde nirgendwohin gehen.

»Er ist einfach ausgerastet! So etwas habe ich noch nie gesehen!«, sagte Louie Louie.

Draußen auf der Straße herrschte das reinste Chaos. Zwei oder drei Streifenwagen waren vorgefahren, mit blinkendem Blaulicht, und die Cops waren vollauf damit beschäftigt, die immer noch wachsende Menge zurückzuhalten, alle darauf aus, dahin zu gelangen, wo ihrer Meinung nach die Party stattfand. Die Leute verrenkten sich die Hälse, um einen Blick hineinzuwerfen, um die Leiche zu sehen, und jeder hatte, wie üblich, eine Meinung.

»Er muss voll zugedröhnt mit Drogen oder irgendwas gewesen sein!«, sagte jemand.

»Habt ihr das gesehen? Ich hab das ganze Ding gesehen. *Peng!*«, sagte jemand anders.

»Was erwarteste denn auch, bei so einem widerlichen, heruntergekommenen Laden? Sollte abgerissen werden.«

»Für den gottverdammten Jungen musste es ja so kommen!«

»Er ist ganz plötzlich einfach durchgedreht«, erklärte Louie Louie jetzt ruhiger, als ihm wieder einfiel zu atmen, während wir zusahen, wie die Cops den alten Moriarty auf die Rückbank eines der blinkenden Streifenwagen verfrachteten. Seine Hände steckten hinter seinem Rücken in Handschellen. »Nach dreiundzwanzig Jahren, kannst du das glauben, döst er schließlich weg, genau dort an den Tresen gelehnt. Und nicht einem gottverdammten Typen ist es überhaupt aufgefallen! Aber dann ist es doch einem aufgefallen, und er hat einen anderen in die Seite gestoßen, und der hat dann wieder den Nächsten in die Seite gestoßen, und ziemlich bald wussten es alle in dem Laden und haben ihn einfach wie verrückt angestarrt, wie er dort stand und wie ein Baby schlief. Mann, du hättest einen Floh furzen hören!«

Die Cops knallten die Tür hinter ihm zu, und der alte Moriarty saß einfach in dem Wagen und sah verdammt müde aus, noch müder sogar, und starrte ausdruckslos auf die wogende Menge um ihn herum. Ich konnte es nicht glauben. Ich versuchte seinen Blick aufzufangen, um ihn irgendwie wissen zu lassen, dass – was? Ich wusste nicht einmal, was ich ihn wissen lassen wollte, aber es war auch egal, weil er mich sowieso nicht sah. Wie lange hatte er so wegdösen können, fragte ich mich. Wie viele kostbare Sekunden der Selbstvergessenheit?

»Ich schätze, man hatte irgendwie vergessen, den alten Sandmann anzustoßen. Er saß ganz allein in seiner Ecke und dachte sich nichts Böses und fing dann auf einmal an, an seinem Eisshake zu nuckeln!« Sandmann trank immer Eisshakes. Er stand total darauf. »Nur dass er dann auf einmal damit herumblubbert und anfängt, den Bodensatz in seinem Glas mit dem Strohhalm aufzuwirbeln und einen Mordskrach zu machen.«

Sie schalteten die Sirene ein und fuhren los. *»Waa, waa, waa, waa, waaaa!«*, machte sie oder so ähnlich.

»Und der alte Moriarty«, fuhr Louie Louie fort, während sich die Menge allmählich zerstreute und die verbliebenen Cops den Laden versiegelten wie eine Gruft,

»wacht auf einmal auf und fragt sich, was zum Teufel los ist. Er blickt sich um und sieht den alten Sandmann noch immer an seinem Strohhalm nuckeln. Dann greift er unter den Tresen, holt einen Baseballschläger raus, geht zu dem alten Sandmann hin, der noch immer glücklich wie ein Kind in einem Süßwarenladen dasitzt, und spaltet ihm seelenruhig den Schädel auf wie eine reife Melone.«

40

Danach fühlte ich mich so fürchterlich, dass ich mich für ein paar Tage ins Bett legen musste. Nur um auf Nummer sicher zu gehen, dröhnte ich mich zu und alles. Ich fühlte mich fürchterlich, und dazu war ich auf einmal höllisch müde. Ich hoffte, der Clown würde mich nicht behelligen, und er tat es auch nicht. Gar nichts behelligte mich. Ich hätte ein Erdbeben verschlafen können. Ich hätte sogar den Weltuntergang verschlafen können. Aber als ich schließlich doch aufwachte, fühlte ich mich unerwartet glücklich und erfrischt. Ich fühlte mich so gut wie schon seit Wochen nicht mehr. Monaten vielleicht. Ich fühlte mich richtig gut, was witzig ist, denn normalerweise tue ich das nicht. Ich meine, ich war noch nie einer von diesen Leuten, die strotzend vor Energie und Begeisterung aufwachen. Ich brauche normalerweise eine Weile, um in die Gänge zu kommen. Sie wissen schon, um verdammt noch mal warmzulaufen. Und dann, nachdem ich so erfrischt aufgewacht war, lag ich eine Weile einfach nur da, die Hände hinter dem Kopf verschränkt, und ließ mir träge alle möglichen Dinge durch den Kopf gehen.

Ich fragte mich, ob das, was passiert war, irgendwo in den Nachrichten aufgetaucht war. Ich hatte es nicht vergessen. Ich fragte mich, ob es in den Zeitungen und überall gestanden hatte. Ich ging mal davon aus – aber was wussten die denn schon? Gottverdammt gar nichts. Irgendein alter Sack hatte irgendeinem Jungen das Gehirn herausgeschlagen und war auf der Rückbank eines Streifenwagens weggebracht worden. Ende der Geschichte. Viel mehr gab es zu dem Thema nicht zu sagen, außer dass das Moriarty's jetzt geschlossen war, und wen zum Teufel kümmerte das schon, außer eine Hand voll Jungs? In meinem ganzen Leben war das Moriarty's nie länger als für ein paar Stunden jede Nacht geschlossen gewesen. Vermutlich war es inzwischen schon mit verdammten Brettern vernagelt. Die Cops hatten vermutlich Angst, dass Leute die Gelegenheit nutzen würden, um zu versuchen, einzubrechen und herauszufinden, ob an diesen ganzen Gerüchten von labyrinthartigen Bibliotheken und Kerkern irgendetwas dran war. Vielleicht hatten sie dort unten sogar eine Bombenfabrik gefunden und wollten die Stadt nicht beunruhigen. Als ob sie nicht schon beunruhigt wäre. Aber mir gefiel der Gedanke nicht, dass dort alles vernagelt war, und ich wünschte, ich hätte gar nicht erst daran gedacht. Es war so, als wäre jemand gestorben oder so. Es *war* ja auch jemand gestorben, ich weiß, aber das hier war doch etwas anderes. Sandmann war ein ganz netter Typ und alles, auf seine Art, aber ich war nicht unbedingt zu Tode betrübt seinetwegen. Ich nahm an, ich würde ihn vermissen, aber nur so, wie man ein vertrautes Möbelstück oder so etwas vermisst. Wie einen Stuhl, auf dem man sowieso nie gesessen hat. Ich weiß, das klingt vermutlich nicht sehr nett, aber es ist die Wahrheit. Aber das Moriarty's, das war etwas anderes.

Die Sache mit Sunday hatte ich offenbar auch vermasselt. Sie musste mich für verrückt gehalten haben. Für einen echten Vollidioten. Nachdem sich die Lage ein bisschen beruhigt hatte und der erste Schock abgeflaut war, erzählte mir Louie Louie, sie hätte echt nett darauf reagiert und so – dass ich mich auf der Toilette versteckt hatte, meine ich –, aber trotzdem. Natürlich hat er nicht *gesagt*, dass ich mich auf der Toilette versteckt hatte (zumindest hat er behauptet, er hätte es nicht gesagt). *Behauptet* hat er, er hätte gesagt, ich würde mich nicht besonders gut fühlen, was nicht nur ziemlich taktvoll war (für Louie Louie), sondern auch die Wahrheit. Nach allem, was ich weiß, hat er *tatsächlich* vielleicht gesagt, ich würde mich nicht besonders gut fühlen, da ich auf einmal unter fürchterlichem Durchfall litt und mir gerade in die Hose geschissen hatte. Das würde Louie Louie ähnlich sehen. Das würde er zum Schreien finden. Aber die Sache war die, obwohl ich hoffte, dass er es nicht *wirklich* gesagt hatte, war es im Grunde egal, was er gesagt hatte. Es spielte eigentlich gar keine Rolle. Ich hatte es sowieso vermasselt.

Trotzdem, wie ich schon sagte, fühlte ich mich ziemlich gut, als ich aufwachte, alles in allem betrachtet. Ich sah die Dinge durchaus enthusiastisch. Im Großen und Ganzen, meine ich. Selbst wenn das Moriarty's geschlossen *war* und Moriarty irgendwo in irgendeiner stinkenden Zelle und Sandmann tot war und ich die Sache mit Sunday vermasselt hatte. Ich freute mich trotzdem auf den kommenden Tag, die kommende Woche. Ich hatte sogar Lust, Pläne zu schmieden – keine großen, wissen Sie, nicht unbedingt lebensverändernde Pläne, aber eben trotzdem Pläne. Es gab keinen Grund dafür. Na ja, jedenfalls keinen konkreten Grund. Ich hatte mich nicht plötzlich für die Vorteile positiven Denkens entschieden oder so. Und eigentlich hätte ich noch immer höllisch depressiv sein müssen. Aber die Sache ist die – und ich weiß nicht, ob Sie so etwas je erlebt haben –, ich glaube, auf einmal hatte ich einfach einen dieser »Alles wird gut«-Momente. Ich meine, das mit dem alten Sandmann tat mir noch immer leid, und das mit dem alten Moriarty tat mir erst recht leid, weil ich ihn als guten Freund ansah, aber so läuft es eben manchmal. Manchmal schlagen Leute anderen Leuten mit Baseballschlägern den Kopf ein, und manchmal kriegen Leute den Kopf eingeschlagen. Ich will nicht so weit gehen zu behaupten, dass es die natürliche Ordnung der Dinge ist, aber es kommt mit Sicherheit vor. Und vielleicht gehörte das eben einfach dazu. Vielleicht hatte ich bei der Vorstellung, dass der alte Sandmann dort auf dem Boden lag und der alte Moriarty dort lag, wo *er* lag, in irgendeiner Polizeizelle, und an irgendeine ekelhafte, rissige alte Decke starrte, das Gefühl, dass es mir im Vergleich dazu doch ganz okay ging. Ich war im Allgemeinen kein großer Anhänger des positiven Denkens. Ich meine, ich schätze, es klappt schon und alles, und die Welt *scheint* damit ein bisschen besser auszusehen, aber es ist trotzdem Schwachsinn. Aber trotzdem, ich glaube, mir wurde klar, dass mit Sicherheit alles noch viel schlimmer sein könnte. Nicht für Sandmann natürlich, und vermutlich nicht einmal für Moriarty, aber für mich. Mein Leben war eigentlich gar nicht so schlecht, alles in allem betrachtet, warum sollte ich mich also deswegen verrückt machen?

Und bei dieser kitschigsten aller rosigen Überlegungen warf ich die Bettdecke zurück und sprang eindeutig positiv aus dem Bett. O Mann, ich sprang aus dem Bett wie ein Kind am Weihnachtsmorgen! Ich konnte es kaum erwarten zu sehen, was ich unter dem alten Baum finden würde. Und dann, kurz bevor ich mit den Füßen auf den Boden aufkam, sah ich es, und dieser ganze scheinheilige positive Schwachsinn flog einfach zum Fenster hinaus. Er flog zum Fenster hinaus und landete im Sturzflug genau auf dem Gehsteig darunter. Platsch! O Mann, das war ein echt irrer Anblick, so früh am Morgen.

»Himmelherrgott Scheiße noch mal!«, sagte ich und übergab mich fast auf der Stelle. Überall auf meinem Bett krabbelten Maden, dicke fette Scheißkerle, die sich wanden, als hätten sie eine Magenverstimmung. *»Himmelherrgott Scheiße noch mal!«*, sagte ich noch einmal, während ich auf das Gewimmel starrte.

Ich trug alte Shorts und ein T-Shirt, und ich spürte irgendetwas unter meinem T-Shirt hervorpurzeln und von meinem Fuß auf den Teppich abprallen. Ich sah hinunter.

O Mann.

Ich zog das T-Shirt hoch, und noch ein weiterer Schwarm fiel heraus.

»Ach du Scheiße«, sagte ich und fiel in Ohnmacht.

41

Als ich in Ohnmacht fiel, muss ich mir den Kopf an irgendetwas angeschlagen haben, denn er dröhnte höllisch, als ich wieder aufwachte. Und ein Auge war klebrig von Blut. Ich konnte eine Fliege spüren, die darin herumpaddelte. Aber direkt nach dem Aufwachen war ich mir nicht ganz sicher, was überhaupt passiert war. Meine erste Reaktion war, dass ich nicht dort war, wo ich sein sollte. Ich wusste nicht genau, wo ich sein *sollte*, aber ich wusste, dass ich nicht mit einem klebrigen Auge und einer Fliege, die darin herumpaddelte, auf meinem Schlafzimmerboden liegen sollte. So viel wusste ich, immerhin.

Aber sobald mir wieder eingefallen war, was passiert war, muss ich schätzungsweise versucht haben, nicht allzu viel zu denken, denn was als Nächstes passierte, ist irgendwie verschwommen und verworren. Jedenfalls dachte ich eindeutig nicht klar. Ich schätze, ich versuchte, nicht darüber nachzudenken, nur für den Fall, dass ich wieder in Ohnmacht fallen sollte, oder einfach, weil es leichter war, es nicht zu tun. Ich muss in ein paar Klamotten geschlüpft sein und es dann geschafft haben, unbemerkt aus dem Haus zu schleichen. Diesmal benutzte ich nicht das Regenrohr. Ich benutzte die Tür. Aber ich weiß noch, dass ich vorsichtig wie eine Maus war, als ich mich hinausschlich. Das Letzte, was ich in dem Augenblick brauchte, war, meinen fürsorglichen Eltern in die Arme zu laufen. So wie ich mich fühlte, hätte mir das vermutlich den Rest gegeben. Ich hätte es nicht ausgehalten. Vermutlich hätte ich eine Standpauke darüber zu hören bekommen, was mir denn einfiele, wie ein Penner angezogen aus dem Haus zu gehen. Vermutlich wäre ihnen aufgefallen, dass meine Schuhe nicht zugebunden waren oder mein Hemd nicht richtig zugeknöpft war. Ich sage nicht, dass sie nicht zugebunden *waren* oder es nicht richtig zugeknöpft *war*, wissen Sie. Aber das ist genau eins dieser Dinge, die ihnen aufgefallen wären, wenn es so wäre. Und wenn nicht das, dann wäre es irgendetwas anderes gewesen. Jedenfalls, sie wären verdammt enttäuscht gewesen, so viel steht fest – mich mit nicht zugebundenen Schuhen und nicht zugeknöpftem Hemd und aufgeschlagenem Kopf zu sehen, und mit Maden, die überall herauspurzelten. Sie hätten es für schrecklich unschicklich gehalten, so aus dem Haus zu gehen. Falls es ihnen überhaupt aufgefallen wäre.

Die Straßen waren verlassen. Ich weiß nicht, wie viel Uhr es war, aber ich konnte mich nicht erinnern, sie je so leer gesehen zu haben. Zuerst dachte ich, dass vielleicht eine Ausgangssperre verhängt worden war, dass es wieder einmal zu Ausschreitungen gekommen sein musste, während ich k. o. war. Irgendwie kommt es doch immer irgendwo zu irgendwelchen Ausschreitungen, oder wir sind selbst beteiligt. Aber in dem Fall hätte es überall von Cops und der Armee und weiß Gott wem gewimmelt. Und jetzt kam es mir eher so vor, als hätte die ganze Stadt einfach beschlossen, über Nacht umzuziehen. Um irgendwo anders noch einmal neu anzufangen vielleicht. Irgendwo, wo es netter war. Um die Stadt den Ratten und den Verrückten und den großköpfigen Freaks zu überlassen. Oder vielleicht *fühlte* sie sich auch nur verlassen an. Vielleicht war sie nicht anders als am Tag davor und am Tag *davor*. Vielleicht hatte sich gar nichts verändert.

Ehrlich gesagt erinnerte sie mich an ein paar Gemälde, die ich irgendwann einmal im Met oder so gesehen hatte. Ich stehe total auf Kunst, auch wenn ich fast nie in Museen oder Galerien gehe. Der Hauptgrund, weshalb ich da nicht hingehe, ist, dass es mir irgendwie peinlich ist, mir Gemälde in der Öffentlichkeit anzusehen. Ich meine nicht, weil es kitschig ist oder so. Ganz im Gegenteil sogar. Wenn ich mir ein Gemälde ansehe, zumindest eines, das mir wirklich gut gefällt, dann komme ich mir so nackt vor, vor allem wenn ich wirklich total darauf stehe. Ich fühle mich bloßgestellt. Es ist so intim, dass es fast schon unanständig ist, vor allem in einem öffentlichen Raum. Wenn die Galerie leer ist, dann ist es nicht so schlimm, auch wenn man selbst dann nie wissen kann, wann vielleicht irgendjemand hereinkommt und einen überrascht. Ich schätze, es ist mir einfach ein bisschen unangenehm, mich so nackt zu fühlen, wenn fremde Leute dabei sind. Natürlich, meine Eltern sammeln sie quadratmeterweise. Kunst, meine ich. Aber sie bedeutet ihnen nichts. Sie benutzen sie wie Tapete. Ich glaube, ich habe bereits erwähnt, was für einen erbärmlichen Geschmack sie haben.

Er ist grottenschlecht. Ich glaube, ich würde es nicht aushalten, wenn sie sich je ein Gemälde von dem Typen kaufen sollten, an den ich denke, oder sonst irgendwem, der irgendwie gut ist. Es wäre einfach nicht richtig.

Die Gemälde von dem Typen, an den ich denke, haben natürlich ein paar ziemlich dramatische Züge, zum Beispiel weiße Handschuhe, die an Wände genagelt sind, und alte Statuen, die kitschige klassische Posen einnehmen und denen normalerweise ein Arm oder vielleicht der Kopf fehlt. Aber sie sind trotzdem wirklich sehr realistisch, wenn auch zugleich irgendwie seltsam und aufwühlend. Sieht man sie an, bekommt man, obwohl alles ganz flach und zweidimensional ist, wirklich das Gefühl, dass auf ihnen irgendetwas los ist, auch wenn es vermutlich unmöglich ist, je zu wissen, was genau. Wenn man nicht aufpasst, bekommt man das Gefühl, als könnte man in ihnen verschwinden und nie wieder herausfinden. Jedenfalls, die Straße war so still und seltsam und sogar unheilverkündend, dass sie mich an genau das erinnerte, falls Sie je irgendwelche dieser Bilder gesehen haben, von denen ich rede.

Aber wie ich schon sagte, ich dachte nicht sehr klar. Ehrlich gesagt weiß ich nicht, was zum Teufel ich dachte. Meine Erinnerung an genaue Ereignisse ist ziemlich verschwommen, aber ich weiß mit Sicherheit, dass ich letztendlich irgendwie wieder an diesem Strand landete. So viel weiß ich. Ich weiß nicht, warum ich dorthin zurückgegangen bin, aber ich habe es getan. Vielleicht hatte ich es die ganze Zeit im Hinterkopf gehabt. Was dort passiert war. Ich kann mich auch nicht erinnern, wie ich dorthin gekommen bin, aber ich schätze, ich habe es getan. Die Stadt war wie ein Traum. Vielleicht bin ich durch sie geschlafwandelt. Aber an eine Sache auf meinem Weg dorthin kann ich mich doch erinnern. Ich kann mich erinnern, dass ich von einem Hund gejagt wurde, oder vielleicht sogar von einem ganzen Rudel Hunde.

Normalerweise stehe ich total auf Hunde. Ich hatte selbst nie einen oder so, aber ich stehe trotzdem total auf sie. Im Allgemeinen sind sie mir weitaus lieber als Menschen. Ehrlich gesagt kann ich Leute nicht verstehen, denen sie *nicht* lieber sind als Menschen. Ich meine, was könnte einem denn nicht lieber sein? Natürlich, manche Leute beklagen sich immer darüber, wie schlecht sie riechen, was schon witzig ist, wenn man sich je so gegen halb sechs Uhr abends in einer überfüllten U-Bahn aufgehalten hat. Dasselbe gilt fürs Beißen. Ehrlich gesagt ist das Einzige, worauf ich *nicht* so besonders stehe, die Tatsache, dass sie so auf uns stehen. Das ist doch irgendwie unlogisch, wenn man sich überlegt, wie schlecht wir sie die meiste Zeit behandeln. Aber aus meiner Sicht ist das ihr einziger Schwachpunkt. Sie können wirklich schlechte Menschenkenner sein.

Aber die Sache ist die, obwohl ich total auf Hunde stehe, stand ich auf diesen einen Hund – oder dieses ganze Rudel Hunde – nicht so besonders, aus naheliegenden Gründen. Ich war zu beschäftigt damit, die Beine in die Hand zu nehmen. Ich weiß nicht, wie weit oder wie lange sie mich gejagt haben, aber als ich schließlich den Strand erreichte und auf dem Sand zusammenbrach, hatte ich es geschafft, sie abzuhängen. Oder vielleicht hatten sie auch einfach aufgegeben. Wie auch immer, ich war auf jeden Fall erleichtert, dass ich nicht in Stücke gerissen worden war, denn damit hatte ich jeden Augenblick gerechnet, so viel weiß ich noch. Und dann, nachdem ich sie abgehängt hatte – oder nachdem sie aufgegeben hatten –, lag ich einfach nur da, auf dem Rücken im Sand, zwischen dem ganzen Gerümpel und Schrott und den stinkenden Abfallhaufen, und starrte zu dem großen alten Himmel hoch, während ich versuchte, etwas zu schlucken, das sich wie feste Luftklumpen anfühlte.

Nach einer Weile, als die Klumpen nicht mehr ganz so groß waren und ich sie ohne allzu große Mühe schlucken konnte, setzte ich mich auf und sah mich um. Bis dahin hätte ich kaum sagen können, wo ich überhaupt war. Ich hätte überall sein können. Aber es war derselbe alte Strand, dasselbe alte glitschige, glänzende Meer. Wenn man es so ansah, hätte es sogar derselbe Tag sein können. Dann war ich mir einen Augenblick lang nicht ganz sicher, ob es das nicht wirklich war. Manchmal lässt sich das ziemlich schwer sagen. Nur dass ich neben mir so eine Louie-Louie-förmige Leere spürte. Da war ein Loch, wo er nicht war. Es war, als sei ich ein Teil eines fast vollständigen Puzzles, bei dem nur noch das Louie-Louie-förmige Teil fehlte. Dann begann ich, mir die Welt, und alles in ihr, ebenfalls als ein großes Puzzle vorzustellen, wo alles und jeder ein einzelnes Puzzleteil ist. Aber natürlich konnte es nie irgendeinen verdammten Sinn ergeben, denn zum einen war man selbst nur ein weiteres Teil, und zum anderen war es doch so: In dem Augenblick, in dem man glaubte, vielleicht das Gesamtbild sehen zu können, selbst wenn man nur ein winziger, unbedeutender Teil davon *war*, begriff man, dass es kein Gesamtbild *gab*. Es existierte nicht. Es gab nur Millionen und Abermillionen winziger, unbedeutender Teile der Puzzles anderer Leute. Und dann, da mein Kopf allmählich leise zu brummen begann, starrte ich eine Weile nur auf diese glitschige, glänzende Suppe, die gegen die Küste klatsch-klatsch-klatschte, als würde sie versuchen, sie langsam abzuknabbern, Körnchen für Körnchen, und versuchte, nicht an das zu denken, was unter meinem T-Shirt los war.

Glauben Sie mir, so etwas lässt sich nicht so leicht ignorieren. Je mehr ich versuchte, nicht daran zu denken, desto weniger konnte ich an irgendetwas anderes denken. Egal was. Und ich versuchte es wirklich. Ich zermarterte mir das Gehirn, zuerst ruhig, methodisch sogar, suchte nach irgendetwas, egal was, an das ich mich klammern könnte, irgendetwas, das hängen bleiben würde, aber nichts wollte hängen bleiben. Nichts wollte haften. Diese Tatsache allein war alles, was da war. Sie war schier und formlos und glatt und füllte meinen ganzen Kopf aus. Es war kein Platz mehr für irgendetwas anderes. Und je länger ich mir das Gehirn zermarterte, desto panischer wurde ich, bis ich schließlich, aus purer Verzweiflung, um mich davon abzulenken, noch länger darüber nachzudenken, anfing, ohne es wirklich zu wollen, an diese verrückte alte Dame mit ihrem Kinderwagen voller verrückter, augenloser Puppen zu denken, die nie kommen sah, was zum Teufel es war, das sie nie kommen sah, und was es war, das zu sagen sie im Begriff gewesen war.

Aus irgendeinem Grund ging mir das inzwischen wirklich höllisch auf den Geist.

Natürlich hatte ich mir schon gedacht, dass ich es nie wirklich erfahren würde, und ich verrate Ihnen kein großes Geheimnis, wenn ich Ihnen sage, dass ich recht hatte. Ich würde es nie erfahren, aber das ist eben der Lauf der Dinge, nehme ich an. Was immer sie uns, Louie Louie und mir, zu sagen im Begriff gewesen war, wir würden einfach ohne das klarkommen müssen. Ich schätze, es kommt so ungefähr an jedem Tag der Woche vor, dass Leute bestimmte Dinge nicht zu sagen bekommen und genauso viele Leute nicht zu hören bekommen, was diese Leute nicht zu sagen bekommen. Und vielleicht ändert es ja auch sowieso nichts.

Aber andererseits konnte ich nicht umhin zu denken, dass es vielleicht doch etwas ändert.

Vielleicht war das, was diese alte Dame zu sagen hatte, so wichtig, dass irgendjemand oder irgendetwas *irgend*wo so entschlossen war, sie davon abzuhalten, es zu sagen, dass er dieses stinkende Meeresungeheuer schuf, nur damit es sich in genau diesem Augenblick aus der Brühe genau auf sie stürzte. Vielleicht war das, was sie zu sagen hatte, der Schlüssel zu irgendetwas, das besser verschlossen blieb. Besser ungesagt blieb. Bis ich natürlich mit meinen Gedanken so weit war, begriff ich, dass ich mich noch verrückter anhörte als der alte Crazy Cazayly, der so verrückt war, dass er schließlich logisch zu reden begann und weggesperrt wurde, ruck, zuck, bevor, was immer er zu sagen hatte, Zeit hatte, sich zu verbreiten. Aber wenigstens hatte es mich von dem abgelenkt, was unter meinem T-Shirt los war, und von der formlosen Tatsache davon, die noch immer irgendwo in meinem Kopf lauerte und nur darauf wartete, sich wieder anzuschleichen.

Und dann, nachdem ich begriffen hatte, dass ich mich genauso verrückt anhörte wie der alte Crazy Cazayly, ich weiß auch nicht, warum, aber dann fing ich an, über dieses eine Mal nachzudenken, als ich noch ein Kind war und auf diesen Nagel trat, der aus einem alten Holzbrett ragte. Ich hatte keine Schuhe an, und ich kann mich erinnern, dass ich die Spitze des Nagels sehen konnte, da, wo er oben durch meinen Fuß gedrungen war, und dass ich mich wunderte, dass da überhaupt etwas durchkommen konnte, einfach so. Ich kann mich erinnern, dass ich mich darüber mordsmäßig wunderte. Ich schätze, mir war vorher gar nicht klar gewesen, wie weich ich war. Aber die Sache ist die, wir sind es. Weich, meine ich. Wir alle. Dass wir nicht jeden Tag zu Brei zerquetscht werden, ist ein Wunder.

Und das war ungefähr der Augenblick, als ich sie bemerkte. Eine kleine Figur in der Ferne, die genau am Rand der Landspitze stand, die am Ende des Strandes hervorragte.

Ich war natürlich zu weit weg. Eigentlich hätte ich gar nicht sehen können, wer es war, auf diese Entfernung, aber irgendwie konnte ich es doch. Es war, als hätte ich auf einmal Teleskopaugen oder so oder vielleicht eine bis dahin unbekannte Zoomfunktion. Auf einmal war ich eine Kamera.

Natürlich war sie es.

Sunday Daffodil, meine ich.

Ich schätze, ich hätte mich ganz schön wundern sollen, sie dort so zu sehen, aber das tat ich nicht. Ich wunderte mich kein bisschen. Aber es war auch nicht so, dass ich sie oder sonst irgendetwas erwartet hatte. Es war weder das eine noch das andere. Es war gar nichts. Ich schätze, sie war einfach ein weiteres Teil des Puzzles. Ein weiteres winziges, unbedeutendes Puzzleteil, das vielleicht für nichts und niemand außer für mich viel änderte. Sie passte, das will ich damit sagen. Dort oben auf der Klippe war ein Platz für sie, und sie passte genau hinein. Hübsch ordentlich. Und nichts anderes hätte dort hineingepasst, nehme ich an. Das Bild fügte sich allmählich zusammen, aber es würde trotzdem niemals ein Bild *von* irgendetwas sein. Damals kapierte ich natürlich noch nichts von alledem. Es gab nichts *zu* verstehen.

Ich saß einfach da und sah ihr zu, wie sie dort stand, mit meinen Teleskopaugen und allem. Sie taumelte genau am Rand und starrte zum Himmel, während die Klippenwand vor ihren Füßen herunterhing. Sie war nur etwa fünf Zentimeter vom Rand entfernt. Bis dahin hatte ich eigentlich noch gar nicht darüber nachgedacht, aber sie sah so gebannt zum Himmel, meine ich, der so hart und hell und zerbrechlich schien wie Glas und ebenso sehr in Gefahr zu zerspringen, dass ich ebenfalls hochsah.

Er war eindeutig wunderschön.

Ich schätze, es war so ungefähr der schönste Himmel, den ich je gesehen hatte. Was komischerweise auch genau Sundays Gedanke war, als sie einen Schritt nach vorn machte und über den Rand trat.

42

Sie machte kein Geräusch. Zumindest nicht, bevor sie auf den Boden aufschlug. Ein weicher Körper, der gegen Felsen knallte. Natürlich hatte ich meinen eigenen Körper schon gegen Metall knallen hören oder vielmehr Metall gegen ihn knallen hören. Aber das hier war etwas anderes. Die Schwerkraft kann etwas Hässliches, Ekelerregendes sein. Ihr Körper machte ein hässliches, ekelerregendes Geräusch, als er unten gegen die Felsen knallte. Aber noch bevor sie landete, war ich schon aufgesprungen und rannte auf sie zu. Ich dachte, ich könnte sie auffangen, und ich breitete deswegen die Arme weit aus, unglaublich weit. Natürlich hätte ich eigentlich niemals hören können, wie sie auf die Felsen aufschlug, auf diese Entfernung, aber irgendwie konnte ich es doch.

PLATSCH!

Meine Ohren waren, genau wie meine Augen, auf einmal irgendwie größer geworden, unglaublich aufmerksam. Obwohl sie in Wirklichkeit natürlich gar kein platschendes Geräusch machte. Ich kann das Geräusch nicht beschreiben, das sie in Wirklichkeit machte, und selbst wenn ich es könnte, würde ich es nicht tun.

Sie bewegte sich nicht. Das war nicht besonders erstaunlich, ich weiß, aber in anderer Hinsicht war es das doch. In anderer Hinsicht war es die erstaunlichste Sache der Welt. In einem Augenblick stand sie noch am Rand der Klippe und sah zum Himmel hoch, und im nächsten lag sie einfach in einem zerknautschten, formlosen Haufen da. Sie hatte innerhalb einer Sekunde ihre Form verändert, hatte ihre alte abgeschüttelt, war formlos geworden. Der Boden hatte weggenommen, was sie gewesen war, und nichts an seiner Stelle hinterlassen.

Ich rannte auf sie zu. Ich rannte noch immer, als auf einmal ein riesiger schwarzer Vogel vom Himmel herabstürzte und neben ihrem zerknautschten, formlosen Körper landete. Es war der größte, hässlichste Vogel, den ich je im Leben gesehen hatte. Er war riesig, fast prähistorisch.

Ich hob einen Stein auf, während ich rannte, und schleuderte ihn nach dem gottverdammten Monster, das gluckste und krächzte, als sei sein Kropf voller Schlamm. Dann flatterte es mit seinen riesigen stinkenden Flügeln und erhob sich ein paar Meter über die Felsen, bevor es wieder herabstürzte und seine Klauen in sie schlug. Mit einem weiteren Flügelschlag erhob es sich in die Lüfte, Sunday unter sich in seinen Klauen, und ich hob noch einen gottverdammten Stein auf und schleuderte ihn, so fest ich konnte, und dabei schrie ich wie ein gottverdammter, wahnsinniger Scheißkerl.

43

Das Monster ließ sie genau über mir fallen, aus etwa sieben Metern Höhe, und ich hörte mein Bein knacken, als ich sie in meinen Armen auffing. O Mann, das war das Letzte, was ich jetzt noch brauchte. Ein gebrochenes Bein brauchte ich ungefähr so dringend wie der alte Sandmann noch ein weiteres Loch im Kopf. Aber das Entscheidende war, ich hatte sie aufgefangen. Ich hatte sie. Sie war in Zeitlupe durch die Luft gefallen. Ich schätze, nur so hatte ich es überhaupt geschafft, sie aufzufangen. »Ich hab dich, ich hab dich«, sagte ich immer wieder, ohne den Blick von ihr abzuwenden, während sie durch die Luft auf mich zutaumelte. Es war komisch, aber auf einmal hatte ich alle Zeit der Welt. Ich hätte auf einen Bus warten können oder so. Dann knackte auch mein Bein in Zeitlupe. Ich spürte, wie es einknickte und knackte und der Knochen sich einfach durch meine Haut bohrte. Aber ich spürte keinen Schmerz. Ich spürte gar nichts. Ich meine, ich spürte ihn, aber ich spürte ihn auch nicht. Dann beschleunigte sich auf einmal alles wieder, und wir brachen in einem neuen formlosen, zerknautschten Haufen zusammen. Einfach so. Ich schätze, die Schwerkraft hatte uns wieder eingeholt, aber ich hatte Sunday. Das war das Entscheidende.

Ich hielt sie fest und wiegte ihren gebrochenen Körper in meinen Armen, während der große schwarze Monstervogel über uns schwebte und auf einmal die Sonne verdeckte. Dann sah ich hinunter in ihr Gesicht, und auf einmal schlug sie die Augen auf.

WUMM!

»Hi«, sagte sie und lächelte zu mir hoch.

O Mann, mir gefiel dieses Lächeln. Im Ernst. Ich kann gar nicht erklären, wie *sehr* es mir gefiel. Ich *würde* ja gern, aber ich kann es einfach nicht. Es ist unmöglich. Dann, nachdem sie »Hi« gesagt hatte, versuchte sie, sich in meinen Armen aufzusetzen, aber das konnte sie nicht. Ihr Kopf hing einfach schlaff von ihrem gebrochenen Hals, wie bei einer verrückten Stoffpuppe, und als ich nach unten blickte, konnte ich den Knochen sehen, der aus meinem eigenen Bein ragte. Ich schätze, ich hätte in Ohnmacht fallen sollen oder so, als ich das sah, aber das tat ich nicht, noch nicht. Zuerst wusste ich kaum, was ich sagen sollte, aber dann tat ich es doch.

»Ich nehme an, du musst Sunday Daffodil sein«, sagte ich ganz weltmännisch, schätze ich, auch wenn ich so etwas nicht unbedingt gut beurteilen kann. Außerdem wurde mir allmählich ganz schön schwindelig. »Na ja, hi. Ich bin Fielding Montanna.«

Vermutlich war es in Wirklichkeit alles andere als weltmännisch, aber ich stelle mir gern vor, dass es das war, selbst wenn es das nicht war. Es kann manchmal extrem schwer sein, weltmännisches Auftreten erfolgreich durchzuziehen. Im Ernst.

Sie lächelte wieder, und mir fiel auf, dass sie blasse Narben an den Handgelenken hatte, die schlaff an ihren Seiten hingen.

»Freut mich sehr, endlich deine Bekanntschaft zu machen, Fielding Montanna«, sagte sie.

Aber dann, vielleicht weil ich so glücklich war, fiel mir etwas ein, das mich auf einmal ganz nervös machte, und ich musste diese Frage stellen, selbst wenn sie mich für verrückt halten sollte.

»Bist du echt?«

Sie lachte nicht, sah mich nicht einmal seltsam an, als würde sie mich *wirklich* für verrückt halten, wie ich erwartet hatte. Stattdessen sagte sie: »Und du?«

»Ich weiß nicht.« Ich wusste es tatsächlich selbst kaum.

»Weißt du was«, sagte sie. »Wenn du an mich glaubst, dann glaube ich auch an dich.«

Und dann stürzte der große schwarze Vogel vom Himmel herunter, und wir verschwanden unter seinen ausgebreiteten Flügeln.

44

Nachdem dieser große schwarze Vogel vom Himmel herabgestürzt war, konnte ich mich an nichts mehr erinnern, bis ich irgendwann die Augen aufschlug und feststellte, dass ich aus einem unvertrauten Bett an eine unvertraute Zimmerdecke starrte, eingewickelt wie ein kleines Kind. Es war eine hohe Decke, aber obwohl sie so hoch war, konnte ich trotzdem sehen, dass sie ganz fleckig und an manchen Stellen blasig war. Sie war in einem wirklich grauenhaften Zustand. Ich weiß nicht, was genau ich meine, aber sie sah irgendwie krebsartig aus. Sie sah regelrecht krank aus, gelb und fleckig und an manchen Stellen eben blasig und krebsartig und einfach verdammt widerlich. Es war die Art Decke, bei der es einem absolut nicht guttun würde, wenn man sie allzu lange anstarren müsste. Aber der Raum selbst, auch wenn er nicht unbedingt einladend wirkte, war mir seltsam vertraut. Ich war mir sicher, ihn schon einmal irgendwo gesehen zu haben. Aber ich konnte nicht sagen, wo.

Zuerst war ich so fasziniert von dieser unglaublich widerlichen Decke, und dann von dem Raum selbst und der Frage, wo ich ihn schon einmal gesehen haben könnte, dass ich gar nicht bemerkte, dass ich Gesellschaft hatte.

Aber als ich es schließlich doch bemerkte, war ich gar nicht so verblüfft zu sehen, wer es war, außer vielleicht davon, dass es zwei waren.

Großköpfige Freaks, meine ich.

Sie waren genau gleich angezogen, in zerschlissenen Smokings, genau wie der großköpfige Freak aus der Toilette im alten Moriarty's, und sie saßen zu beiden Seiten von mir und hielten beide identische Kästen in den Händen, mit lauter Knöpfen und Drähten, und verpassten sich fröhlich gegenseitig lautlose Elektroschocks. Diese Kästen waren, soweit ich erkennen konnte, dieselben wie der aus der Toilette im Moriarty's und der vom Strand, der im Sand vergraben gewesen war. Tatsächlich gab es nicht eine einzige Sache, durch die man einen großköpfigen Freak oder seinen verrückten Apparat von dem anderen unterscheiden konnte. Nach allem, was ich wusste, hätten sie Zwillinge sein können, oder sogar Drillinge, und selbst dann schoss mir der Gedanke durch den Kopf, wie viele von ihnen es vielleicht noch geben könnte.

Sie verpassten sich weiter diese richtig heftigen Elektroschocks, und dabei grinsten und schauderten und krümmten sie sich bei jedem Stromstoß, während sie mit ihren dicken Wurstfingern hektisch an den Kontrollhebeln herumhantierten. Man hätte gedacht, dass sie mit ihren dicken fetten Wurstfingern ungeschickt sein würden, aber das waren sie nicht. Sie waren sehr geschickt. Und sie hatten wirklich großen Spaß dabei, falls das das richtige Wort ist. Sie amüsierten sich so köstlich, dass sie gar nicht auf mich achteten. Ich hätte unsichtbar sein können oder so. Ich hätte gar nicht da sein können. Aber als sie mich irgendwann *doch* bemerkten, als sie vielleicht bemerkten, dass ich wach war, hielten sie mit dem inne, was sie taten, und saßen einfach nur da und sahen mich an. Sie sagten nichts, sie saßen nur da und zuckten und grinsten mich an, als wäre ich ein neugeborenes Baby oder so, oder ein Hund, der im Begriff ist, ein Kunststück vorzuführen.

Ich hörte ein leise summendes Geräusch, aber das könnte auch in meinem Kopf gewesen sein.

Ich versuchte zu sprechen und begriff, dass meine Lungen leer waren. Sie waren kollabiert.

»Ich kann nicht – *atmen*.«

Einer von ihnen beugte sich vor und tätschelte meinen Arm wie eine regelrechte Florence Nightingale. Auf einmal war er ganz besorgt. Es war fast rührend. Im Ernst.

»Entspann dich«, quiekste er mit einer heliumgefüllten Stimme. Er hatte die schrillste Stimme, die ich je gehört hatte. »Das musst du auch gar nicht.«

Dann lächelte er wie ein richtig mitfühlender Scheißkerl, was vielleicht beruhigender gewesen wäre, wenn sich sein Lächeln nicht in einem fort um sein großes, knollenartiges Mondgesicht gedreht hätte. Tatsächlich sah es aus, als hätten sich seine gesamten Gesichtszüge gelöst, verflüssigt, als hätten sie die Fähigkeit verloren, ein Gesicht zu formen.

Ich sah den anderen an. Sein Mund war ungefähr da, wo sein Ohr hätte sein sollen. »Du bist bereits tot«, sagte der Mund.

Das Summen war jetzt lauter, und ich versuchte, meinem Gehirn zu befehlen, es abzustellen.

»Fliegen«, sagte ich. »Das klingt nach gottverdammten Fliegen.«

Das Geräusch war jetzt fast ohrenbetäubend, eher ein Dröhnen als ein Summen, und diese widerliche, krebsartige Decke schien sich irgendwie zu bewegen. Auch ihre Farbe hatte sich verändert. Sie war nicht mehr gelb, sondern schwarz. Sie war schwarz und lebendig, und überall krabbelte es. Ich wandte den Blick ab und sah zum unteren Ende des Bettes.

O Mann.

Die Bettdecke bewegte sich ebenfalls.

Natürlich versuchte ich, nicht daran zu denken. Ich versuchte wie verrückt, nicht daran zu denken, was unter dieser Bettdecke los war, aber es nützte nichts. Wie ich schon sagte, so etwas lässt sich nicht so leicht ignorieren. Ich versuchte, an *irgend*etwas zu denken, nur um nicht *daran* zu denken, aber mein Kopf war bereits so voll davon, dass kein Platz mehr für irgendetwas anderes war. Er war bereits brechend voll von dem, was unter dieser gottverdammten lausigen Bettdecke los war, dass ich nichts dagegen machen konnte. Diese Tatsache war alles, was jetzt noch da war. Sonst nichts.

Dann beugte sich einer der großköpfigen Freaks vor, diesmal nicht Florence Nightingale, sondern der andere. Nicht um mir den Arm zu tätscheln oder beschwichtigende Worte zu flüstern, sondern um das obere Ende der Bettdecke mit seiner Mickey-Mouse-Faust zu umklammern. Mit einer Hand balancierte er seinen leise brummenden Apparat auf seinem Schoß, und mit der anderen umklammerte er das obere Ende der Bettdecke. Dann lächelte er mich irgendwo von der Mitte seiner Stirn aus an, und ich wusste einfach, was er gleich tun würde. In meinem ganzen Leben hatte ich mir noch nie so sehr gewünscht, dass jemand etwas nicht tat, wie ich es mir jetzt wünschte, aber ich wusste, dass er es trotzdem tun würde. Und er würde es auch noch genießen.

Ich schrie ihn an, es nicht zu tun, oder ich versuchte es zumindest, aber er schlug die Bettdecke trotzdem zurück, dieser großköpfige Scheißkerl, und als ich hinuntersah, sah ich zehntausend Fliegen an dem kleben, was einmal mein Körper gewesen war. Ich war in einem lebendigen, sich windenden, fressenden Anzug aus Fliegen gefangen. Ein Anzug aus Fliegen. Ein Fliegenanzug. Dann erhoben sie sich in die Luft wie eine Wolke, füllten das Zimmer aus, mit einem Geräusch wie zehntausend Nadeln in meinem Gehirn.

Und da saß sie am Fußende des Betts. Ihr Kopf hing noch immer schlaff in einem verrückten Winkel herunter. Ihr Mund war voller Fliegen.

Meine beiden Gefährten an meinem Bett fanden das, oder irgendetwas anderes, einfach zum Schreien und fingen an, hysterisch zu heulen. Vielleicht war es mein Gesichtsausdruck. Vielleicht war es Sundays Gesichtsausdruck. Ich schätze, es ist schon komisch, was einen Menschen alles zum Lachen bringen kann. Das kann so ziemlich alles sein. Und es ist auch ziemlich komisch, wie

Leute aussehen können, wenn sie richtig losprusten. Ich meine, wenn man nicht wüsste, was Lachen ist, und noch nie jemanden hätte lachen sehen, dann würde es einem vermutlich höllisch Angst machen, wenn man es zum ersten Mal sieht. Man würde vermutlich denken, der Typ hätte irgendeine Art Anfall oder so, oder er würde vielleicht gleich einen Bissen aus deinem Hals reißen. Vermutlich das Letzte, was man denken würde, wäre, dass er sich köstlich amüsierte.

Vielleicht hatte ich so für meine Mutter und meinen Vater an dem Tag im Krankenhaus ausgesehen, als der Arzt zu ihnen sagte, ich hätte noch mal großes Glück gehabt, und ich das so witzig fand, dass ich lauthals auflachte. Vielleicht hatte ich so ausgesehen, als hätte ich einen Anfall oder würde ihnen gleich den Hals aufreißen. Damals dachte ich, sie hätten den Witz nicht kapiert, aber vielleicht war da gar kein Witz zu kapieren gewesen.

Die beiden großköpfigen Freaks sahen noch immer aus, als hätten sie einen Anfall oder würden uns gleich die Hälse aufreißen. Sie heulten hysterisch, wie es Leute manchmal tun, wenn sie vergessen haben, weswegen sie eigentlich lachen. Aber trotzdem lachten sie nur vom Hals an aufwärts. Nur ihre verrückten, verworrenen Gesichtszüge schienen den Witz kapiert zu haben. Darunter schauderten und zuckten und verkrampften sich ihre Körper noch immer von den lautlosen Elektroschocks, die sie sich weiterhin verpassten. Sie hielten noch immer ihre widerlichen Apparate mit den ganzen Knöpfen und Drähten umklammert, während ihre dicken Wurstfinger wie wild an den Kontrollhebeln herumhantierten.

Sunday hatte sich noch immer nicht bewegt.

Ich rief sie beim Namen, oder ich versuchte es zumindest, über den Lärm des Heulens und der Fliegen hinweg, aber das Wort kam nur als ein groteskes, schwaches Krächzen. »*Sunday!*« Sie bewegte sich nicht, lag einfach ausgestreckt, wo sie war, am Fußende des Betts, ein verzerrter, träger Klumpen. Sie war ziemlich übel zugerichtet, aber trotzdem sah sie in diesem Zustand, ohne Witz, hinreißend aus. Sie hätten sie sehen sollen. Natürlich, Sie hätten das vermutlich nicht gedacht. Ihnen hätte sich vermutlich der Magen umgedreht. Aber sie war es trotzdem. Hinreißend, meine ich. Ich versuchte noch einmal, sie beim Namen zu rufen. »*Sunday!*«, krächzte ich. »Meine süße, schöne Blume mit dem gebrochenen Hals!« Ich sagte es wie eine Art kitschige Beschwörung oder so etwas, die darauf abzielt, die Toten zu Tränen zu rühren, um sie noch einmal zurückzuholen. Und ob Sie es glauben oder nicht, es klappte. Auf einmal blinzelte sie, verscheuchte die Fliegen, die an ihren ausdruckslosen, starren Augen geklebt hatten. Sie versuchte, den Kopf zu heben, aber das konnte sie nicht, lächelte und begann zu würgen, hustete schwarzes Blut und noch mehr Fliegen.

Die beiden großköpfigen Freaks fanden auch das einfach zum Schreien. Sie lachten sich natürlich sowieso schon einen Ast, aber ich glaube, das jetzt hatte sie vielleicht daran erinnert, was sie ursprünglich so witzig gefunden hatten und was sie jetzt, als sie sich daran erinnerten, beim zweiten Mal offenbar doppelt so witzig fanden. Die beiden hatten auf jeden Fall einen tollen Sinn für Humor, so viel steht fest. Sie hatten einen so tollen Humor, diese beiden, dass ich ihnen nur zu gern kostenlos den Hals gebrochen hätte.

Und dann, als wären die Fliegen und das Heulen und dieses Herumliegen dort, ohne auch nur Klartext reden zu können, nicht schon schlimm genug, tauchte hinter den Vorhängen, gottverdammt noch mal, auf einmal eine Hand auf, eine entsetzlich knorrige alte Hand. Ich wunderte mich nicht einmal zu sehen, dass sie zwei Daumen hatte. An dieser Stelle sollte ich vermutlich erwähnen, dass eine Wand fast vollständig mit einem sehr schweren Samtvorhang bedeckt war, der bis zum Boden reichte. Er war von einem tiefen Burgunderrot – ich schätze, so würde man es nennen –, und die Hand, oder vielmehr Klaue, sah schrecklich blass davor aus, als sie ihn am Rand umklammerte und begann, ihn an seiner Stange zurückzuziehen. Wer immer oder was immer da war, zog ihn ganz langsam zurück, während er es gleichzeitig schaffte, hinter dem Vorhang verborgen zu bleiben, und vermutlich mit ihm zurückschlurfte, sodass ich nie mehr von ihm zu sehen bekam als diese zweidaumige Klaue. Und als der Vorhang schließlich vollständig zurückgezogen war, gab er den Blick auf eine Verandatür frei, genau wie aus einer Salonkomödie. Der Art Salonkomödie, wo jemand den ganzen gottverdammten Tag mit einem lautstarken »Ist jemand für eine gottverdammte Partie Tennis zu haben?« durch diese Verandatür platzen würde.

Aber das tat natürlich niemand, und das würde auch in absehbarer Zeit niemand tun.

Von draußen klatschte eine schwarze, tintige Flut gegen die Scheibe.

45

Ungefähr in dem Augenblick bemerkte ich den Affen. Zuerst dachte ich, es sei ein kleines Mädchen mit Zöpfen, aber er trug nur eine billige Kleinmädchen-Plastikmaske. Sie könnte Judy Garland gewesen sein, oder vielleicht Shirley Temple, und war mit einem schmalen Gummiband befestigt. Ich konnte sehen, dass es nur eine Maske war, weil ich seine Affenaugen durch die Sehschlitze sehen konnte.

Er saß zusammengesackt in einer Ecke, als wäre er vielleicht tot. Allerdings konnte ich an seinen Augen, die ich durch die Sehschlitze erkennen konnte, sofort sehen, dass er nicht tot war. Sie beobachteten mich, ohne auch nur mit der Wimper zu zucken. Sobald ich festgestellt hatte, dass es ein Affe war, fragte ich mich, wie ich ihn je mit einem kleinen Mädchen hatte verwechseln können, selbst mit der Maske. Aber dann, je länger ich ihn dabei beobachtete, wie er mich beobachtete, desto weniger sicher war ich mir, dass es nicht *doch* ein kleines Mädchen war oder zumindest ein Affe mit einem Kleinmädchengesicht. Ein Affe mit einem Kleinmädchengesicht mit Affenaugen.

Ich weiß nicht, wie lange wir einander so beobachteten, aber wie lange es auch war, es kam mir noch länger vor. Ich weiß nicht, ob Sie je versucht haben, jemanden zu beobachten, der Sie beobachtet, ohne denjenigen wissen zu lassen, dass Sie ihn beobachten, und so zu tun, als wüssten Sie gar nicht, dass Sie beobachtet werden – aber es ist ungefähr so schwer, wie es sich anhört. Aber aus irgendeinem Grund wollte ich den Blick jetzt, wo ich ihn gesehen hatte, auf gar keinen Fall von ihm abwenden. Ich vertraute ihm nicht ein gottverdammtes bisschen. Um genau zu sein, vertraute ich ihm ungefähr halb so sehr, wie ich ihn gern getreten hätte, obwohl ich grundsätzlich nie ein Tier treten würde. Aber ich schätze mal, großköpfige Freaks und Affen mit Kleinmädchenmasken hatten einfach irgendetwas an sich, das meine gewalttätige Seite zum Vorschein brachte. Und der Affe hatte ja auch gar nichts getan, außer dort zu sitzen, als wäre er tot. Er hatte keinen Mucks gemacht. Aber ich vertraute ihm trotzdem nicht genug, um den Blick von ihm abzuwenden, und ich tat es erst und ohne es überhaupt zu wollen, als Sunday am Fußende des Betts auf einmal wieder zu würgen begann. Im nächsten Augenblick war der Affe aufgesprungen, wie von einem stillen, vorher vereinbarten Signal aktiviert. Vielleicht hatte er die ganze Zeit nur darauf gewartet, dass ich irgendwann wegsah. Jedenfalls war er im nächsten Augenblick nicht nur aufgesprungen, sondern bereits eifrig damit beschäftigt, an einem uralten Grammophon zu kurbeln, das ich, genau wie ihn, bis dahin noch gar nicht bemerkt hatte. Es war seltsam, dass ich es nicht bemerkt hatte, denn es war genau so eines wie das, auf dem ich früher immer meine alten Platten abgespielt hatte, bevor meine Eltern sie alle in den Müll warfen. Es hatte einen riesigen alten, eleganten Trichter, groß genug, dass ein menschlicher Kopf hineinpasste, und war ein wirklich wunderschöner Apparat. Ich fragte mich, ob der Affe vielleicht ein bisschen Jazz spielen würde. Irgendetwas verdammt Elegantes, passend zur Stimmung. Aber dann griff die Nadel tief in eine Platte, und eine knisternde »Blaue Donau«, dieser wunderschöne, kitschige, verrückte alte Walzer, mischte sich unter die heulende, summende Kakofonie.

Die beiden großköpfigen Freaks sprangen augenblicklich von ihren Plätzen auf, beinahe so, als seien sie herausgeschleudert worden, und zerrten uns, Sunday und mich, ohne auch nur ein »Darf ich bitten?« oder ein »Schenken Sie mir diesen Tanz?« aus dem Bett und auf den Boden. Ehrlich gesagt war ich ziemlich verblüfft, dass sie sich von ihren Apparaten loseisen konnten, die sie leise summend auf dem Bett liegen ließen. Auf einmal waren sie wie zwei Matrosen auf Landurlaub. Nur dass ich noch nie von zwei Matrosen auf Landurlaub gehört hatte, die zu diesem irrsinnigen alten Walzer tanzten. Und sie waren ziemlich gute Tänzer, wie zwei albtraumhafte, großköpfige Fred Astaires. Aber dadurch wurden wir nicht unbedingt zu Ginger Rogers, auch wenn wir alles, was sie taten, auch taten, nur rückwärts. Wir waren eher wie zwei kaputte Stoffpuppen. Aber sie tanzten trotzdem in einem fort mit uns, verdammt elegant und noch immer heulend wie zwei Irre, während der Affe kreischte und schrie und auf dem Bett Purzelbäume schlug.

Und auf einmal konnte ich, vor meinem geistigen Auge und landauf, landab, Leute auf den Straßen tanzen sehen. Zu Hunderten und Tausenden. Millionen sogar. Alte Leute und junge Leute und mittelalte Leute und kleine Kinder. Geschäftsleute und Ladeninhaber und Arbeiter und Hausfrauen. Verrückte Leute und geistig gesunde Leute und Leute, die entweder verrückt oder auch geistig gesund gewesen sein könnten. Ganze Wohnblocks und kleine und große Städte. Sie tanzten alle zu demselben knisternden Walzer, derselben wunderschönen, kitschigen, verrückten »Blauen Donau«. Und alle waren genauso verdammt elegant. Und vielleicht tanzten sie sogar auf der ganzen Welt dazu, sprangen aus Betten und Badewannen und hinter Schreibtischen und Tresen hervor, aber so weit konnte ich nicht sehen. Aber vermutlich taten sie es. Warum auch nicht? Und die Musik sprudelte von den Straßenbildschirmen an jeder Ecke, aus jedem Fernseher und Radio, und wurde immer lauter, bis die Leute ein Tröpfeln an ihren Ohren spürten und mit der Hand danach tasteten und feststellten, dass es nass war. Und dann starrten sie auf ihre Fingerspitzen und lachten. »Blut!«, riefen sie dann gottverdammt entzückt. »Echtes Blut!« Und dann tanzten sie trotzdem weiter, bewegten sich immer weiter vor an den Rand, den Rand von Gebäuden, den Rand von Klippen.

O Mann, im ganzen Land tanzten die Leute fröhlich Walzer, tanzten von Gebäuden und Klippen herunter. Die Körper stapelten sich übereinander wie zerbrochene Zahnstocher.

Und dann begann der Bücherschrank, der gegenüber dem Bett stand, zu ächzen und zu beben, bevor er sich von der Wand wegzuschwenken begann, langsam, schmerzhaft, wie Fleisch, das von einem Knochen gelöst wird, immer nur zwei Zentimeter auf einmal. Dahinter, ein paar ausgetretene Stufen hoch, war ein harter, steinerner Korridor. Er war mit einem weichen, pulsierenden, orangefarbenen Schimmer überzogen.

Und wir tanzten einfach weiter im Kreis.

46

Es war eine tolle Party, so viel steht fest. Eine tolle Party in der Hölle oder so ähnlich. Das heißt bis zu dem Augenblick, als Louie Louie – der gute alte Louie Louie! – sie gottverdammt noch mal stürmte. O Mann, setzte der sich in Szene. Er platzte mit einer Uzi und einem lauten »*Sterbt*, ihr verrückten Dreckskerle, *sterbt*!« zur Tür herein und hat es allen so richtig gegeben. O Mann, Sie hätten sehen sollen, wie er diesen Raum zuballerte. Das war eine ganz neue Seite von ihm, die ich noch nie zuvor gesehen hatte. Ich hatte ihn natürlich auch vorher noch nie mit einer Automatikwaffe gesehen. Automatikwaffen können bei so ziemlich jedem eine ganz neue Seite zum Vorschein bringen, nehme ich an. Jedenfalls, die beiden großköpfigen Freaks waren mordsmäßig verblüfft. Ich schätze, sie hatten nicht damit gerechnet, Gesellschaft zu bekommen. In einem Augenblick wirbelten sie uns noch im Kreis über den Boden und hatten ihren gottverdammten Spaß, und im nächsten vollführten beide einen kurzen zuckenden Tanz, bevor ihre von Kugeln durchsiebten Körper gegen die hintere Wand geklatscht wurden und in zwei Haufen zusammensackten. Der Affe hatte aufgehört zu kreischen und Purzelbäume zu schlagen und lag wimmernd auf dem Bett.

Und dann strömte die tintige schwarze Flut herein.

47

Natürlich entgingen Sunday und ich diesem wilden Kugelhagel nicht ganz, aber inzwischen bekamen wir ohnehin kaum noch etwas mit. Wir waren sowieso schon zwei Wracks. Sie hätten uns sehen sollen. Sunday lag dort, wo sie hingefallen war, halb gegen das Fußende des Betts gestützt, während sich ihr Kopf auf ihrem gebrochenen Hals im Kreis drehte. Sie spie Fliegen, und überall quoll Blut aus ihr heraus. Sie hatte ein paar Dutzend Treffer abbekommen, genau wie ich, aber wir beide sahen uns nur an und lachten schallend los. Wir lachten uns einen Ast. Der Raum war überschwemmt von stinkender schwarzer Brühe, die noch immer durch die zertrümmerte Verandatür hereinströmte, und voller Fliegen und Leichen, und wir lachten so heftig, dass wir uns fast in die Hosen machten.

»Was ist denn so gottverdammt witzig?«, fragte Louie Louie, während er vor lauter Stolz über seine ganzen Heldentaten quer über sein dickes fettes Gesicht grinste. »Hey, was ist denn so witzig?«

Zuerst lachten wir noch immer so heftig, dass wir gar nichts antworten konnten. Und jedes Mal, wenn wir uns ansahen, lachten wir noch heftiger. Aber ich schätze mal, man hätte dabei sein müssen, um es wirklich zu verstehen. Zum Beispiel hatte Sunday ein Kugelloch genau zwischen den Augen, was ich aus irgendeinem Grund wirklich zum Schreien fand. Normalerweise würde ich ein Kugelloch in irgendjemands Stirn nicht besonders amüsant finden, denke ich, aber damals tat ich es. Ich glaube, es war so witzig, weil es so genau in der Mitte war. Es war ein ziemlich gelungener Schuss, auch wenn es vermutlich ein reiner Zufallstreffer war. Außerdem war mir seitlich ein Stück meines Schädels glatt weggeschossen worden. Ich konnte bereits spüren, wie die Fliegen über die weiche, triefende Wunde schwärmten und sie versiegelten.

»Louie Louie«, sagte ich zu ihm, »du bist ein echt irrer Schütze.«

Das war er wirklich. Er hatte es geschafft, so ziemlich jeden Scheiß im Raum zu treffen bis auf sich selbst. Vermutlich hatte er Glück gehabt, dass da nichts war, wovon ein Querschläger hätte abprallen können, sonst hätte er vielleicht auch aus sich selbst Kleinholz gemacht – bei den ganzen Ladungen, die er abfeuerte. Selbst die verrückten Kästen der großköpfigen Freaks waren kurz und klein geschossen worden. Sie lagen noch immer auf dem Bett und zischelten und knisterten, und klebriger Eiter quoll aus ihnen heraus.

Jetzt grinste er einfach noch ein bisschen mehr und ließ die Uzi um die Spitze seines Abzugsfingers kreiseln wie ein echter Hollywood-Cowboy. Wie Roy Rogers oder so. Oder Shane. Ich wartete nur darauf, dass er sich als Nächstes seinen eigenen gottverdammten Fuß wegpusten würde.

»Scheiß Ballerei!«, sagte er schließlich, bevor er die Uzi mit einer besonders geschickten Bewegung seines Handgelenks in einem speziellen Halfter verschwinden ließ, das er tiefsitzend um die Hüfte geschlungen trug wie ein Revolverheld. Es stand ihm gut. Er sah gut aus. Sehr wildwestmäßig. »Na, wie ich sehe, habt ihr zwei verrückten Kinder endlich zusammengefunden. Was ist passiert, Montanna? Hattest du die Schnauze voll davon, dich mit einer Dosis Durchfall auf Toiletten zu verkriechen?«

Er zwinkerte Sunday ganz vertraulich zu, und nach der Art, wie sie sich ein Lächeln halb verbiss, hatte ich den starken Verdacht, dass er ihr genau das vermutlich *doch* erzählt hatte, an jenem Tag im Moriarty's, als ich mich *tatsächlich* auf der Toilette verkrochen hatte, wenn auch *nicht* mit Durchfall. Ich sah ihn warnend an, oder genauer gesagt, ich funkelte ihn warnend an und knurrte fast unhörbar: »Louie Louie, ich schwöre, diesmal wird dir nicht einmal Miss Cuthbert deinen hässlichen Hals retten können.«

Miss Cuthbert war, wie Sie sich vielleicht erinnern, die Lehrerin, die uns zwei Streithähne trennte, als wir fünf Jahre alt waren. *»Was?«*, protestierte er, die Augen unschuldig aufgerissen. »Was habe ich denn jetzt schon wieder verbrochen?« Er hätte Schauspieler werden sollen. Im Ernst. Er hätte diese ganzen Typen wunderbar gespielt, die auf einmal irgendeines Verbrechens beschuldigt vor Gericht landen und die, selbst wenn es Berge belastender Beweise gegen sie gibt und dazu vielleicht sogar noch ein, zwei Augenzeugen, derart überzeugend total unschuldig tun, dass die Geschworenen oder wer auch immer trotzdem glauben, dass sie es nicht getan haben (was immer es war) und sie freisprechen. »Und was soll'n das überhaupt heißen – mir *meinen* hässlichen Hals retten?« Wir mussten dieses Gespräch schon eine Million Mal geführt haben. Ohne Witz. »Wenn diese alte Miss Cuthbert nicht dazwischengegangen wäre, als sie es getan hat, Montanna, dann hätte ich dich umgebracht! Das haben alle gesagt.«

»Du halluzinierst wohl«, sagte ich zu ihm. »Du hingst doch nur noch in den gottverdammten Seilen. Du wurdest ausgezählt. Wenn Miss Cuthbert mich nicht abgehalten hätte, hätte ich Kleinholz aus dir gemacht. Du wärst bis an dein Lebensende entstellt gewesen – bis an dein Lebensende *noch* entstellter! Sie hätten dich in einer Lunchbox nach Hause schicken müssen.« Sie hätten uns hören sollen. Wir waren fünf Jahre alt, Herrgott noch mal. Man hätte glauben können, es sei erst vor zwei Tagen oder so passiert.

Sunday hüstelte ein bisschen, hustete diesmal keine Fliegen oder Blut, sondern nur, um unsere Aufmerksamkeit auf sich zu ziehen. Wir hatten sie beide halb vergessen. Sie saß noch immer zusammengesackt am Fußende des Betts, da, wo sie hingefallen war, und sie war schon gefährlich tief in die Brühe abgerutscht, die inzwischen über dreißig Zentimeter tief sein musste und noch immer hereinströmte.

»Entschuldigt, dass ich euch unterbreche«, sagte sie. »Aber könnte vielleicht jemand meinen Kopf ungefähr fünf Zentimeter nach links drehen? Ich würde wirklich nur sehr ungern ertrinken, bevor ich ganz sicher weiß, wer aus wem Kleinholz gemacht hätte.« Obwohl sie es auf eine sehr sarkastische Art sagte, sagte sie es zugleich sehr süß und amüsant. Mir gefiel wirklich die Art, wie sie etwas sagte. Bis dahin war mir gar nicht klar gewesen, dass Mädchen so sarkastisch und süß zugleich sein konnten. Und witzig. Sie war das sarkastischste, süßeste, witzigste Mädchen, dem ich je begegnet war. Im Ernst. O Mann, ich stand total auf sie.

Aber sie hatte recht. So wie diese verdammte alte Brühe zur Verandatür hereinströmte, hätte sie mit Sicherheit bald Blasen geworfen. Die Brühe leckte bereits am Rand des Korridors hinter dem Bücherschrank, wo das orangefarbene Schimmern noch immer pulsierte, stärker und heller als je zuvor. Oder vielleicht auch näher. Außerdem hatten sich die Fliegen zu zehnt übereinander an der Zimmerdecke neu gruppiert und fingen gerade an, in einem wütenden, brummenden Sturm über uns herumzuwirbeln.

»Zeit zu gehen, glaube ich«, sagte Louie Louie. Dann grinste er einfach wie ein echter Scheißkerl und holte einen riesigen Luftballon an einer Schnur hinter seinem Rücken hervor.

»Von dem Clown«, sagte er und überreichte ihn mir.

48

Wir traten vom Fenstersims, als würden wir durch eine Tür gehen. Ich bin natürlich nicht so verrückt, dass ich das Gewicht zweier Leute normalerweise einem Luftballon anvertrauen würde, nicht einmal dem Luftballon eines verrückten Clowns, aber mein Schatz mit seinem gebrochenen Hals war so leicht und schlaff wie ein toter Vogel, und außerdem hatte ich irgendwie das Gefühl, dass es gut gehen würde. Aber es war trotzdem seltsam, einfach so in die Luft zu treten. Ich glaube, in einer solchen Situation sagen dir Jahrtausende der Evolution, dass du es besser nicht tun solltest. Als würdest du aus einem Flugzeug springen wollen. Oder dich in die Luft sprengen. Es geht einfach gegen den Strich. Kein anderes Lebewesen würde so etwas tun, so viel steht fest. Aus einem Flugzeug springen oder sich in die Luft sprengen oder von einem Fenstersims in dünne Luft treten. Zum einen würde es nie auch nur auf die Idee kommen, und selbst wenn, würde es das trotzdem nie tun. Ich schätze, wir tun es nur, weil wir zu wissen glauben, was passieren wird, selbst wenn wir es nicht tun. Das ändert die Sache völlig.

Trotzdem, während ich einfach so dort schaukelte, irgendwie mitten in der Luft, den Ballon mit einer Hand festhaltend und den anderen Arm um Sunday gelegt, musste ich unwillkürlich nach unten sehen und mich fragen, wie es sein konnte, dass der Boden auf einmal so weit weg war. Wir mussten mittlerweile über dreißig Meter hoch sein. Vermutlich hätte ich eine Heidenangst haben sollen. Aber die hatte ich nicht. Ich sah nur zurück zum alten Louie Louie, der am Fenster stand, die Daumen in den Gürtel gehakt, die getreue Uzi an seiner Seite. Ich schätze mal, er musste Trigger draußen in der Diele abgestellt haben oder so.

»Sag mal, Louie Louie«, sagte ich, während wir noch immer dort draußen auf der Stelle schaukelten, ein paar Schritte vor dem Fenstersims. »Bevor du in den Sonnenuntergang davonreitest, wie kriegen wir dieses Ding eigentlich in Gang?« Ich meinte den Luftballon. Ich konnte keine Steuerungshebel oder so etwas sehen, und ich fragte mich, ob er vielleicht durch Wunschdenken angetrieben wurde oder so und ob ich nur an den Ort denken müsste, an dem ich sein wollte, und schon wäre ich dort.

Aber Louie Louie grinste einfach nur. Seiner Miene nach zu urteilen, freute er sich, dass ich gefragt hatte.

»Gas«, sagte er.

Diesen feinsinnigen Humor würde ich mit Sicherheit vermissen. Es war eine klassische Salonkomödie, im Ernst. Der alte Oscar Wilde hätte für solchen Stoff zehn Runden mit dem Marquess of Queensberry hingelegt.

»Louie Louie«, sagte ich zu ihm, »du bist einfach zum Schießen, Mann. Habe ich dir das je gesagt?«

Er verbeugte sich sehr theatralisch, und wir begannen davonzudriften.

»Schönen Dank auch, Sir«, sagte er, und ich wusste einfach, dass er noch einen letzten Witz auf Lager hatte. Vermutlich hatte er ihn sich die ganze Zeit für diesen Moment aufgehoben. Er schenkte uns so ein zuckersüßes Lächeln, und auf einmal sah er aus wie ein prall ausgestopfter Amor. Anstelle einer Uzi brauchte er jetzt nur noch einen winzigen Pfeil und Bogen und ein paar Flügel. »Und darf ich vielleicht noch sagen, was für ein gottverdammt gut aussehendes Paar ihr seid«, sagte er. »Im Ernst.«

49

Und so drifteten wir davon, schwebten hoch über all meinen alten, vertrauten Lieblingsorten, wo so ziemlich alles, was mir je passiert war, passiert war. Die Stadt lag ausgebreitet wie ein Stadtplan unter uns, wie ein aufgeschlagenes Tagebuch meines Lebens. Alles, was ich je getan oder gesagt oder auch nur gedacht hatte, war dort unten getan oder gesagt oder gedacht worden, oder so ziemlich alles. Das ganze dämliche, dumme, idiotische Zeug. Ich konnte darin lesen wie in einem Buch. Ich konnte sogar zwischen den Zeilen lesen. Ich wusste sogar, wie es enden würde, gottverdammt noch mal, oder ich glaubte es zumindest zu wissen. Nur dass jetzt eine tintige schwarze Brühe die Straßen füllte, an Türen und Fenstern leckte, durch Ritzen sickerte. Sie blubberte aus Abflüssen und Gullys hoch, strömte aus Hydranten und Trinkbrunnen, unaufhaltsam und übel riechend.

Leute wurden allen Ernstes davon mitgerissen, klammerten sich an alles, was sie finden konnten, um nicht unterzugehen. Sofakissen und Wasserkästen. Liegestühle und Mülltonnen und was sie sonst noch alles finden konnten. Ich sah sogar eine Frau, die sich an einen offenen leeren Koffer klammerte, nur dass er nicht ganz leer war, weil ein Baby darin lag. Ich weiß nicht, ob es *ihr* Baby war oder ob sie sich einfach an irgendeinen Koffer geklammert hatte, in dem zufällig ein Baby lag. Von dieser Höhe aus war es schwer zu sagen. Jedenfalls erinnerte es mich irgendwie an den alten Moses und das Weidenkörbchen, falls Sie diese alte Geschichte je gehört haben. Die, wo der kleine Moses den Nil hinuntertreibt, natürlich nicht in einem Koffer, sondern in einem Körbchen. Die Bibel ist voll von solchem Zeug. Vor ein paar Jahren habe ich sie mal von Anfang bis Ende gelesen – beide Bücher. Der einzige Grund dafür war, dass ich zu der Zeit besonders depressiv war, und dieser eine Junge in der Schule, Seymour Papert, der sehr still und schüchtern war und zu dem ich in meinem ganzen Leben vermutlich keine zwei Worte gesagt hatte, gab mir dieses Buch, das so groß wie ein Ziegelstein war. Ich weiß nicht, woher er wusste, dass ich depressiv war, oder wieso es ihn überhaupt kümmerte, aber aus irgendeinem Grund war es so, und daher gab er mir dieses Buch, das so groß war wie ein Ziegelstein, und daher las ich es. Ich lese ziemlich schnell, wenn ich mich dazu aufraffen kann, aber ich habe einen lausigen Geschmack. Wenn ich ein Buch ausgelesen habe, wünschte ich mir normalerweise immer, ich hätte es gar nicht gelesen. Nur ab und zu nicht. Ab und zu gibt es ein Buch, auf das ich total stehe, und das lese ich dann ungefähr fünfzigmal, wie zum Beispiel den alten *Huckleberry Finn*. Aber diesmal nicht. Diesmal war ich *froh*, dass ich es gelesen hatte. Um genau zu sein, wünschte ich, ich hätte es schon vor *Jahren* getan. Und außerdem war ich, nachdem ich es durchhatte, kein bisschen depressiv mehr. Ehrlich gesagt konnte ich mich zum Ende hin, als ich zu den Offenbarungen kam, wo überall Feuer und Schwefel herunterregnen und über jeden gerichtet wird, gar nicht mehr erinnern, weswegen ich überhaupt depressiv gewesen war. Das hat mir wirklich die Augen geöffnet, so viel steht fest. Es hat die Dinge auf jeden Fall ins richtige Licht gerückt. Ich meine, als ich zum Ende des Buchs kam, dachte ich, wenn die Leute so dumm sein können, an diesen alten Schwachsinn zu glauben – seit zweitausend *Jahren* daran zu glauben –, dann, nehme ich an, sind sie dumm genug, alles zu glauben. Und wenn man das erst mal begriffen hat, dass die Leute dumm genug sind, so ziemlich alles zu glauben, dann ergibt verdammt viel Zeug gleich viel mehr Sinn. Auf einmal begreift man, dass vieles, was wir tun – vor allem die richtig schlimmen Dinge, aber auch ganz alltägliche Dinge –, genau deswegen getan wird. Weil wir als Spezies so gottverdammt dämlich sind. Dämlich genug zu glauben, wir könnten tun, was zum Teufel wir wollen. Dämlich genug zu glauben, was die Regierung oder irgendein blödes altes Buch uns glauben machen will. Dämlich genug zu glauben, dass wir wichtiger sind als jedes andere arme dämliche Tier auf dem Planeten. Und wenn wir so dämlich – so schlichtweg ignorant – sein können, dann ist das, was wir wirklich verdient haben, was wir *brauchen*, Mitleid. Und sobald man *das* begriffen hat, beginnt man die Leute und die Welt auf einmal in einem ganz neuen Licht zu sehen. Sie ergibt vielleicht noch immer nicht viel Sinn, aber man weiß immerhin, dass sie das auch gar nicht soll. Sie hat es nie getan, und sie kann es auch nie tun. Das klingt vielleicht nach einem sehr schwachen Trost, aber es ist trotzdem immerhin etwas. Vielleicht sogar genug.

Aber vielleicht nicht für diese ganzen Leute, die von dieser blubbernden, sickernden, tintigen schwarzen Brühe mitgerissen wurden und dabei immer höher aufstiegen. Oder für die Frau, die sich an den Koffer mit dem Baby darin klammerte, die vielleicht oder vielleicht auch nicht seine Mutter war und die den Koffer auf einmal aus der Hand verlor und zurückblieb, während er allein weitertrieb. Oder für all die anderen, in den Häusern, hinter verschlossenen und verriegelten Türen, die in aller Eile nach oben rannten, die Arme voller nutzloser Wertgegenstände, während die Flut an ihren Fersen leckte.

Aber für mich war es genug. Für mich, während ich hoch über der Stadt schwebte und meine ganze kleine Welt mit einem Blick überschaute, war es genug, sie in die Arme nehmen zu wollen, sie zu halten und zu trösten und ihr diese beschwichtigenden Worte zuflüstern zu wollen, von denen ich mir im Rettungswagen auf dem Weg ins Krankenhaus vorgestellt hatte, jemand würde sie mir zuflüstern – dass alles gut werden würde, ich würde schon sehen –, und sie sogar in das gottverdammte Riesengeheimnis einzuweihen, das nichts weiter war, als dass es keines gibt. Die Welt lag ausgebreitet unter mir wie ein riesiges Puzzle, jetzt fast vollständig, aber noch immer kein Bild *von* irgendetwas. Wie konnte das sein? Am Ende des Tages, am Ende der *Tage* sogar, war es doch nur ein Puzzle. Nichts weiter. Es gab kein echtes Bild, das zusammenzufügen war, nur ein Puzzle, das aus verschiedenen Teilen, verschiedenen Orten und verschiedenen Leuten bestand. Wenn es überhaupt einen Sinn hatte, dann lag es an mir, ihn herauszufinden oder mich davon zu überzeugen, dass ich einen hatte. Ich meine, wenn ich genau genug *hinsah* oder es genug *wollte* oder einfach nur ein bisschen Fantasie einsetzte, nehme ich an, dann würde ich schon einen finden. Das tun die Leute doch meistens. Es ist, wie Gesichter auf Dingen zu sehen, auf Felsformationen und Wolken und getoasteten Käsesandwiches. Die Leute können auf so ziemlich allem Gesichter sehen, wenn sie halbwegs die Chance dazu bekommen. Manchmal ist es jemand ganz Bestimmtes, zum Beispiel Jesus oder Gandhi oder Groucho Marx oder so, aber meistens ist es nur eine vage Vorstellung eines Gesichts. Was irgendwie wie eine Nase hier und ein Mund da aussieht, etwas, das vielleicht als Augen durchgehen könnte, dort drüben. Ich schätze, wir sehen sie, weil wir sie sehen wollen, weil wir sie sehen müssen. Sie existieren bereits in unseren Köpfen. Aber dass wir darauf konditioniert sind, etwas zu erkennen, heißt nicht unbedingt, dass es wirklich da ist.

Aber das ist schon okay so, denn selbst wenn es nur Felsen oder Wolken oder getoastete Käsesandwiches oder was auch immer sind, was soll's. Ich würde etwas lieber als das sehen, was es wirklich ist, als als das, was ich will, dass es ist. Und das an jedem gottverdammten Tag.

»Sieh mal!«, sagte ich. »Da unten. Das ist genau die Stelle, wo ich von der Bordsteinkante diesem Raser vors

Auto gelaufen bin. O Mann, das scheint eine Ewigkeit her zu sein. Noch länger sogar. Hey, wie lange ist das überhaupt schon her?« Ich konnte mich schon gar nicht mehr erinnern. Sunday auch nicht. Das muss man sich mal vorstellen. Dass wir beide so etwas vergessen konnten.

Jetzt waren keine Raser mehr da. Die Fahrer und Beifahrer waren alle auf ihre Autodächer geklettert, um der steigenden schwarzen Brühe zu entkommen, aber sie leckte trotzdem bereits an ihren Füßen. Eine Herde Taxis trieb den Broadway hinunter, ihre Fahrer kämpften noch immer um Fahrgäste, schnappten sich Kunden aus den Schlammmassen und warfen sie wieder zurück, wenn sie nicht bezahlen konnten.

»Und sieh mal dort drüben. Das ist das Krankenhaus, in das sie mich zur Beobachtung gebracht haben. *Sieh mal!* Man kann die ganzen flüchtenden Patienten sehen!«

Sie sprangen von Fenstersimsen und Balkonen, sprangen im Sturzflug vom Dach. Andere hockten zusammengekauert auf provisorischen Flößen, die aus Hunderten aufgeblasener OP-Handschuhe gebaut waren, während Ärzte neben ihnen herschwammen und sie mit subkutanen Nadeln stachen. Andere balancierten auf Bettpfannen.

Bald schwebten wir an einem Gebäude vorbei, das ich schon mein Leben lang kannte, auch wenn ich es noch nie aus diesem Winkel gesehen hatte. Als ich so darauf hinuntersah, kam ich mir auf einmal ein bisschen wie Mary Poppins vor, oder wie Peter Pan. Peter Pan und Wendy auf dem Weg nach Nimmerland.

»Und das dort unten ist mein Heim und Herd, sieht

fast gemütlich aus von hier oben. Das da an der Ecke ist mein Zimmer, und das da ist das Regenrohr, an dem ich eine Million Mal hinuntergerutscht sein muss. Und das da ist das Fenster, das Louie Louie mit einem gottverdammten Stein eingeschlagen hat, an dem Tag, an dem er vorbeikam, um mir zu sagen, du hättest ›Hi‹ gesagt. O Mann. Ich frage mich, ob sie wohl für mich eine Kerze im Fenster brennen lassen werden?«

Während ich das sagte, ging tatsächlich eine Kerze an, in dem offenen Fenster der Höhle meines Vaters im dritten Stock. Dann erfasste sie die Vorhänge, und auf einmal begann das Zimmer in Flammen aufzugehen. Ich konnte sogar meinen Vater darin sehen, und etwas, das ein indischer Albino-Elefant zu sein schien, obwohl er genauso leicht afrikanisch gewesen sein könnte. Mein Vater stand mit dem Rücken zum Fenster und jonglierte vielleicht oder vielleicht auch nicht mit etwas, das wie brennende Kegel aussah. Täte er das, dann hätte mich das kein bisschen gewundert. In dieser verdammten Höhle führte er immer irgendetwas im Schilde.

Aber dann bemerkte ich, dass seine Hose ebenfalls Feuer gefangen hatte, und ich fragte mich, ob *er* es bemerkt hatte. Während wir vorbeidrifteten, rief ich, nur zur Sicherheit: »Hey, Dad, deine Hose hat Feuer gefangen!«, aber ich wusste nicht, ob er mich gehört hat oder nicht. Während wir weiterdrifteten, ging hinter unseren Rücken zischelnd und knisternd das ganze Haus plötzlich in Flammen auf. Aber ich war nicht allzu besorgt. Ich wusste, dass er noch jede Menge andere Hosen besaß.

»Und da ist das alte Moriarty's«, sagte ich, als wir an Louie Louies und meinem alten Stammlokal vorbeischwebten, das mit Brettern vernagelt war, genau wie ich es mir vorgestellt hatte, und geschlossen. Es sah schon jetzt aus, als sei es seit Jahren verfallen, aber irgendjemand hatte »FREIHEIT FÜR MORIARTY. LOCHT HOLMES EIN« quer über die Fassade gemalt, was ich echt klasse fand. Und ich hätte zehn Dollar darauf gewettet, dass ich wusste, wer das gewesen war. »Hey«, sagte ich, als mir auf einmal etwas einfiel, »ich frage mich, ob sich irgendjemand je die Mühe gemacht hat, den alten Sandmann einzusammeln, oder ob er vielleicht noch immer mit eingeschlagenem Schädel dort auf dem Boden liegt?« Ich konnte es nicht wirklich sehen, aber beinahe. Ich konnte ihn fast noch immer dort liegen sehen, mit seinem benommenen, verblüfften Gesichtsausdruck. Der arme Teufel. Er war genau die Art Typ, der einfach so übersehen wurde. Dann stellte ich mir vor, wie er auf einmal aufwachte, noch immer mit eingeschlagenem Schädel, aber ohne Erinnerung an das, was passiert war, und merkte, dass er dort drinnen hinter Brettern eingeschlossen war, und sich fragte, wohin alle verschwunden waren. Dann würde er sich vielleicht sogar einen Milchshake machen, um sich die Zeit zu vertreiben, oder vielleicht einen Hamburger, wenn er Hunger hatte. Dann stellte ich mir vor, wie er am Tresen saß, seinen Snack aß und sich müßig fragte, wieso er so entsetzliche Kopfschmerzen hatte. »Ich frage mich, was eigentlich aus dem alten Moriarty geworden ist. O Mann, ich vermisse ihn. Im Ernst. Ich hätte ihm gern einen Brief geschrieben oder so. Du weißt schon, nur um ihn wissen zu lassen, wie viel er allen bedeutet hat und wie sehr wir alle ihn und seine Milchshakes vermissen. Aber wo immer er ist, ich hoffe, er kann jetzt mal ein Auge zutun. Ich hoffe, er ist nicht mehr so geschafft.«

Und so drifteten wir langsam weiter, ließen die Stadt, die in ihrem Meer aus Brühe allmählich erstickte und ertrank und unterging, weit hinter uns zurück. Unglaublich weit, um genau zu sein. Unmöglich, sie mit dem Bus oder Auto oder selbst mit dem Flugzeug zu erreichen. Jetzt war sie eine Stadt außer Reichweite, zumindest außer meiner Reichweite. Bald würde sie gar nicht mehr existieren – als hätte sie vielleicht nie existiert, außer in meinem Kopf. Oder Louie Louies oder Moriartys oder auch nur Sandmanns.

Ich erzählte ihr das alles und noch mehr, erzählte ihr gewissermaßen eine geraffte Geschichte meines Lebens und meiner Zeiten, wie ein Reader's Digest von *David Copperfield* oder so. Für jemanden, der einmal zu schüchtern gewesen war, um auch nur »Hi« zu sagen, war ich auf einmal ein regelrechtes Plappermaul. Und während jeder andere mir vielleicht gesagt hätte, ich sollte endlich meine verdammte Klappe halten (ich hätte es mit Sicherheit gesagt, wenn ich mir selbst hätte zuhören müssen), hörte Sunday einfach nur zu und lächelte und lachte sogar an allen richtigen Stellen.

Und dann waren wir an dem Strand, und nachdem ich ihr von der alten Dame und dem Meeresungeheuer und der Penny-Arkade erzählt hatte, sagte ich: »Und dort drüben habe ich dich gesehen.« Wir schwebten über der hohen, zerklüfteten Landspitze, wo ich sie mit meinen Teleskopaugen gesehen hatte. »Als du dort gestanden hast, am Rand der Welt taumelnd, und zum Himmel hochgestarrt hast. Du warst so gebannt davon, dass ich auch zu ihm hochgesehen habe. Er war mir noch gar nicht aufgefallen, so beschäftigt war ich damit zu versuchen, nicht an irgendwelches andere Zeug zu denken. O Mann«, sagte ich, »er war wunderschön.«

Sie tat ihr Bestes, um zu mir hochzulächeln, indem sie den Kopf zurückwarf, aber dabei landete er fast horizontal auf ihrer Schulter. »Komisch«, sagte sie, »genau dasselbe habe ich auch gedacht.«

Das war der Moment, als ich auf einmal einen untypischen Drang verspürte, ganz gottverdammt schwärmerisch zu werden. Und wenn ich sage, untypisch, dann meine ich das auch so. Ich bin so ungefähr der unschwärmerischste Mensch, den ich kenne. Fragen Sie irgendeines der Mädchen, mit denen ich je zusammen war, und sie werden es Ihnen bestätigen. Nicht dass ich mit so vielen zusammen gewesen wäre. Ehrlich gesagt hatte ich in meinem ganzen Leben vermutlich nur ungefähr ein halbes Dutzend Dates. Und im Allgemeinen liefen sie nicht so besonders gut. Manchmal schon, aber meistens nicht. Ich glaube, das Problem war hauptsächlich, dass ich einfach noch nicht reif genug für ein Date war. Ich hätte vermutlich besser dabei bleiben sollen, Sport zu treiben, so dämlich die meisten Sportarten auch sind. Oder Bücher zu lesen, so dämlich die meisten Bücher auch sind. Zumindest bis ich fünfzehn oder sechzehn gewesen wäre. Bevor man fünfzehn oder sechzehn ist, ist es fast unmöglich, ein Date erfolgreich durchzustehen. Ich schätze, wenn man über fünfzehn oder sechzehn ist, wird es viel leichter. Auf einmal verwandeln sich alle in Romeo und Julia oder so. Auf einmal hängen alle entweder auf Balkonen herum und warten darauf, in Blankversen angesprochen zu werden, oder sie schlendern herum und *suchen* nach Leuten, die auf Balkonen herumhängen, um sie in *ihren* Blankversen anzusprechen. Wenn Sie mich fragen, hat sich der alte Shakespeare für verdammt viel zu verantworten mit seinen ganzen gottverdammten Blankversen. Er war selbstverständlich ein fantastischer Autor und alles, und viele seiner Figuren, wie zum Beispiel Hamlet und weiß Gott wer, hatten ein paar wirklich tolle Zeilen, aber irgendjemand hätte ihm wirklich mal sagen sollen, die Klappe zu halten. Jedenfalls, wie ich schon sagte, obwohl ich der *un*schwärmerischste Mensch bin, den ich kenne, verspürte ich auf einmal einen untypischen Drang zu schwärmen. Ich hätte nichts dagegen gehabt, ausnahmsweise einmal im Blankvers des alten Shakespeare sprechen zu können. Ich wollte ihr einfach sagen, wie schön sie war und dass immer noch ein faustgroßer Knoten in dem entstand, was von meinem Magen noch übrig war, wenn ich nur an sie dachte, und wie ich, wenn sie ihren verrückten, wackelnden Kopf nur lange genug still halten könnte, wirklich, wirklich, *wirklich* gern einen Kuss genau darauf drücken würde. Aber dann, als ich mich eben entschlossen hatte, es zu tun, aber bevor ich die Chance dazu hatte, gab es ein wahnsinnig lautes *WUMM!*, und ich spürte, wie auf einmal die ganze Luft einfach aus unserem Ballon gesaugt wurde.

Als ich hinuntersah, war dort auf dem Boden der verrückte Clown aus meinen Träumen, der Louie Louie den Ballon gegeben hatte, damit er ihn mir gab. Er hielt eine rauchende Donnerbüchse unter einem Arm und winkte uns mit dem anderen herunter wie ein Fluglotse. Er hatte auf jeden Fall einen tollen Sinn für Timing, so viel steht fest.

50

Wir sanken in einem erstaunlich gemächlichen Tempo, während wir noch immer an den Fetzen des geplatzten Ballons hingen. Seltsamerweise waren wir – ich schätze mal wegen des gemächlichen Tempos unseres Abstiegs und allem – nicht ein bisschen beunruhigt, dass wir auf einmal von einem lächelnden Clown (lächelnd, nicht grinsend – ich freute mich zu sehen, dass er scheißfröhlich geworden war) vom Himmel geschossen worden waren. Ganz im Gegenteil sogar. Ich fand, es könnte eine gute Gelegenheit sein, um zu sagen, was ich schon die ganze Zeit sagen wollte: wie schön ich sie fand und alles, aber wieder einmal bekam ich nicht die Chance dazu. Der Grund, weshalb ich sie diesmal nicht bekam, war, dass ich, bevor ich auch nur Zeit hatte, den Mund aufzumachen, etwas bemerkte, das ich bis dahin noch gar nicht bemerkt hatte: Grübchen. Ich kann Ihnen gar nicht sagen, wie sehr ich Grübchen liebe. Ich weiß nicht, wieso ich so etwas noch gar nicht bemerkt hatte, aber so war es eben. Und da dachte ich, dass es vermutlich noch tausendundein andere kleine Dinge an ihr gab, die ich ebenfalls noch nicht bemerkt hatte und die ich gern bemerkt *hätte*. Vermutlich würde ich Jahre über Jahre brauchen, um sie alle zu bemerken. Und dabei musste ich an all die Dinge denken, die ich ihr dringend sagen wollte, und dass ich vermutlich auch dafür Jahre über Jahre brauchen würde, daher küsste ich sie stattdessen einfach. Ich stützte ihren schlaffen, alten Kopf auf ihrem gebrochenen Hals auf und drückte ihr einfach einen Kuss genau auf die Lippen.

51

Ich weiß nicht, wie lange wir uns küssten, aber das Nächste, was ich wusste, war, dass der Boden auf einmal ein ganzes Stück näher war. Wir schienen mitten in einer Postkartenidylle wogender grüner Landschaft zu landen, während die Nachmittagssonne auf einem fernen Kirchturm glitzerte, so kitschig und schön, dass es einem das Herz brechen konnte. Ich konnte sogar das Geräusch der Kirchenglocken hören, die sanft in der Brise läuteten, und ich fragte mich, wer sie wohl läutete, falls das das richtige Wort ist, aber nicht, für wen sie wohl läuteten. So viel wusste ich. Es war alles so kitschig und schön, dass ich nicht wusste, ob ich lachen oder weinen sollte, oder keines von beidem oder beides. Dann war da auf einmal dichtes, saftiges Gras genau unter uns, und ich bemerkte, dass da ein frisch ausgehobenes Loch war, in das Gras hineingehauen, die ideale Größe für zwei. Seine steilen, geraden Wände und das weiche Bett aus Erde sahen kühl und einladend aus, und um das Loch herum standen ein paar Leute versammelt, die zu uns hochsahen und mit lächelnden, strahlenden Gesichtern winkten.

Alle waren sie da. Die verrückte alte Dame vom Strand mit ihrem Kinderwagen voller Puppen, und Sandmann, noch immer mit eingeschlagenem Hinterkopf (also streifte er doch nicht mehr im Moriarty's herum). Die Wikingerin von der anderen Straßenseite und die zwei redseligen Rettungstypen, die noch immer aussahen, als würden sie glauben, ich sei mit dem Kopf aufgeschlagen. Der Arzt, der so begeistert von meinem unbeabsichtigten Witz gewesen war (er winkte mir freundlich zu), der Raser, dem ich vors Auto gelaufen war, und der Knirps von einem Cop mit der gut sitzenden Uniform. Selbst die drei großköpfigen Freaks (also waren sie doch mindestens zu dritt gewesen) waren da, jeder noch immer seinen verrückten Kasten mit den ganzen Knöpfen und Drähten umklammernd, und auch der Purzelbäume schlagende Affe schien sich zu freuen, uns zu sehen.

Und Mutter war natürlich ebenfalls da, unpassend gekleidet wie immer in diesem langen, fließenden, wahnsinnig eleganten Abendkleid mit dem ausgesprochen tiefen Ausschnitt. Ich muss zugeben, sie sah gut aus. Ich konnte fast sehen, was alle anderen in ihr sahen oder früher einmal gesehen hatten, vor langer Zeit, als sie eine so berühmte Schönheit und alles war. Und genau neben ihr stand der gute alte Louie Louie, eifrig damit beschäftigt, imaginäre Brüste zu kneten, und grinste sich dabei einen Ast.

Dann fingen sie alle an zu applaudieren, während wir sanft hinunterglitten und am Boden des einladenden Lochs zu liegen kamen. Es fühlte sich genauso kühl und einladend an, wie es ausgesehen hatte, das Bett aus frisch umgegrabener Erde weich und schwammartig.

»Was hat euch aufgehalten?«, fragte Louie Louie, und anstatt imaginäre Brüste zu kneten, tätschelte er jetzt total besitzergreifend den Arsch meiner Mutter.

»Hey, Louie Louie«, sagte ich zu ihm, »nimm die Hand vom Arsch meiner Mutter, aber ruck, zuck!«

Aber meine Mutter, glücklich und strahlend wie ein verliebtes Schulmädchen, sagte nur: »Schon gut, mein Lieber. Gratuliere uns. Wir sind verheiratet!«

Ich starrte die beiden an. *»Verheiratet?«*, sagte ich. »Aber was ist mit Dad?«

»Oh, hast du das gar nicht gehört? Er ist mit dem Zirkus durchgebrannt. Offenbar war es das, was er all die Jahre in seiner Höhle getan hat. Jonglieren üben.«

»Aber ich habe ihn eben noch gesehen«, sagte ich zu ihr. »Seine Hose hatte Feuer gefangen.«

Meine Mutter lachte. »Alles ein Teil der Zirkusnummer, nehme ich an. Es geht dabei auch noch um einen Elefanten, glaube ich.«

Louie Louie sah aus wie die Katze, die eben den Kanarienvogel gefressen hat. Oder geht es dabei um einen Teller Sahne? So sah er jedenfalls aus, falls Sie es sich ungefähr vorstellen können.

»Na«, sagte er, während er sich die Schnurrhaare leckte und vor Zufriedenheit fast schnurrte. Die Uzi hatte er jetzt nicht mehr bei sich. Ich weiß nicht, was er damit gemacht hatte. »Ich schätze mal, damit bin ich wohl dein neuer Dad.« Er hielt genau lange genug inne, damit es sich bei mir setzen konnte, und dann streute er noch ein bisschen Salz in die Wunde. »Mein *Sohn*.«

Ich weiß, es erscheint vielleicht als ein schlimmeres Schicksal als der Tod, den alten Louie Louie zum Stiefvater zu haben, aber man kann lernen, mit fast allem zu leben, nehme ich an, sogar damit.

»Hey, Louie Louie«, sagte ich.

»Sag Dad zu mir«, sagte er.

»Hey, Dad«, sagte ich nur so zum Jux, woraufhin der alte Louie Louie sich halb totlachte. »Was ist denn eigentlich aus dem alten Moriarty geworden?«

Er war mir in letzter Zeit oft durch den Kopf gegangen, und als ich sie alle dort sah, wie sie auf uns warteten, hatte ich damit gerechnet, auch ihn zu sehen. Aber noch bevor Louie Louie antworten konnte, hörte ich es. Ein gottverdammter Müllwagen kam auf uns zugerumpelt. Er fuhr rückwärts bis an den Rand des Lochs und hielt dann an. Der alte Moriarty höchstpersönlich steckte den Kopf aus dem Fenster, und ich freute mich zu sehen, dass er nicht mehr annähernd so geschafft aussah. Wo immer er gewesen war, er hatte offenbar ein bisschen Schlaf bekommen. Er sah fast zwanzig Jahre jünger aus. Er nickte mir freundlich zu, und ich nickte zurück.

»Hey, Louie Louie«, sagte ich noch einmal. »Soll ich dir mal was sagen?«

»Du bist geistig zurückgeblieben und ich nicht.«

»Ha, gottverdammt witzig, ha. Ehrlich gesagt«, sagte ich, »ich glaube, das ist das Ende.«

Louie Louie lächelte, und er hatte allen Ernstes eine Träne im Auge. Ich würde diesen Scheißkerl vermissen.

»Ich glaube, du hast verdammt noch mal recht.«

Moriarty drückte einen Hebel durch, und die Ladefläche des Müllwagens begann sich zu heben. Während wir dort auf dem Boden des Lochs lagen und zu dem perfekten blauen rechteckigen Stück Himmel hochstarrten, so hart und hell und zerbrechlich wie Glas, hörten wir, wie seine Ladung allmählich ins Rutschen kam.

»Hey, weißt du was?«, fragte ich.

»Was?«, sagte Sunday und drückte meine Hand.

»Es wird auf jeden Fall immer ein Happy End haben«, sagte ich.

»Eine sehr verrückte Geschichte« JÜRGEN VON DER LIPPE, »WAS LIEST DU?«

Paul Robert Smith
GESPRÄCH MIT IGEL
Roman
Aus dem australischen
Englisch von
Eva Bauche-Eppers
240 Seiten
ISBN 978-3-404-16499-8

Vielleicht hätte sich Benton Kirby, Englischlehrer, Ex-Verlobter, Ex-Philosophiestudent und Ex-Wächter bei Madame Tussaud's, mehr Gedanken über die Konsequenzen seines Handelns machen sollen. Aber wie soll man nicht an die Macht des Schicksals glauben, wenn die Verlobte vom Dach stürzt, sich das Genick bricht und erfriert, der Schwiegervater im Auto von einem Zug angefahren wird und an einem Herzinfarkt stirbt und Flauschie, die Katze, freiwillig aus dem Fenster springt? Benton jedenfalls erlebt ständig die absurdesten Dinge. Und so sitzt er schließlich nachts im Park mit einem Igel auf einem Baum und denkt über das Leben und die Frauen nach.

Bastei Lübbe Taschenbuch

Ein Fünf-Sterne-Krimi von Islands derzeit erfolgreichstem Autor